독습,

책을 지적 자본으로 바꾸는 10가지 습관

독습, 책을 지적 자본으로 바꾸는 10가지 습관

초판 1쇄 인쇄일 2019년 3월 22일 • 초판 1쇄 발행일 2019년 3월 29일
지은이 윤영돈
펴낸곳 (주)도서출판 예문 • 펴낸이 이주현
등록번호 제307-2009-48호 • 등록일 1995년 3월 22일 • 전화 02-765-2306
팩스 02-765-9306 • 홈페이지 www.yemun.co.kr

주소 서울시 강북구 솔샘로67길 62 코리아나빌딩 904호

ⓒ 2019, 윤영돈
ISBN 978-89-5659-359-3 03800

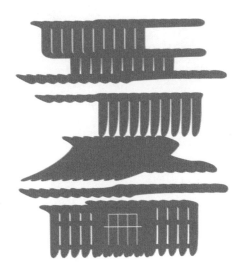

독습,
책을 지적 자본으로 바꾸는 10가지 습관

삶의 격을 높이는 1% 독서법 | 윤영돈(문학박사) 지음

세상을 이끄는
1퍼센트 고수들의
읽는 습관 10가지

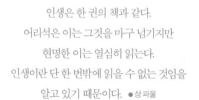

인생은 한 권의 책과 같다.
어리석은 이는 그것을 마구 넘기지만
현명한 이는 열심히 읽는다.
인생이란 단 한 번밖에 읽을 수 없는 것임을
알고 있기 때문이다. ●상파울

"윤 코치님! 책을 어떻게 읽으세요?"

비즈니스 글쓰기에 대해 고민하는 사람들을 가르치는 코치로 활동하다 보니 이런 질문을 많이 받곤 한다. 나는 20년간 전문 코치로 활동하며 수없이 많은 직장인을 만났다. 대부분 기획서와 보고서, 이메일, 칼럼, 논문과 책 쓰기 등으로 어려움을 겪는 분들이었는데, 공통된 특징은 독서 비법을 모른다는 것이었다(책을 읽는 데 무슨 비법이 있을까 싶겠지만, 이 책에서 소개할 고수들의 인터뷰를 읽다 보면 그런 생각이 바뀔 것이다). 이 책을 펼쳐 든 당신도 그런 사람 가운데 하나일 테다.

예전에는 출퇴근 시간이면 저마다 손에 책을 들고 있었다. 그러나 요즘은 대다수가 이동 시간에 스마트폰을 들여다본다. 나 역시 예외가 아니어서, 언제부터인지 책이 아닌 스마트폰이 손에 들려 있었다. 이를 깨닫고 1년 전부터는 의도적으로 스마트폰을 내려놓고 책 읽는 습관을 들이기 시작했다. 그 이후 나의 삶은 달라졌다. 약속 장소로 허둥지둥 가고, 강의 시간에 쫓기고, 원고 마감에 마음 졸이던 일상이 달라지기 시작했다. 바쁘다는 핑계로 늘 한켠에 밀어 두었던 책을 집어 들고 읽기 시작하면서, 나는 비로소 내 삶의 주인공이 되었다. 생각을 깨우는 책 읽기를 한 후부터 잘 안 풀리던 일들이 풀리기 시작했다. 바쁜 중에도 독습讀習, 독서 습관을 들이는 것했더니 어느새 독자생존讀者生存할 수 있었다.

이 책은 1년간 진행된 독습 모임을 통해 검증된 이야기를 모았다. 독습 모임을 함께 해준 김민조, 박미경, 백지은, 윤효숙, 이언진, 장혜영, 조병희, 정유진 등 멤버들에게 감사한다. 내가 느꼈던 감동을 독자와 함께 나누고 싶은 마음이 간절하다. 제대로 책 읽기를 배우고

독서 모임 '독습' 1기

싶지만 어떻게 시작할지 몰라 헤매고 있다면 이 책에서 제시한 10가지 독서 습관이 여러분을 새로운 세계로 안내할 것이다.

최고들은 책을 어떻게 읽을까?

이 책에 실린 고수 인터뷰를 통해 느낀 것은 '같은 책을 읽더라도 남다른 비법이 있다'는 점이다. 그들은 사기 전에 까다롭게 책을 고르며, 책을 읽다가 필기구가 없으면 모서리를 접어서라도 표시한다. 핵심 문장에 밑줄을 긋고 동그라미를 쳐서 나중에 정리하기 쉽도록 메모하는 등 눈으로만 읽는 것이 아니라 손으로도 읽는다. 포스트잇을 붙이면서 독서 노트를 쓰는 고수도 있었다. 이처럼 나름의 비법을 가지고 독서를 꾸준히 하는 사람들의 공통점은 무엇일까? 바로 글쓰기를 잘한다는 것이다. 많이 읽은 만큼 잘 쓸 수 있기 때문이다.

책 읽기 방법으로는 빨리 읽는 속독速讀, 소리 내어 읽는 낭독朗讀, 느리게 읽는 만독慢讀, 묵혀서 읽는 숙독熟讀, 재미있게 읽는 탐독耽讀 등이 잘 알려져 있다. 본서에서는 이 밖에도 질문하면서 읽는 문독問讀, 훑어서 골라 읽는 선독選讀, 손으로 읽는 수독手讀, 꼬리에 꼬리를 물어서 읽는 연독連讀, 뜻을 풀어서 읽는 해독解讀 등 알려지지 않은 것도 소개한다.

고수 인터뷰는 직접 만나서 육성을 담는 형식으로 진행되었다. 인터뷰이들은 기본적으로 책을 낸 저자이며, 각 분야의 전문가로 유명한 분을 어렵게 섭외했다. 질문을 통해서 책을 만나는 비법문독은 질문디자인연구소 박영준 소장에게, 골라서 읽는 비법선독은 소울뷰티디자인 김주미 대표에게, 손으로 읽어 진짜 내 것으로 만드는 비법수독은 J비주얼스쿨 정진호 대표에게, 익을 때를 기다려 읽는 비법숙독은 자녀경영연구소 최효찬 박사에게, 온몸으로 읽는 비법낭독은 문학다방 봄봄 김보경 대표에게, 맥락적으로 엮어서 읽는 비법연독은 콘텐츠연구소 이동우 소장에게, 천천히 깊게 읽는 비법만독은 한국경제신문 논설위원이기도 한 고두현 시인에게, 우연히 만나는 책의 기쁨과 집중해서 읽는 즐거움탐독은 한양대 유영만 교수에게, 뜻을 풀이하여 읽을 때 책이 풀리기 시작한다는 것해독은 CEO리더십연구소 김성회 박사에게, 쌓아 놓고 살살 아껴 읽는 비법적독은 한국CEO연구소 강경태 소장에게 들었다. 바쁜 중에도 인터뷰에 응해준 데 감사의 말씀을 전한다.

이 책을 쓰게 된 계기는 아들 재상이와 딸 원경에게 독습을 물려주고 싶은 작은 소망에서 시작했다. 아내의 내조가 집필에 큰 힘이 되었다. 독습을 통해서 더 많은 것을 배울 수 있기를 바라면서 이 책을 가족에게 바친다.

세상을 이끄는 1퍼센트 고수들의 남다른 독서 습관

앞서 소개한 세상을 이끄는 1퍼센트 고수들은 일반인과 다른 독서 습관을 갖고 있었다. 여기서 말하는 '1퍼센트 고수'는 단순히 상위 1퍼센트를 말하지 않는다. 1퍼센트 고수는 세상을 이끄는 영향력을 갖춘 사람들이다. 《마이크로트렌드》 저자 마이크 펜은 마찬가지의 이야기를 한다. "어떤 트렌드가 1퍼센트의 인구에 영향을 미칠 무렵이면 히트 영화나 베스트셀러 도서, 새로운 정치운동 등이 태동할 준비가 갖춰지는 것이다. 개인 선택의 힘이 갈수록 정치와 종교, 연예 오락, 그리고 심지어 전쟁에까지 영향을 미치고 있다. 오늘날의 집단 사회에서는 특정 사안과 관련해 주류의 선택과 대립되는 선택에 헌신하는 사람들이 단 1퍼센트만 있어도 세상에 변화를 일으키는 운동을 창출할 수 있다." 1퍼센트 고수가 결국 99퍼센트 다수를 이끌어가고 있는 것이다.

1947년, 미국의 홀리스터라는 작은 마을에 무려 4천여 명의 폭주족이 모여 경주를 벌인 사건이 있었다. 이른바 '홀리스터 폭동 사건'으로, 이 일을 보도한 〈라이프LIFE〉 지에 우연히 할리데이비슨 오토바이를 탄 라이더의 사진이 실렸다. 이에 미국모터사이클협회는 "99퍼센트의 모터사이클 애호가들은 법을 지키는 시민들이고, 나머지 1퍼센트만이 법을 어기는 작자들이다"라고 말했다. 이 같은 협회의 반응에 많은 라이더들이 오히려 1퍼센트에 속하길 갈망하기 시작했다. 그때부터 '원 퍼센터one percenter'라는 말이 널리 쓰이게 되고 사전에까지 등재되었다.

누구나 자신이 특별한 존재이기를 꿈꾼다. 소수의 차별화된 집단에 속하고 싶어 한다. 그렇다면 원 퍼센터가 되는 방법은 무엇인가? 실제 세상을 선도하는 사람들의 공통점을 보면 알 수 있다. 그것은 바로 독습이다.

버락 오바마, 워런 버핏, 빌 게이츠, 스티브 잡스, 마크 저커버그 등은 바쁜 중에도 꾸준히 독서 습관으로 세상을 변화시켰다. 그들이 차별화 전략을 취할 수 있었던 데는 남다른 독습의 힘이 컸다. 빌 게이츠는 "오늘의 나를 있게 한 것은 우리 마을 도서관이었고, 하버드 졸업장보다 소중한 것이 독서하는 습관이었다"라고 말했다.

38명이나 되는 노벨상 수상자를 배출한 하버드대의 힘 또한 독서에서 나온다. 하버드대 출신을 대상으로 수석졸업생들과 나머지 졸업생들의 사회생활을 비교해 본 결과, 두 집단 사이에는 뚜렷한 차이가 발견되지 않았다. 그런데 놀랍게도 독서량이 많은 졸업생이 사회에서 성공한 비율이 훨씬 높았다고 한다. 하버드대를 나와 성공한 사람들의 공통점은 우수한 성적이 아닌 다량의 독서였던 것이다.

나라별 한 달 평균 독서량은 미국 6.6권, 일본 6.1권, 프랑스 5.9권, 중국 2.6권 등이다. 이에 비해 한국의 독서량은 크게 0.8권으로 매우 낮다. 독서량 순위에서도 세계 166위로 하위권이다. 출퇴근 시간에 책이 아닌 스마트폰을 보는 시대, 대한민국이 선진국으로 발전하기 위해서는 독습을 가르칠 필요가 있다.

읽기만 하는 독서에서 실행하는 독습으로

요즘 사람들은 글쓰기가 형편없는 경우가 많다. 읽지 않으니 쓰기 어렵다. 아는 것도 쓰지 않으니 도끼가 썩는 줄도 모르고 있는 경우가 태반이다. 지식에도 음식처럼 유통기한이 있다. 사람들은 자신의 도끼를 놔둔 채 다른 도끼만 찾아다니지만, 정작 필요한 것은 금도끼가 아니라 자신의 도끼를 날카롭게 연마할 시간이다.

세상을 이끄는 1퍼센트 고수는 독서를 통한 실행력을 키우는 데 많은 시간을 할애한다. 미국 세인트존스 칼리지의 커리큘럼은 4년 내내 단 하나, 독서뿐이다. 단지 '알고 있느냐'가 중요한 것이 아니다. 그것을 '실행할 수 있느냐'가 더 중요하다. 책冊, book을 읽었으면 책에서 벗어나야 한다. 나는 책만 고집하지 않고 책에서 벗어나는 행위를 '비책非冊, non-book'이라고 말한다. 저자들의 유튜브 동영상을 보고 강연회도 찾아서 참가한다. 책을 읽는다는 것은 저자와의 대화이다. 저자 강연회는 실제 음성을 통해 그의 철학, 태도, 기술 등을 생생하게 접할 절호의 기회이다. 행사 시작 전에 가면 저자를 가까이서 볼 수 있다(행사를 마치고 나면 사람이 몰리기 때문에 가까이서 보기 어려울 수도 있다).

저자는 어렵게 책을 낸 사람으로 남다른 생각을 갖고 있는 경우가 많다. 세계적인 투자가 워런 버핏은 젊었을 때 가치 투자Value Investing 전문가 벤저민 그레이엄의 책을 읽은 후 직접 그에게 배우고 싶다는 목표를 품었다. 그 열망을 담아서 그레이엄이 강의하는 컬럼비아 경영대학원에 지원했고, 그 결과 마감 시한을 넘기고 면접도 보지 않지만 합격했다. 그렇게 해서 버핏은 책으로만 접했던 거장을 대학원에서 만났다. 그는 스승의 책 《현명한 투자자》를 외울 정도로 반복해서 읽었고, 수업 중에 그레이엄이 질문을 던질 때마다 거의 매번 가장 먼저 손을 들었다. 버핏은 학점을 낮게 주기로 유명한 그레이엄이 가르친 모든 과목에서 A+를 받았다.

책을 읽는 1퍼센트 고수가 책을 읽지 않는 99퍼센트 다수를 이끈다

읽지 않는 사람, 혹은 읽어도 제대로 읽지 못하는 사람은 독습하는 사람을 이기기 어렵다. 글을 읽고 스스로 배워서 익히는 사람이 고수가 될 수 있다.

하수下手는 남이 주는 정보를 받기만 하는 사람이며, 중수中手는 스스로 정보를 찾되 정보를 생산하지는 않는 사람이다. 고수高手는 스스로 정보를 찾고 그 정보를 지식으로 생산해 내는 사람이다. 그러나 지식을 생산한다고 모두 고수가 되는 것은 아니다. 쉽게 말해, 고수란 지식을 돈으로 바꿀 수 있는 사람이다. 지적 자본intellectual capital이라는 누구도 모방할 수 없는 고유한 자산을 가진 사람이다.

바야흐로 지적 자본의 불평등 시대가 도래했다. 무형의 지식을 유형의 결과

물로 바꿔내는 능력을 지닌 1퍼센트만이 살아남고 있다. 대표적인 사례가 일본의 츠타야 서점이다. 독특한 공간과 큐레이션 시스템으로 출판 불황 중에도 2조 원이 넘는 연매출을 기록하고 있다. 이 서점을 만든 마스다 무네아키는 "재무 자본에서 지적 자본으로" 판도가 변하고 있으며, "지적 자본이 사활을 결정할 것"이라 말한다. 지적 자본은 하루아침에 만들어지지 않는다. 부단히 읽고 축적해야 하며, 또한 축적된 지식을 내 것으로 만들어야 한다. 즉, 독습을 통해 책을 내 안의 지적 자본으로 바꿔야 한다.

콘텐츠 크리에이터들 가운데 독습하지 않고 성장한 사람은 없다. 남이 주는 정보만 받아보지 말고, 스스로 정보를 찾아서 킬러 콘텐츠를 생산하는 사람이 결국 리더가 된다. 그동안 자기 나름의 독서를 해왔다면, 전혀 색다른 독서 비법을 아는 것만으로 새로운 세상에 눈 뜨게 될 것이다. 이 책에서 소개할 10가지 읽는 습관을 체득하는 순간 지혜로운 삶의 힘을 얻게 되리라 확신한다. 독습은 우리가 조금 안다고 생각했던 지식을 더욱 선명하게 밝혀 줄 돋보기이자 풍요롭게 해 줄 도구이다. 생각을 깨우는 10가지 독습을 알고 실행한다면, 당신 또한 세상을 이끄는 1퍼센트 고수가 될 수 있다. 이제 세상을 이끄는 1퍼센트의 세계로 당신을 초대한다.

2019년 3월
윤영돈 코치

독 서 지 능 자 가 테 스 트

※ 다음 질문에 O, X 중 하나를 선택하시오.

1. 나는 책 읽기를 좋아하는 편이다. ( )

2. 나는 책을 읽을 때 저자의 의도를 깊이 생각한다. ( )

3. 나는 내용을 충분히 이해하면서 느리게 읽는 편이다. ( )

4. 나는 모르는 어휘가 나오면 사전을 찾아보는 편이다. ( )

5. 나는 읽다가 이해되지 않으면 다시 읽는 편이다. ( )

6. 나는 책의 줄거리를 쉽게 이해하는 편이다. ( )

7. 나는 긴 글을 읽고 중요한 부분을 뽑아서 요약을 잘하는 편이다. ( )

8. 나는 모르는 사람 앞에서도 책을 잘 읽는 편이다. ( )

9. 나는 복잡한 글을 빠르게 이해하는 편이다. ( )

10. 나는 책을 읽을 때 꼼꼼하게 오류를 찾는 편이다. ( )

11. 나는 책을 읽을 때 객관적 입장에서 분석적인 사고를 하는 편이다. ( )

12. 나는 책을 읽을 때 저자 입장에서 읽는 편이다. ( )

13. 나는 책을 읽을 때 손으로 자세히 적는다. ( )

14. 나는 작은 단서로 숨은 의미를 찾아내는 추리력이 있다는 말을
종종 듣는다. ( )

15. 나는 책을 고르는 판단력이 있는 편이다. ( )

16. 나는 엉뚱한 상상력이 있는 편이다. ( )

17. 나는 당면한 문제를 해결하는 능력이 있는 편이다. ( )

18. 나는 누군가에게 독서를 배운 적이 있다. ( )

19. 나는 언제나 독서를 할 준비를 하고 있다. ( )

20. 나는 책을 읽고 나서 감상문이나 소감을 적어 놓는 편이다. ( )

독서지능 테스트 결과

※ O의 숫자를 합치시오.

•0~10개 **독서 하수**

당신은 책을 읽으라고 하면 스트레스를 많이 받는 사람이다. 아직 책을 많이 읽어 본 것은 아니다. 책을 읽기보다 직접 강연회에 가거나 동영상을 보는 편이 좋다. 책과 친해지려는 노력이 필요하다. 이 책에서 이해되지 않는 부분이 있더라도 일단 끝까지 책을 읽고, 다시 한번 숙독해 보자.

•11~15개 **독서 중수**

당신은 주어진 일이 있으면 책을 읽을 수 있는 사람이다. 그러나 먼저 알아서 책을 읽지는 못한다. 일이 닥치면 그때 시작한다. 일단은 책 읽는 스케줄부터 짜는 것이 좋다. 스스로 선택하여 책을 읽는 경험을 늘릴 필요가 있다. 펜을 손에 쥐고 이 책을 읽으며, 자신이 생각하기에 중요한 문장이 나오면 밑줄을 그어 보자. 핵심 단어에는 동그라미를 치고, 나중에 밑줄과 동그라미 친 부분만 읽어 본다.

•16개 이상 **독서 고수**

당신은 수시로 서점에 가며 언제라도 좋아하는 책을 읽고 독후감을 잘 작성할 수 있는 고수이다. 당신은 인생을 주도적으로 살아가는 사람으로 독해력을 갖고 있다. 상황에 따라 적절하게 자신의 메시지를 만들 수 있는 사람이다. 이 책을 다 읽었으면 핵심을 1페이지로 요약해 보자. 그리고 SNS에 공유해서 반응을 살펴보자.

문독問讀,
질문하며
읽는다

"책은 작가와의 대화로 초대하는 일종의 초대장이다.
나의 유일한 독서 습관은, 질문을 하며 책을 읽는 것이다."
— 마이클 샌델

마침표보다 물음표를 갖기

우리가 책 읽기를 어려워하는 이유는 무엇일까? 시간이 부족해서가 아니라 책 읽는 방법을 제대로 배우지 않았기 때문이다. 독습 모임을 하면서 깨달은 것은 책을 어떻게 대해야 할지 모르는 사람이 많다는 사실이었다. 책은 반드시 끝까지 읽어야 하는 줄 아는 사람도 있고, 빨리 읽어야 한다는 강박을 가진 사람도 있다. 그렇다면 책을 어떻게 읽는 것이 좋을까?

나는 초등학교 6년, 중고등학교 6년, 대학교 4년, 대학원 7년을 거쳐 문학박사 학위를 받기까지 무려 23년을 공부했다. 그러나 단 한 번도 책 읽는 방법을 제대로 배운 적이 없었다. 무작정 책을 읽으며 많은 시간을 소모했을 뿐이었다. 나는 책에 대한 욕심도 많았고, 책을 읽는 방식에 대해서도 누구보다 고민이 많았다. 실행하기 위해서는 정보가 있어야 하지만, 남들처럼 정보를 습득하는 것만으로는 모자라다.

현장에서 당장 쓸 수 있는 전술을 갖기 위해서는 지식이 축적되어 있어야 하고, 새로운 판을 짜기 위해서는 경험을 통한 지혜를 발휘해야 한다. 그러나 지혜는 무턱대고 경험만 많이 한다고 생기는 것이

지혜 / 전략(WHY)
지식 / 전술(HOW)
정보 / 운영(WHAT)

아니다. 전략적으로 접근할 때 삶의 지혜를 얻을 수 있다.

독습 모임을 통해 일반인들에게 고수의 독서법을 가르치면서 느낀 것은 책 읽기를 제대로 배워야 한다는 것이다. 책 읽기를 잘못 배우면 책과 친해질 기회를 빼앗기게 된다. 억지로 권하는 책은 잘못하면 독서에 대한 나쁜 인식을 남긴다. 학창 시절에 억지로 책을 읽은 경험이 오히려 성인이 된 후 독서에 안 좋은 영향을 미친다. 책을 단지 숫자로 치환해 '1만여 권을 읽었다'고 자랑하는 사람들의 책에는 손이 가지 않는다. 진짜 책이 좋아서 읽는 사람들은 책을 몇 권 읽었는지 세지 않으며, 권수를 알더라도 스스로 몇 권 읽었다고 떠벌이지 않는다.

책을 읽었다고 아는 체하지 말고, 안다고 다 이해했다고 하지 말고, 이해했다고 다 행동할 수 있다고 믿지 마라. 몇 권의 독서가 갑자기 기적을 만들지는 않는다. 하지만 책을 읽으면서 아는 것이 늘어가고, 그동안 이해하지 못했던 사물이나 현상이 이해되고, 작은 행동이 성과로 이어지면 그에 따라 책을 읽는 행위가 의미를 갖게 된다. 한 번 책에 빠지면 누가 시키지 않아도 책을 놓지 않는다. 어릴 때 만화책이나 무협지를 읽었던 사람들은 책을 붙잡고 밤을 새웠던 기억이 있을 것이다. 정규 교육에서 일어나는 비자발적인 독서 교육이 오히려 독서를 멀리하게 만드는 것이 아닌지 의문이다.

책은 혼자 무작정 읽기만 해서는 안 된다. 독서는 저자와의 대화이다. 독서라는 행위는 홀로 할지라도, 의식은 저자와 함께하며 서로 상호작용할 수 있어야 한다. 책을 읽으면서 저자가 말하고자 한 것이 무엇인지 깨달아야 한다. 이제껏 쉽사리 마침표를 찍었던 생각에 용기 있게 물음표를 던지는 것이 중요하다.

의미를 곱씹지 않으면 물음표를 던지기 힘들다. 물음에 대한 답을 찾았을 때 오는 느낌표의 상호작용도 중요하다.

　그렇다고 주체성을 잃어서는 안 된다. 비판적 읽기에서 중요하게 생각하는 것이 바로 주체성이다. 저자의 의견을 존중하되, 저자도 사람이고 잘못된 부분이 있을 수 있기 때문이다. 책을 통해서 단순히 지식을 습득한다고만 생각하지 마라. 주체적으로 읽지 않으면 지식을 제대로 습득하기 어렵다. 주체성이 있어야 지식도, 지혜도, 경험도 쌓을 수 있다. 이 책에서 제시하는 10가지 독습 방법을 알면 좀 더 책과 가까워지는 기회를 얻게 될 것이다.

왜 독습을 해야 하는가?

　독습讀習이란 글을 읽으며 스스로 배워서 익힌다는 뜻이다. 독습의 '독讀'자는 '말씀 언言'과 '팔 육賣'이 합쳐진 글자다. 팔 육賣은 '날 출岀'과 '살 매買'로 이루어졌고, 살 매買는 '그물망网(罒)'과 '조개 패貝'가 합쳐진 글자다. 여기서 그물망은 안목을 의미하고, 조개는 돈을 의미한다. 비즈니스 상황에서 돈이익을 볼 수 있는 안목을 얻으려면 책을 읽어야 한다. 좋은 조개를 사 와야 소리 내어서 잘 팔 수 있는 것이다. 소리 내어 읽었다면 이제 익힐 차례이다. 독습의 '습習'자는 '깃 우羽'과 '흰 백白'으로 구성된 글자다. 여기서 흰 백白은 사실 '스스로 자自'가 변한 것이다. 알에서 깨어난 어린 새가 날개羽를 스스로白 퍼드덕거린다는 뜻이다. 새는 어미로부터 나는 법을 배우지 않는다. 자기 스스로 보고 듣고 읽고 익히는 것이 독습이다.

　지적 자본은 쉽게 만들어지지 않는다. 타인의 의견을 존중하되 타인에게 의

지하지 않고, 타인과 다른 독자적이고 확고한 견해를 가져야 한다. 지적 노동에서 흘린 땀을 통해 우리는 지적 자본을 축적할 수 있다. 이때 지적 노동이란 단순히 책을 읽는 행위를 의미하는 것이 아니다. 피터 드러커는 지식에 대해 이렇게 이야기한다. "지식이란 언제나 존재being에 대해 적용되는 것으로 생각해 왔다. 그러던 것이 어느 순간부터 지식이 행위doing에 적용되기 시작했다. 지식 그 자체가 자원이 되고 실용적인 것이 되었다. 과거에는 언제나 사유 재산이었던 지식이 어느 한 순간에 공공 재산이 되었다." 다시 말해, 앎knowing은 존재와 행위로 연결되어야 한다.

나는 기업, 자영업창업, 공공기관, 학교와 그 외 교육기관 등 다양한 업계의 현장에서 뛰면서 교육, 컨설팅, 코칭 등을 해왔다. 초창기에는 쉽게 돈이 되다 보니 강의를 많이 했다. 하지만 강의를 하면 할수록 바쁘기만 하지 정작 나 자신은 발전이 없다는 생각이 들었다. 그 무렵 나의 경험을 책으로 묶게 되었는데, 그것이 모멘텀이 되어서 지금까지 10권 이상의 책을 쓴 저자가 되었다. 아는 것이

많다고 해서 성과 또한 좋은 것은 아니다. 하지만 적어도 아는 것이 없으면 성과performing를 내기 어렵다.

아는 것과 하는 것의 차이는 크다. 존재하는 것과 실행하는 것의 차이도 크다. 아는 것만 자랑하는 사람 치고 제대로 해놓은 것은 없는 경우가 많다. 당신은 이 세상에 왜 존재하는가? 자신이 이 세상에 존재하는 이유를 아는 것이 의미 있는 작업의 시초이다. 한편, 성과를 잘 낸다고 해서 어떤 사람으로 기억되는 것은 아니다. 당신은 어떤 사람으로becoming 기억되고 싶은가?

어른이 된다는 것은 한 사람을 책임진다는 것이다. 어른인 척하는 사람 치고 진짜 어른을 찾기 어렵다. 인생은 그리 길지 않다. 소중한 시간에 책을 읽는 행위는 분명 자신의 존재 의미meaning를 찾게 해 주고, 그것을 실행하는 데 도움이 된다. 지금처럼 복잡하고 산만한 세상에서 독습은 매우 의미 있는 일이 될 것이다. 이를 위해 당장 집중focus해야 할 일은 무엇인가?

생각을 촉진시키는 물음, 발문

• 내 인생에 영향을 준 책은 무엇인가?
• 나는 어떤 일을 하고 있는 사람인가?
• 그 일은 어떤 의미가 있는가?
• 독습을 통해서 얻고자 하는 것은 무엇인가?

위와 같은 물음의 공통점은 무엇일까? 모두 발문發問이라는 것이다. 책 읽기와 물음은 떼어 놓을 수 없다. 그런데 물음 중에서도 질문과 발문은 약간의 차

발문의 종류

분류		내용	예시
확산적 발문	가설적 발문	학습자가 어떤 내용을 예측하게끔 하는 발문	만약 아편전쟁에서 중국이 패배하지 않았다면 어떻게 되었을까요?
	전이적 발문	학습자가 획득한 지식을 다른 범주로 전이시키는 발문	남북전쟁을 통해 보급된 실용주의는 미국인의 실생활에 어떤 영향을 주었나요?
	추론적 발문	학습자가 단서, 느낌을 추론하도록 하는 발문	고흐의 작품들을 보고 무엇을 느낄 수 있나요?
수렴적 발문	이해적 발문	학습자가 어떤 사실이나 정보를 분석해서 이해하도록 하는 발문	이 소설에서 작가의 문체는 소설 전반에 어떤 영향을 주고 있나요?
	적용적 발문	학습자의 배운 지식을 현실에서 적용하고자 하는 발문	오늘 배운 것을 현실에 적용한다면 어떻게 할 수 있을까요?
	성찰적 발문	학습자가 획득한 지식이나 정보에 대해 다시금 성찰하도록 하는 발문	오늘 배운 실용주의는 당신에게 어떤 의미로 다가오나요?

이가 있다. 질문이 자기가 잘 모르거나 의심스러운 것을 상대방에게 알아보고 자 하는 것이라면, 발문은 학습자의 생각을 촉진시키기 위해 스스로 생각하고 이야기하게 하며 그로써 깨달음을 얻게 만드는 것이다.

예를 들어 "저자의 직업이 무엇일까?"는 질문이며, "저자는 왜 이 책을 썼을 까?"는 발문이다. 발문을 하는 이유는 학습자들의 능동적인 활동과 적극적인 사고를 유발하기 위해서이다. 발문의 원칙은 간단하고 명료하며, 개괄적이면서 사고를 자극할 수 있어야 하고, 뚜렷한 목적을 내포하고 있어야 한다. 발문은 학습자의 경험과 지식의 범위 내에서 이루어져야 하며, 개인별 특성을 최대로 고려해야 한다. 발문은 종류에 따라 크게 확산적 발문_{가설적 발문, 전이적 발문, 추론적 발문}과 수렴적 발문_{이해적 발문, 적용적 발문, 성찰적 발문} 등으로 나뉜다. 독서 지도를 할 때는 발문이 학습자들에게 도움이 될 것이다.

내 인생에 발문을 던져준 책

나는 오랫동안 비즈니스 글쓰기 코칭 일을 해왔다. 기획서, 보고서, 제안서, 사업계획서, 자기소개서, 이메일은 물론이고 칼럼과 책 쓰기까지 한동안은 찾아오는 일을 마다하지 않고 했다. 그러던 것이 책을 내고부터 달라지기 시작했다. 스스로 일을 택할 수 있는 권리가 나에게 온 것이다. 이제 나는 누가 시켜서 하는 일을 하지 않는다. 내가 선택해서 일하고, 그 일이 어떤 의미가 있으며, 내가 시간을 낼 수 있는지 확인한다.

글쓰기 코칭이라 하면 대개 문장을 고쳐주는 일만 생각하지만, 그것이 전부가 아니다. 비즈니스 전략부터 협상, 문제해결, 문서작성, 퇴고까지 다각도로 해야 하기 때문에 고된 일이다. 어느 날 마흔쯤이 되어 되돌아보니 글쓰기 코칭을 하는 것이 행복하지 않았다. 거기에는 여러 가지 복합적인 원인이 작용하고 있었다. 일을 다양하게 하다 보니 내 정체성에 대한 의문이 들었고, 일이 많다 보니 번아웃되어 있었다. 그런 상태로 일을 하니 건강과 인간관계, 업무가 꼬이기 시작했다. 무언가 잘못되었지만 그것이 무엇인지 알 수 없었다.

내가 내 일을 다시 정리해야겠다고 마음을 먹고, 책을 붙잡았다. 그때 잡힌 책이 《인생의 절반쯤 왔을 때 깨닫게 되는 것들리처드 J. 라이더, 데이비드 A. 샤피로 지음》이었다. 저자는 "당신은 삶에 대한 정의를 어떻게 내릴 것인가?", "무엇이 바람직한 삶인가?"라는 화두를 던지며 세상이 미리 정의해 놓은 삶을 버리고 스스로 다시 정의 내린 삶을 선택해야 새로운 시작을 할 수 있다고 조언한다. 그 책이 내게 던진 질문의 여운이 아직도 남아 있다.

당신에게 가장 인상 깊었던 책은 무엇인가? 이제 당신이 대답할 차례이다.

기계적 책 읽기에서 벗어나기

독서에서 가장 중요한 것이 무엇이냐고 묻는다면 나는 주저 없이 문독問讀이라고 말한다. 독서 모임인 '독습' 회원 중에 질문하며 책을 읽은 후 변화한 30대 여성 회원이 있었다. 이전에는 책만 들면 졸았는데, 문독 이후 졸리지가 않다는 것이다. 무작정 책을 읽다 보면 아무래도 수동적으로 읽게 되고 그것이 반복되면 기계적 독서를 하게 된다. 한마디로 '읽기는 읽었는데 남는 것이 없는' 독서이다. 이를 옛사람은 '도능독徒能讀'이라고 불렀다. 글의 깊은 뜻을 알지 못하고 오직 읽기만 잘하는 것을 의미한다.

> 너희 셋 모두 맹자를 읽었느냐? 배움은 정밀하게 따지고 살펴 묻는 것을 소중하게
> 여긴다. 너희가 일찍이 따져보지 않기 때문에 의문이 생기지 않고, 의문이 생기지
> 않으므로 물을 수가 없는 것이다. 이와 같다면 아무리 많이 읽은들 무슨 소용이
> 겠느냐? 힘쓰도록 해라. 득남이에게도 부지런히 읽도록 권면해야 할 것이다.
>
> – 《아버지의 편지》(류성룡 편) 중에서

이런 도능독에서 벗어나기 위해서 스스로 질문을 던져야 한다. 질문이 있으려면 의문을 품어야 한다. 그저 글자나 읽는 도능독 식의 공부는 하나마나한

것이다. 의문이 생겨야 발전이 있다. 아무런 궁금증 없이 읽기만 해서는 내 것이 되지 않는다. 의문을 품었으면 어떤 질문을 던질 것인가? 책을 읽은 후에는 자신의 의견을 써 보는 것이 좋다. 스스로 의견이 확립되어야만 완독이다. 주체적 읽기를 시작했다고 할 수 있다.

독서 자체보다 중요한 건 독서를 하는 태도이다. 독서를 잘못하면 차라리 안 하느니만 못할 수 있다. 책이 말하는 바가 진정으로 무엇일까를 진지하게 고민하기보다 책의 부분 부분을 자의적으로 해석해 자신의 의견을 강화하는 용도로 쓴다면 말이다. 자신의 생각을 공고히 하려 밑줄을 치며 책을 읽으면서 자신과 다른 생각은 무시한다면 자칫 편향된 사고를 키울 수 있다. 자의적 해석이나 자신만의 생각이 옳다는 생각에서 벗어나야 한다. 송나라 주희朱熹는 "배움에는 의심을 품는 것이 귀중하다. 작게 의심하면 작게 진보하고, 크게 의심하면 크게 진보하며, 의심하지 않으면 진보하지 않는다"라고 말했다. 명나라 진헌장陳獻章도 "배움은 생각에서 시작되고, 생각은 의심에서 기원한다"라고 했다. 책 읽기는 의심으로 생각의 힘을 키우는 활동이다.

책을 읽을 때 떠오르는 의문을 잘 살려야 한다. 의문을 억압하거나 짓눌러서는 안 된다. 책을 읽는 행위는 자신의 생각을 스스로 넓히는 것이다. 자신의 생각을 버리고 책에 자신을 맞출 필요는 없다. 반대로 자신의 생각을 책에 맞춰서도 안 된다. 머릿속에 의문이 생기면 그 의문을 소중하게 받아들이는 것이 중요하다. 자신의 고정관념에 맞춰서 읽는다면 그러한 책 읽기는 사고 확장에 하등 도움이 되지 않을 것이다. 다시 강조하건대, 의문을 품고 책을 봐야 한다. 독서를 통해서 생각을 가두지 않도록 주의해야 한다. 책을 읽을 때 궁금한 것이 있다면 탐문해야 한다.

책을 읽을 때는 반드시 질문을 메모하라. 질문을 가지고 독서하면 알아가는 재미가 늘어간다. 흥미로운 것은 질문도 하면 할수록 는다는 것이다. 새로운 것을 알아가는 재미는 스스로 질문을 갖고 그에 대한 답을 찾을 때 얻을 수 있다. 여기에 더해, 물음표가 많아질수록 느낌표도 늘어간다. 질문 훈련은 스스로 문제를 바라보는 관점을 바꾸기 때문이다. 피상적 책 읽기를 주체적 책 읽기로 바꾸는 힘이 바로 질문이다. 마침표에서 물음표로 바꿔야 생각의 힘이 길러진다.

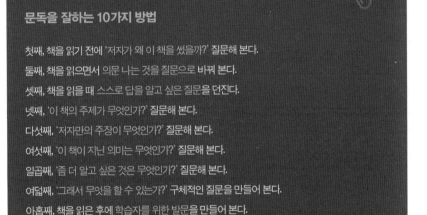

문독을 잘하는 10가지 방법

첫째, 책을 읽기 전에 '저자가 왜 이 책을 썼을까?' 질문해 본다.
둘째, 책을 읽으면서 의문 나는 것을 질문으로 바꿔 본다.
셋째, 책을 읽을 때 스스로 답을 알고 싶은 질문을 던진다.
넷째, '이 책의 주제가 무엇인가?' 질문해 본다.
다섯째, '저자만의 주장이 무엇인가?' 질문해 본다.
여섯째, '이 책이 지닌 의미는 무엇인가?' 질문해 본다.
일곱째, '좀 더 알고 싶은 것은 무엇인가?' 질문해 본다.
여덟째, '그래서 무엇을 할 수 있는가?' 구체적인 질문을 만들어 본다.
아홉째, 책을 읽은 후에 학습자를 위한 발문을 만들어 본다.
열째, '책을 다 읽은 후에 내가 얻은 것은 무엇인가?' 질문해 본다.

가장 중요한 것은 질문을 멈추지 않는 것이다.
호기심은 그 자체만으로도 존재 이유를 갖고 있다.
영원성, 생명, 그리고 현실의 놀라운 구조에 대해
숙고하는 사람은 경외감을 느낄 수밖에 없다.
매일 이러한 비밀의 실타래를
한 가닥씩 푸는 것만으로도 충분하다.
신성한 호기심을 절대로 잃지 말라. ● 알버트 아인슈타인

질문이 아니라 의문을 품기

잘 알려진 책 읽기 이론은 SQ3R 모형이다. 미국 학자인 프란시스 로빈슨이 1941년 처음 소개한 것으로, 대학생들의 읽기 수준을 향상시키기 위한 학습 방법으로 고안되었다. 독서를 지적 자본으로 바꾸는 데도 효과적으로 적용될 수 있는 모형이다.

1단계 훑어보기|Survey 글을 자세히 읽기 전에 제목이나 소제목, 차례, 삽화, 처음과 끝 부분 등 글 전체를 훑어보고 그 대강의 내용을 짐작해 보는 단계이다.

2단계 질문하기|Question 훑어보기 한 내용을 바탕으로 제목이나 소제목, 강조된 어구를 질문의 형식으로 바꾸어 보는 단계로, 훑어보기와 거의 동시에 이루어진다.

3단계 자세히 읽기|Read 글을 읽어 나가며 내용을 자세히 확인하고 파악하는 단계로, 질문하기 단계에서 품었던 질문에 대한 답을 찾는 데 주의를 기울이고, 새로운 의문점이나 궁금한 점 등을 메모해 두는 단계이다.

4단계 되새기기|Recite 지금까지 읽은 내용들을 마음속으로 정리하고, 글쓴이가 글을 쓴 동기나 목적, 그리고 글의 핵심 내용이 무엇인지를 생각

해 보는 단계이다.

5단계 **다시 보기**Review 글 전체의 내용을 정리하는 단계로, 글의 내용을 다른 사람에게 이야기하거나, 글의 내용에 자신의 생각을 보태어 한 편의 글을 스스로 써 보는 것이다. 이를 통해 내용을 더욱 분명히 이해하고 기억할 수 있다.

질문이란 무엇인가

질문은 동서양을 막론하고 크게 3가지 단계로 이루어진다. 질문은 요청하는 물음표이고, 의문은 의심하는 물음표이고, 탐문은 파고드는 물음표이다. 서양적 관점에서 질문은 크게 3가지로 나눌 수 있다.

- 애스크Ask : 원뜻은 '요청하다'로, 요청하는 질문이다.
- 퀘스천Question : 질문을 거듭하는 것으로, 의심하는 질문이다.
- 인쿼리Inquiry : 파고드는 물음으로, 특정인에게 탐구하는 질문이다.

동양적 관점에서도 크게 3가지로 나눌 수 있다.

- 질문質問 : '알고자 묻다'는 뜻이다.
- 의문疑問 : '의심스러워 묻다'는 뜻이다.
- 탐문探問 : '찾아가 묻다'는 뜻이다.

질문의 4가지 유형

질문은 도끼이다. 본질을 꿰뚫는 질문의 유형들에 대해 이야기해 보자. 질문 Question은 유형별로 4가지로 명명했으며, 에너지 유무와 혜택 유무를 축으로 삼았다.

첫 번째 유형 무관심 질문 간단히 말하면 아무 의미 없는 질문이다. 무관심 질문은 질문의 에너지가 부족하고, 질문에 대한 답변을 했을 때 그 혜택이 적은 질문이다. 질문을 받는 상대방에게 아무런 영향을 줄 수 없다. 예를 들어, "당신은 무슨 책을 고를 것입니까?"라는 질문은 지나치게 형식적이라 어떤 의도로 질문하는지 알 수 없다.

두 번째 유형 독립성 질문 독립성 질문은 에너지가 부족하지만 혜택이 있는 질문이다. 상대방의 호기심이나 관심을 끌어낼 에너지는 부족하지만 정보, 수익, 지혜 등 다양한 데이터를 제공해 줄 수 있다. 그러나 에너지가 적어서 상대방을 촉진하기는 힘들다.

예를 들어, "지금까지 읽은 것 중 가장 인상 깊었던 책을 말씀해 주시겠습니까?"라는 질문을 보자. 그 사람을 알아가는 데 어떤 책을 읽었느냐는 매우 중요하다. 그렇다고 책 하나 잘 읽었다고 어떤 영향이나 변화가 있는 것은 아니다.

세 번째 유형 호기심 질문 직접적인 혜택은 적지만 상대방의 에너지를 끌어낼 수 있는 질문이다. 이 질문의 효과는 상대방에게 코치의 에너지를 보여줌으로써 특별한 이익이나 혜택이 없더라도 상대방과의 관계를 좋게 한다는 것이다. 동양적 관점에서 의문형 질문에 가깝다.

예를 들어, "이야기를 듣다 보니 궁금해서 묻는데, 그동안 책을 읽으면서 일관되게 지향했던 것은 무엇입니까?"라는 질문을 보자. 호기심이란 상대방에 대한 관심이 없으면 아

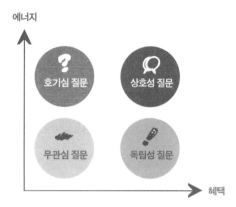

예 발생할 수 없는 것이다. 호기심 자체가 결국 큰 에너지이다. 그 에너지가 나쁜 의도를 갖고 있지 않다면 상대방의 마음을 열 수도 있다.

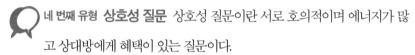 네 번째 유형 **상호성 질문** 상호성 질문이란 서로 호의적이며 에너지가 많고 상대방에게 혜택이 있는 질문이다.

예를 들어, "책을 읽었던 것을 쭉 살펴보니 어떠신지요?"라는 질문은 상호성 질문으로, 서로 상생win-win하는 질문이다.

《하버드 마지막 강의》의 저자 라이언 학장은 이렇게 말한다. "질문은 열쇠와 같다. 인생을 살아가면서 우리는 많은 문을 만난다. 그런 문 뒤에는 기회와 경험 그리고 새로운 인연으로 이어주는 온갖 가능성이 숨어 있다. 그러나 가능성의 세계로 들어가려면 반드시 문을 열어야 한다. 그 문을 열 수 있는 열쇠가 바로 질문이다. 질문은 라틴어 '찾다Quaestio'에서 유래했다. 약어 'Qo'로 쓰던 것을 '?'Question Mark·물음표로 기호화해 질문의 의미로 활용한다. 그래서 질문은 곧 시작이며 출발이다."

결국 질문이 열쇠이다. 책을 읽을 때 열쇠 없이 읽는다면 곧 벽에 부딪힐 수

밖에 없다. 열리지 않는 것 역시 내가 열쇠를 갖고 있지 않기 때문이다. 맞는 열쇠로 연다면 안 열리는 문은 없을 것이다. 이제 질문을 품고 책을 잡아라.

독전讀前에 자문自問하고, 독후讀後에 자답自答하는가? 결국 책을 읽는 행위는 질문과 함께해야 한다. 책의 글자를 읽고, 문장과 문장, 문맥을 연결해서 읽으면서 읽는 자신에 대한 질문을 계속 만들어가야 의미가 생긴다. 생성된 질문에 대한 답을 찾는 노력이 궁극적으로 배움을 가져다 준다.

독서는 책을 읽는 것이 아니라 텍스트, 콘텍스트, 당신 자신에 대한 질문을 하는 '문독'이어야 한다. 질문으로 읽는 독습은 비판적 책 읽기의 첫 단계이다. 제목이나 목차와 관련된 질문을 마음속으로 해 봄으로써 책에 집중할 수 있다. 스스로 질문함으로써 독자는 자신의 배경 지식을 적극 활용하며 능동적으로 글을 읽게 된다. 미처 질문해 보지 못한 것에 대한 내용이 나오면 그 내용도 파악하여 새로운 질문을 만드는 것이 좋다. 책을 읽으면서 질문에 하나하나 답하다 보면 책 내용을 쉽게 파악할 수 있으며 뇌 속 기억에도 오래 남게 된다.

질문들이 쏟아져 나오는 책 읽기

박영준 질문디자인연구소장

질문하면 떠오르는 사람이 있다. 질문을 디자인하는 질문술사, 박영준 코치를 만났다. 엄청난 독서량을 자랑하는 그는 《혁신가의 질문》 저자이자 매년 '질문예술학교'를 운영하고 있는 질문디자인연구소 소장이다. 그가 마지막에 꺼낸 이야기는 '질문을 품고 있는 사람이 행복하다는 것'이 었다. 질문술사 박영준 코치의 문독을 따라가 보자.

아래의 내용은 저자의 질문에 박영준 소장이 대답 한 인터뷰 내용이다.

박영준 소장

Q. 질문술사는 어떤 식으로 책 읽기를 권하며, 또 어떻게 읽으시나요?

_____ 요즘 같이 책을 읽지 않는 시대에 '기계적 독서Mechanical Readiing'라 도 하고 있다면 훌륭합니다. 하지만 무턱대고 읽는 것은 좋지 않아요. 어떤 책 을 읽느냐, 즉 책을 선택하는 과정이 중요해요. 저는 《독서의 기술》 저자인 모티머 애들러 박사가 이야기한 '신토피칼 독서Syntopical Reading'를 추천합니다.

신토피칼 독서란 한 권뿐만 아니라 하나의 주제에 대해 함께 몇 권의 책을 서로 관련지어서 읽는 것으로 일종의 '비교 독서법'입니다. 예를 들어, 교육 문제에 대해 호기심이 생기면 그에 관한 책을 10~20권가량 골라 읽습니다. 이렇게 주제별로 책을 읽다가 그 저자의 철학과 내용이 마음에 들면 저자별로 보는 것도 좋아요. 경영 관련 책들을 읽다가 피터 드러커가 맘에 들면, 그의 책들을 찾아 읽는 식이죠. 사실 책을 읽는 이유는 해당 분야의 지혜로운 사람을 만나기 위해서입니다. 자신이 '어른'으로 삼을 수 있는 사람의 책을 고르세요. 그 사람의 시각으로 세상을 보는 겁니다. 여기서 말하는 '어른'이란 그 분야의 스승으로 모실 수 있는 사람입니다.

실용서는 작가보다 주제별로 읽게 됩니다. 예를 들어, 팀빌딩 코칭을 하기 위해서 관련 주제의 책들을 찾아 읽는다면, 이럴 땐 전부 다 읽지 않고 필요한 부분만 읽는 부분 독서를 합니다. 이처럼 실용서는 빠르게 훑어보는 한편, 문학작품

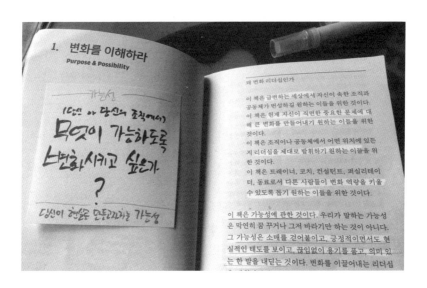

은 손가는 대로 전부 읽습니다. 예를 들어, 김훈 작가의 《칼의 노래》를 읽고 감동받았다면 그 작가의 작품을 찾기 시작해요. 그렇게 해서 《현의 노래》, 《남한산성》 등 그 작가의 작품을 수집하고 읽습니다. 어떠한 주제에 관한 책을 보던 중 어느 작가를 만나 그 작가의 책을 쭉 읽게 되는 것입니다. 저는 심지어 《공부와 열정》을 재미있게 읽었는데, 그 책을 선택한 이유는 제가 좋아하는 《갈매기의 꿈》을 쓴 리처드 바크의 둘째 아들 제임스 마커스 바크의 저서이기 때문이죠. 좋아하는 작가들에 관해 '그들은 삶을 어떻게 살았을까?'라는 궁금증이 들면 작가와 이어진 사람에게도 관심이 가기 시작해요. 아들, 친구, 제자 등 사람의 연결망을 생각하며 읽는 것도 재미있어요. 지식 노동은 작가의 연결망을 촘촘히 하여 지혜의 숲을 여행하는 것일지도 모릅니다.

Q. 책과 질문이 어떻게 연결되는지요?

_____ 앞서 설명한 작가의 연결망을 통해서 읽는 방식은 가장 적극적인 독서법이라 할 수 있습니다. 니체가 도덕의 계보학을 이야기했듯이 작가의 계보학을 읽는 것은 매우 의미가 있어요. 단지 사상면에서만 아니라, 작가의 연결망을 살펴보며 위아래 양옆으로 계보를 따라 읽어 보는 것입니다.

읽고 해석하고 질문하는 것도 마찬가지입니다. 한 권의 책에는 콘텐츠가 있고, 그 책을 쓴 작가가 있고, 그 작가가 소속된 맥락context이 있습니다. 그 맥락은 작가가 처한 시대 상황일 수도, 혹은 기업이라면 구조일 수도 있습니다. 어떤 작가든 특정한 상황에서 어떤 문제에 봉착하는데, 그 문제를 해결하는 과정을 담은 것이 바로 책입니다.

모든 작가들은 자신이 탐구하고자 하는 하나의 근원적 질문을 가지고 있습니다. 예를 들면 칼 로저스의 경우에는 '어떻게 하면 사람이 성장할 수 있는 환경을 제공할 수 있을까?'에 천착합니다. 그가 쓴 책을 여러 권을 읽으면서 '내가 로저스라면 근원적 질문이 무엇일까?'를 생각해 봐야 해요. 피터 드러커의 경우에는 '매니지먼트란 무엇일까?'에 천착합니다. 이와 관련해 '어떻게 하면 조직이 조직 밖에 있는 것을 동원할 수 있을까?', '지식근로자로서 어떻게 공헌할 수 있을까?'와 같은 질문을 던질 수 있습니다. 책을 쓸 때 작가가 가졌던 이런 근원적 질문을 찾으면 그 책이 자연스럽게 이해됩니다. 콘텐츠는 쉽게 잊히지만 책이 던지는 질문은 잊기 힘들어요. 작가가 자신의 질문에 대하여 나름대로의 해답을 풀어낸 것이 결국 책입니다.

Q. 어떻게 해서 질문을 디자인하게 되었는지요?

_____ 논어에 일이관지一以貫之란 말이 나옵니다. 이는 하나의 원리로 모든 것에 통달했다는 뜻입니다. 아무리 좋은 구슬이 있다 해도 일이관지가 없으면 하나로 통하기 힘들어요. 저는 전략기획, 리더십, 액션러닝, 학습조직, 퍼실리테이션, 코칭 등 다양한 일을 경험하고 있는데 제 일들을 꿰뚫는 것 하나를 잡다 보니 그것이 '질문'이었습니다.

질문question이라는 단어는 '묻다', '찾다'를 뜻하는 라틴어 '콰이르에레quaerere'에서 유래했습니다. 거기에 '디자인'을 붙여서 '질문 디자인'을 찾게 되었어요. 디자인design이라는 용어는 '표현하다'를 뜻하는 라틴어의 데시그나레 designare에서 유래했습니다. 디자인을 '디de + 자인sign'으로 보아 '자인sign이

단순한 제스처에 불과한 것이라면, 디-자인de-sign은 단순한 제스처에서 벗어나는 의미심장한 신호'이라고 풀이하는 사람도 있고, '뺄 것은 빼고, 남겨둘 것은 남기는 것'이 디자인이라고 풀이하는 사람도 있어요. 해석의 여지는 많습니다. 중요한 것은 삶을 변화시키는 질문을 누가 하는가입니다. 나 자신에게 '10년 동안 지루해하지 않을 자신이 있느냐?'라고 물었을 때, 그럴 수 있을 것 같아서 질문 디자인 연구를 시작하게 되었어요. 탐구하는 사람은 질문을 디자인해서 던져야 해요.

Q. 책을 읽을 때 어떤 의문을 품는 것이 좋을까요?

_____ '어떻게 하면 글을 잘 쓸까?'라는 물음을 품고 있으면 '첫 문장에 반하게 하라', '뼛속까지 내려가서 써라'라고 말하는 책들이 자연히 눈에 띄기 마련

입니다. 이처럼 의식적이든 무의식적이든 준비된 질문이 있고 그에 관한 답을 찾다 보면 해결책을 제시하는 책들을 만나게 돼요. 좋은 질문을 품고 있으면 좋은 책을 만날 수 있습니다. 사람의 인연을 생각해 보세요, 제가 초등학교 때 만났던 김정순 선생님은 항상 제자들에게 관심을 갖고 질문을 던져 주셨어요. "어떻게 공부하고 있니?"라고요 다른 친구들에게도 물어보니 다들 그 선생님이 자신을 좋아했다고 생각하며, 그분에게 애정을 품고 있었습니다. 책과의 인연도 마찬가지입니다. 어떤 주제나 작가에 대해 관심 어린 질문을 던지다 보면 좋은 인연을 만나게 마련입니다.

그런 의미에서 책을 만날 때 어떤 특정한 질문을 갖는 것은 바람직하지 않습니다. 시기마다 다른 질문, 나에게 필요한 인생 질문을 던져야 합니다. 자신이 살면서 무수히 던졌던 질문들을 회고하며 어떤 것들이 있었는지 탐색해 보세요. 남의 질문으로 책을 보지 말고 내 질문을 품고 책을 고르다 보면 좋은 책을 고를 수 있습니다.

Q. 질문을 하면서 책을 읽는 구체적인 방법이 궁금합니다.

_____ 고등학교 시절, 어느 사회과학 도서에서 '책은 노예다'라는 문장을 읽었어요. 그 이후 책을 읽을 때면 페이지를 접거나 밑줄을 긋고 동그라미를 치면서 읽곤 해요. 요즘도 책을 깨끗하게 읽는 사람을 보면 저 사람은 천재인가 보다 생각합니다. 저는 책을 읽을 때면 '저자가 이 책을 쓰면서 품었던 질문은 무엇이며, 독자에게 던지는 질문은 무엇인가?'를 생각합니다. 저자의 질문은 빨간색으로 밑줄을 긋고, 제가 답해야 할 것을 포스트잇에 적어 봐요. 그 문장이 마

음에 들면 손글씨로 적고, 이를 사진 찍어 SNS에 공유합니다. 책을 읽을 때에는 머리말과 맺음말을 읽어 보고 진심이 읽히면 그다음에 본문을 읽어요. 머리말에서는 작가의 문제의식이 바로 드러납니다. 맺음말에는 작가의 당부가 담겨있어요.

독후 질문을 해보는 것도 좋습니다. 《어댑티브 리더십Adaptive Leadership》시리즈 중 〈방 안의 코끼리elephant in the room〉에서는 코끼리가 떡 하니 방 안에 버티고 있는데도 오랫동안 존재를 무시하거나 애써 외면하다 보면 정말 없는 것처럼 느껴진다고 말합니다. 이런 비유를 통해 작가가 의도한 바는 무엇이며, 함께 답해야 할 질문은 무엇일까요? 《글쓰기 신공》이란 책을 읽는다면 신공의 의미가 무엇인지에 관해, 《학습하는 조직》을 읽는다면 저자 피터 셍게가 말하는 학습 조직이 의미하는 게 무엇이며 오래도록 살아남는 기업에는 어떤 특징이 있는가에 관해 질문해야 합니다. 이처럼 진짜 공부는 책을 읽고 나서 질문을 던지는 바로 그 순간 시작됩니다.

박영준 코치의 문독을 응원한다. 그는 사람을 세우는 질문법, 즉 인생 질문에 관하여 작업하고 있다. 책을 잡으면 우선 질문을 던져라. '작가가 가지고 있는 근원적 질문이 무엇일까?' 이러한 문독을 하다 보면 책 읽기가 가벼워지고, 공부는 깊고 진중해진다. 책을 읽지 않으면 지적 자본이 축적되지 않고 결국 나이 들수록 소멸하는 삶을 살고 말 것이다. 당신 인생의 책은 아직 끝나지 않았다. 당신은 지금 읽고 있는 책에서 어떤 질문을 던지고 있는가?

선독選讀,
뽑아서 읽는다

"책의 첫 10쪽만 읽으면 더 읽어야 할지, 말아야 할지
결정할 수 있다." — 유발 하라리

세상의 모든 책을 다 읽으려고 하지 마라

책을 고르는 당신의 기준은 무엇인가? 책을 고르는 안목을 기르다 보면 남들과 다른 시각을 갖출 수 있다. 안목은 사물을 보고 가치를 분별하는 것이다. 좋은 안목을 기르는 데 책을 선택하여 읽는 선독選讀만큼 효과적인 것은 없다.

다른 물건과 비교하더라도, 책은 우리가 가진 정보와 지식을 탁월하게 만드는 데 도움이 된다. 오늘날은 구글링만 열심히 하면 집 안에서도 수없이 많은 정보를 얻을 수 있다. 이처럼 정보 습득이 쉬운 시대에 필요한 것은 정보의 양이 아니라 지식의 질을 꿰뚫어 보는 식견이다. 즉, 눈에 '보이는 것'이 아닌 '보이지 않는 것'을 보는 안목이 곧 능력이다.

광화문 교보문고에 들어섰다고 치자. 당신이 마주할 책 중 80퍼센트는 읽지 않아도 될 책이고, 15퍼센트는 한 번쯤 읽어볼 만한 문장이 있는 책이며, 4퍼센트는 필요한 책이고, 1퍼센트는 당신이 반드시 읽어야 할 필독서이다. 이를 분별할 수 있어야 한다. 일상에서 책 읽는 데 낼 수 있는 시간은 정해져 있다. 하루에 한 시간씩 책을 읽기 위해 시간을 뺀다 해도, 주말을 제외하면 사용할 수 있는 독서 시간은 일주일에 5시간 정도에 불과하다. 평소 1권을 읽을 때 걸리는 독서 시간을 체크하고 그 시간에 맞게 책을 고르는 것이 중요하다(참고로, 아무리 가벼운 자기계발서라 해도 신국판 기준으로 보통 200~300페이지 내외이다).

이제까지 당신은 무의식적으로 책을 골라왔을 것이다. 이 같은 암묵지에 있는 것을 형식지에 옮기는 것이 중요하다. 이를 위해서는 책을 고를 때 샘플 독서 sample reading를 해보는 것이 좋다. 샘플 독서란 책 중에 한 곳을 우선적으로 읽어 보는 것이다. 예를 들어 시집을 고른다면, 먼저 제목이 있는 표제시를 선택한다. 표제시가 마음에 들면 그 시집을 사면 된다. 음반을 고를 때 대표곡이 좋으면 나머지도 좋을 가능성이 크다. 마찬가지로, 어떤 책이든 그 일부를 뽑아서 표본 삼아 읽어 보면 나머지도 대강 짐작할 수 있다.

무엇을 읽을 것인가, 정답은 없다

책을 선별하는 기준은 나 자신이어야 한다. 모두 읽는다는 고전 혹은 입 모아 추천하는 베스트셀러라 해서 내게도 필독서란 보장은 없다. 그런 의미에서 우리는 책이 가지는 가능성과 한계성을 구분할 수 있어야 한다.

신영복 선생은 《강의 : 나의 동양고전 독법》에서 고전 장자莊子 원문과 본인의 해석을 구어체로 읽기 쉽게 풀었다. 그중 천도天道 13절은 책의 한계를 명쾌하게 지적하는 부분이다. "세상에서 도道를 얻기 위하여 책을 소중히 여기지만 책은 말에 불과하다. 말이 소중한 것은 뜻을 담고 있기 때문이며, 뜻이 소중한 것은 가리키는 바가 있기 때문이다. 그러나 말은 그 뜻이 가리키는 바를 전할 수가 없다. 도대체 눈으로 보아서 알 수 있는 것은 형形과 색色이요, 귀로 들어서 알 수 있는 것은 명名과 성聲일뿐이다." 여기에 그치지 않고 제齊나라 환공桓公의 목수 윤편輪扁 이야기를 끌어온다. 다음의 제시문을 읽어 보자.

(A) 삶의 의미와 세계의 원리 등에 대한 깨달음에 도달한다는 것은 지극히 어려운 일이다. 스스로 도달하기가 어려울 경우 앞선 스승들의 가르침을 기록한 글에 의존할 수밖에 없다. 글과 깨달음의 관계는 종종 손가락과 달의 관계로 비유된다. 손가락을 들어서 하늘에 떠 있는 달을 가리킬 때, 만약 가리키는 달은 보지 않고 손가락 끝만 쳐다본다면 이것은 어리석은 일이다. 손가락이 달이 아니듯이 글의 내용도 깨달음 그 자체는 아니다. 하지만 손가락이 가리키는 방향에 달이 있듯이 글은 깨달음으로 이끌어 준다.

— 고등학교 '철학교과서' 중에서

(B) 제나라 환공이 어느 날 당(堂) 위에서 책을 읽고 있었다. 목수 윤편이 당 아래에서 수레바퀴를 깎고 있다가 망치와 끌을 놓고 당 위를 쳐다보며 환공에게 물었다.

"감히 한 말씀 여쭙겠습니다만, 전하께서 읽고 계시는 책은 무슨 내용입니까?"

환공이 대답하였다.

"성인(聖人)의 말씀이다."

"성인이 지금 살아 계십니까?"

환공이 대답하였다.

"벌써 돌아가신 분이다."

"그렇다면 전하께서 읽고 계신 책은 옛사람의 찌꺼기군요."

환공이 벌컥 화를 내면서 말하였다.

"내가 책을 읽고 있는데 바퀴 만드는 목수 따위가 감히 시비를 건단 말이냐. 합당한 설명을 한다면 괜찮겠지만 그렇지 못하다면 죽음을 면치 못할 것이다."

윤편이 말하였다.

"신(臣)의 일로 미루어 말씀드리겠습니다. 수레바퀴를 깎을 때 많이 깎으면 굴대가 헐거워서 튼튼하지 못하고 덜 깎으면 빡빡하여 굴대가 들어가지 않습니다. 더도 덜도 아니게 정확하게 깎는 것은 손짐작으로 터득하고 마음으로 느낄 수 있을 뿐, 입으로 말할 수는 없습니다. 물론 더 깎고 덜 깎는 그 중간에 정확한 치수가 있을 것입니다만, 신이 제 자식에게 깨우쳐 줄 수 없고 제 자식 역시 신으로부터 전수받을 수가 없습니다. 그래서 일흔 살 노인임에도 불구하고 손수 수레를 깎고 있는 것입니다. 옛사람도 그와 마찬가지로 가장 핵심적인 것은 책에 전하지 못하고 세상을 떠났을 것입니다. 그래서 전하께서 읽고 계신 것이 옛사람들의 찌꺼기일 뿐이라고 말씀드린 것입니다."

―장자 천도 편 중에서

(A)에서는 '글의 내용이 깨달음은 아니지만, 글은 깨달음으로 이끌어 준다'는 것을 달과 손가락의 관계에 비유하고 있다. 글은 깨우침을 주는 훌륭한 수단이라는 것이다.

반면 (B)에서 윤편은 성인이 깨달은 내용을 글로는 온전히 담아낼 수 없기에 찌꺼기에 불과한 경전을 읽어 봐야 깨달음에 이를 수 없다고 비판적 시각을 드러낸다. 요즘 사람은 옛사람의 책을 통해서 배운다. 그런데 책에 기록된 옛사람은 '범부凡夫'의 인간이 아닌 이른바 '현자賢者'다. 요즘 사람들은 옛 현자의 모습을 직접 대면한 적도 없고, 그들이 살았던 시대의 상황을 본 적도 없다. 오로지 책에 기록된 모습만 믿고 가르치기도 한다. 그러나 이는 단지 기록에 따른 것일 뿐이다. 예를 들어 책에 기록된 내용이 사실과 다르지 않아 그 안에 진실이 있다면, 책에 머물지 말고 누군가에게 알려주고 세상에 나와 실천하면 된다. 만일 책에 기록된 내용이 진실이 아니라면 후세 사람들에게 그렇게 해서는 안 된다는 사실을 알려주는 반면교사反面教師로 삼으면 된다.

'책은 가리지 말고 읽어야 한다'고 생각하는 사람이 아직도 많다. 옛날 남아수독오거서男兒須讀五車書를 말하던 시절에는 책이 귀했다. 그래서 무조건 읽기를 권했으나 지금은 수천 평 규모 서점에 책이 가득 들어차고도 모자란 시대이다. 그중 무엇을 읽을 것인가에 정답은 없다. 남이 말하는 필독서(B)에서 말한 성인의 말씀가 아닌 내게 깨달음을 주는 나만의 필독서(A)깨달음의 수단를 찾는 안목이 필요하다. 또한 좋은 책을 골라야지 나쁜 책은 굳이 읽을 필요가 없다.

스스로 책을 고르는 안목을 키워라

책 읽기가 습관이 되지 않은 사람 대부분은 책 읽기로 즐거운 경험을 한 적이 없다. 평론가 김현 선생은 《행복한 책 읽기》에서 이렇게 이야기한다. "이제 갈수록 긴 책들이 싫어진다. 짧고 맛있는 그런 책들이 마음을 끈다. 두껍기만 하고 읽고 나도 무엇을 읽었는지 분명하지 않은 책들을 읽다가 맛 좋은 짧은 책들을 발견하면 기쁘다." 당신의 책 읽는 입맛은 어떠한가? 내게 맞는 책을 고르는 안목을 키우자. 방법은 어렵지 않다. 자주 책을 읽을 기회를 만들면 된다. 이때 스스로 책을 선택해서 고르는 것이 중요하다. 자신이 무엇을 할 때 즐거운지, 가장 행복한 때가 언제인지, 어떤 것이 궁금한지, 무엇을 상상할 때 가장 에너지가 차 오르는지 알아볼 필요가 있다. 우리에게는 모든 책을 다 읽을 시간이 없다.

　나는 책상 정리를 잘 못하는 편이다. 어느 날 정리와 관련된 책들을 찾아보았다. 그리고 그중에서 《인생이 빛나는 정리의 마법곤도 마리에 지음》, 《하루 15분 정리의 힘윤선현 지음》, 《나는 단순하게 살기로 했다사사키 후미오 지음》 등을 선택했다. 이런 책들을 통해 정리 기술뿐만 아니라 정리의 심리까지 어느 정도 이해할 수 있었다. 그냥 집히는 책이 아니라, 고르고 고른 책을 읽어야 책 읽기의 만족도가 올라간다. 처음에는 그 분야의 전문가에게 추천을 받는 것도 좋다. 하지만 수준에 맞지 않는 책을 무리하게 읽다 보면 오히려 책에 대한 호감이 사라질 수

책을 고르는 프로세스

1단계 책의 목록 만들기	2단계 인터넷 검색하기	3단계 서점에서 실물 보기
✔ 책을 읽는 사람의 수준을 고려한 도서 목록 작성하기 ✔ 베스트셀러라고 무조건 선택하지 않기 ✔ 흥미를 자극하는 목록 제목 짓기 예) 아는 게 돈이다!	✔ 구입을 희망하는 도서 서평이나 댓글을 참고하기 ✔ 저서 검색을 통해 책의 신뢰도 검증하기 ✔ 저자 홈페이지, 블로그, SNS 등을 통해서 책에 대해 더 알아보기	✔ 일주일에 한 번 이상 서점에 가기 ✔ 신간 도서 키워드 살펴보기 ✔ 서점에 자주 가지 않으면 변화를 포착하기 힘들다!

있다. 책에 대한 안목을 키우기 위해서는 우선 나에게 맞는 책인지 아닌지 골라내는 훈련이 필요하다.

읽는 사람의 수준을 고려한 도서 목록 만들기

잘못된 책을 선택하는 이유는 책 고르는 방법을 배우지 않았기 때문이다. 독습 모임을 하면서 깨달은 점 중 하나는 책을 어떻게 고를지 모르는 사람이 많다는 것이었다. 시키면 시키는 대로 묵묵히, 생각 없이 관성에 따라 책을 읽어온 경우가 대다수다. 여기서 벗어나기 위해 가장 먼저 해야 할 일은 책 읽는 사람의 수준을 고려한 목록 작성이다.

예를 들어, 직장에서는 직급이 높아지면 상황이 달라진다. 전문스킬Technical Skills을 단련해야 하는 사원에게 필요한 책이 있는가 하면 리더십, 조직관리, 의

사소통능력 등 휴먼스킬Human Skills을 향상해야 하는 팀장에게 필요한 책이 따로 있다. 각자의 역할에 맞게 책을 선택해야 한다. 관심이 있는 것을 읽되, 수준이 맞지 않는 책은 피하는 것이 좋다.

막연하게 베스트셀러 코너를 기웃거리다가 '이 정도면 괜찮은 책이겠지' 하고 고르는 사람도 있을 것이다. 베스트셀러라고 해서 무조건 선택하지는 말아야 한다. 베스트셀러 중에도 좋은 책이 있고 나쁜 책이 있다. 베스트셀러보다는 스테디셀러를 고르는 편이 현명하다. 베스트셀러는 유행을 많이 타는 반면 스테디셀러는 시간의 검증을 받았기 때문이다. 무엇보다도 중요한 것은 스스로 책을 선택해야 한다는 점이다.

이제 관심이 가는 분야와 관련하여 구입할 도서 목록을 만들어 보자. 희망 도서 목록을 만드는 것만으로 설렘을 느낄 수 있다. 나는 독서 노트를 구입하라고 권한다. 희망 도서 목록은 독서 노트의 앞장에 적어도 좋고, 독서 달력에 기입해도 좋다. 포스트잇이나 낱장에 쓰면 잃어버리기 쉽다. 스마트폰 애플리케이션 중에는 구글 킵google keep, 분더리스트Wunderlist 등을 추천한다. 걸어가며 생각했던 아이디어나 도서 목록을 구글 킵으로 스마트폰에 적어 두면, 나중에 데스크톱에서 목록을 구체화할 수 있다. 또 한 가지 노하우는 도서 목록의 제목을 보다 흥미롭게 짓는 것이다. 예를 들면 '정리 관련 책'이라고 적는 것보다 '버릴 줄 아는 사람이 크게 얻는다'라는 메시지형 제목이 훨씬 좋다.

구입하려는 도서를 검색해서 내용과 서평 참고하기

도서 목록이 어느 정도 정리되었다면, 바로 오프라인 서점을 방문할 것이 아

니라 우선은 인터넷 서점을 이용하여 정보를 찾는다. 네이버 책 book.naver.com
에서 제목이나 저자를 검색하면 온라인 서점의 해당 도서 페이지로 손쉽게 이
동할 수 있다. 인터넷 교보문고, 영풍문고, 반디앤루니스서울문고, 예스24, 알라
딘, 인터파크 도서, 도서11번가 등에서 책 소개, 저자 소개, 목차, 회원 리뷰, 출
판사 리뷰, 추천평, 내용 미리보기, 판매지수, 함께 구입하면 좋을 책 목록 등을
볼 수 있다.

오프라인 서점에서 책을 볼 때도 인터넷 서점을 통해 정보를 확인한다. 구입
하고자 하는 도서의 서평이나 댓글을 참고함으로써 책의 신뢰도를 검증하는
과정이다. 또한 교보문고의 바로드림 서비스, 영풍문고의 나우드림 서비스를
이용하면 서점에서도 온라인 할인가로 구매할 수 있다. 온라인으로 결제한 후
오프라인 서점의 바로드림/나우드림 코너에서 도서를 수령하면 된다.

분류	제목	키워드(부제 원제 등)	저자	출판사	발행년도	코멘트	리뷰	판매지수
자기계발	단순하게 살아라	Simplify your life	로타르 J. 자이베르트	김영사	2002	단순한 삶의 고전적인 책	162	1,392
자기계발	생각정리의 기술	한 장으로 끝내는 천재들의 사고법, 마인드맵	드니 르보	지형	2007	정리에 관한 기술	199	1,119
자기계발	인생이 빛나는 정리의 마법 진짜 인생은 정리 후에 시작된다	일본 정리의 열풍 주인공	곤도 마리에	더난출판사	2012	정리의 열풍을 몰고온 책	477	14,163
자기계발	하루 15분 정리의 힘	삶을 다시 사랑하게 되는 정리법	윤선현	위즈덤하우스	2012	국내 정리컨설턴트 1호	679	5,382
자기계발	원씽 THE ONE THING	복잡한 세상을 이기는 단순함의 힘	게리 켈러	비즈니스북스	2013	전 세계 독자들이 주목한 최고의 책! 20만부	688	16,419
자기계발	나는 단순하게 살기로 했다	물건을 버린 후 찾아온 12가지 놀라운 인생의 변화	사사키 후미오	비즈니스북스	2015	소중한 것을 위해 줄이는 사람, 미니멀리스트	867	19,644
자기계발	디지털 정리의 기술	1초의 시간도 아끼는 정보, 시간, 생각 정리법	이임복	한스미디어	2015	디지털 정리하는 방법을 상세히 알려준다.	14	522
자기능력	생각정리스킬	명쾌하게 생각하고 정리하고 말하는 방법	복주환	천그루숲	2017	복잡한 생각은 스마트하게 정리하고, 단순한 생각은 아이디어로 창조하라!	166	23,727
자기계발	침대부터 정리하라	2011년 오사마 빈 라덴 제거를 위한 작전 지휘한 인물	윌리엄 H. 맥레이븐	열린책들	2017	'넵튠 스피어' 작전으로 전 미국인의 영웅, 해군 대장	52	6,990
가정살림	나는 오늘 책상을 정리하기로 했다	일본 파워블로거	Emi	즐거운상상	2018	가정주부로 책상 수납 정리를 상세히 사진으로 알려준다.	28	3,870

인터넷서점을 통한 조사 : 정리 관련 도서를 고르기 위하여 필자가 직접 작성한 것으로,
리뷰 수는 네이버 책 사이트, 판매지수는 예스24 자료를 참조하였다.

저자 홈페이지나 블로그, 그 외 SNS, 유튜브 등을 통해서 저자를 알아보는 것도 책을 선택할 때 중요하다.

지나치게 키워드 위주로만 고르다 보면 좋은 책을 놓칠 수도 있다. 앞서 예로 든 도서 목록55페이지 이미지 참고만 해도 정리 관련 키워드로만 검색해서는 찾기 어려울 때가 많다. 여러 사람에게 물어보고 실제 서점에 가서 실물 책을 확인해야 좋은 책을 고를 수 있다.

오프라인 서점에서 나에게 필요한 책을 선택하기

경제학자 폴 크루그먼은 "온라인에선 필요한 모든 책을 찾을 수 있지만 서점에서는 필요한 줄 몰랐던 책을 찾는다"라고 말한다. 나는 일주일에 한 번 이상 서점에 가기를 권하는데, 서점에 가면 도서 트렌드의 변화를 눈으로 직접 확인할 수 있기 때문이다.

서점에 자주 가지 않으면 책의 변화를 포착하기 힘들다. 서점에는 일반 단행본만이 아니라 잡지도 있다. 경제지, 여성지, 전문지 등 여러 분야의 잡지를 눈여겨보는 것이 좋다. 어느 잡지가 잘 보이는 곳에 놓여 있는가? 어떤 특집이 실려 있는가? 어떤 연예인이 표지를 장식하고 있는가? 이런 것을 보는 것만으로도 세상 돌아가는 판을 읽을 수 있다. 비즈니스 저술가 톰 피터스는 공항 가판대에서 각기 다른 잡지를 무려 15권이나 사서 비행기에 오른다고 한다. 그는 비행기 안에서 잡지들을 빠르게 넘겨보며 깜짝 놀랄 순간과 연결이 일어날 때를 기다린다. 그리고 뭔가 이거다 싶은 감이 오면 해당 페이지를 찢어 사무실에 가지고 가서 연구한다.

사전에 온라인 서점을 통해 구입할 도서 목록을 작성해 두면 오프라인 서점에서 책을 고르기가 수월하다. 점찍어둔 책을 찾아 간단하게 북쇼핑을 하는 것이다. 인문, 자기계발, 실용 등 책의 카테고리를 기억해 두자. 그리고 책을 고를 때는 주제의 범위, 난이도, 텍스트 편집 상태, 관점의 깊이, 어휘 선택, 문장의 수준 등을 훑어본다. 이때 훑어보기는 대충 읽는 것을 말하는 것이 아니다. 훑어 읽는 것, 즉 간독看讀을 의미한다. 간독의 방법은 다양하다. 제목을 쭉 훑어보는 것도 좋다. 목록에 적어온 책들을 둘러보다가 다른 좋은 책을 만나기도 한다.

한편 책을 사기 전에는 꼭 서문을 훑어 읽으며 저자가 글을 쓴 목적, 책 내용의 주된 방향, 책의 특징 등을 알아보고 목차를 보면서 개요를 파악해야 한다. 서문은 어떤 책이든 신경을 많이 쓴다. 심지어 책이 다 완성된 후 저자가 서문을 새로 쓰는 경우가 있을 정도로 중요하게 여긴다. 그러므로 서문머리말을 읽으면 책의 핵심을 알 수 있다.

처음부터 끝까지 책을 넘기고 훑어보면서 몇몇 주요한 단락을 읽어 보는 것도 필요하다. 제목, 저자 프로필, 목차 등 제목과 관련이 높은 항목을 선택해서 읽어 본다. 목차를 보고 자신에게 필요한 부분이라고 생각되면 한번 읽어 보자.

책은 오프라인 서점에서 실물을 보는 것이 중요하다. 인쇄된 글뿐만 아니라 종이 냄새를 맡을 수 있으며, 손으로 책장을 넘기면서 실제 책을 느낄 수 있다. 서점을 찾아 일상에서 나를 괴롭히는 고민의 해결책을 찾으면 책과 가까워지는 계기가 된다. 읽었던 책 중에 인상 깊었던 작가를 기억해 두면 나중에 책을 선택할 때 도움이 될 것이다. 출판사명을 눈여겨봐 두면 분야별로 좋은 책을 내는 곳을 알 수 있다.

신간이 아닌 책들은 중고서점에서 저렴하게 살 수 있다. 남들이 잘 가지 않는 헌책방에서 의외로 보물 같은 책을 만나기도 한다. 서울 청계천 동대문 헌책방 거리, 부산 보수동 헌책방 골목, 대전 원동 책방거리, 인천 배다리 헌책방 골목, 광주광역시 동구 책방거리, 대구 남부시장 헌책방거리, 전주 동문 예술거리 등은 오래된 책의 정취를 느낄 수 있는 곳들이다. 다만 남아 있는 헌책방들이 점차 사라지는 추세여서 안타깝다. 헌책방은 독서광들의 성지이다.

독서 모임에 참가하기

초보 독서가라면 독서 모임에 나가는 것을 추천한다. 관심 있는 주제를 선택하고 비슷한 또래끼리 모일 수 있는 독서 모임을 알아보면 좋다. 나는 독서 모임 독습을 운영하기 전에 '피터 드러커 다시 읽기'라는 독서 모임을 이끈 적이 있다. 그 독서 모임을 통해 그저 책을 같이 읽을 뿐 아니라, 경희대 장영철 교수님 등의 강연을 함께 듣기도 하며 더불어 성장하는 것을 느꼈다.

우리는 책에서 벗어나 사람책Human-book을 만나야 한다. 독서 모임을 하다 보면 쉽게 서로 친해진다. 그러한 모임에서 추천받는 책이 독서광의 추천 도서보다 자신에게 맞을 때가 많다. 해당 분야 전문가의 추천 목록을 받아서 책을 선택하는 것도 좋은 방법이다. 먼저 서점에 가서 자신의 마음에 드는 책을 우선 읽고 나중에 호기심이나 관심이 생긴 분야의 전문가에게 추천받는 것도 좋다. 더 나아가 책으로만 만났던 내용 너머 세상책World-book을 만나라.

책은 그것을 적절히 선택할 수 있는 독자에게

갖가지 즐거움을 안겨 준다. ●몽테스키외

첫인상이 전부다

문학이나 소설과 달리 경제경영 서적, 자기계발서 등의 실용서는 완독하지 않아도 핵심 내용을 파악할 수 있다. 책이 요약된 머리말과 결론을 먼저 읽고, 목차를 보고 필요한 부분부터 읽어도 된다. 자기계발 서적은 보통 '개념Concept → 구조Structure → 사례Example → 절차Process' 흐름이어서 사례가 너무 길다고 생각되면 건너뛰어도 내용을 충분히 이해할 수 있다.

책과의 만남은 책을 읽기 위해 고르는 과정에서 이미 시작된 것이다. 마치 사람을 만날 때 첫인상으로 사람을 짐작하는 것과 같다.

이 단계에서는 책의 제목과 목차, 삽화, 그림, 레이아웃 등을 살펴보면서 책의 주제를 짐작해 보자. 단 한 줄이라도 자신의 마음을 움직인다면 그것으로 족하다. 스트레스를 받아 가면 책을 읽을 필요가 없다. 처음부터 끝까지 반드시 완독해야 한다는 사고방식에서 벗어나야 한다. 책을 편안하게 대해도 괜찮다. '독서는 이렇게 해야 한다'라는 부담감을 가지다 보면 책을 가까이하기 어렵다.

정보를 접하기 어렵던 시대의 책 읽기와 정보가 넘치는 시대의 책 읽기는 달라야 한다. 천 권을 읽으라느니, 만 권을 읽어야 한다느니 하는 강박이 결국 책을 가까이하지 못하는 이유가 된다. 책을 좋아하는 사람은 굳이 책을 몇 권 읽었다고 자랑하지 않는다.

구입했다면 그 즉시 책의 일부분이라도 읽어 보는 것이 좋다. 잠이 들기 전까지 1페이지라도 훑어보면 나중에 더 읽을 가능성이 높아진다. 재미없는 책 읽기가 무슨 소용이 있겠는가. 재미있고 신나게 읽어야 내 삶을 바꿀 수 있다. 책에 대한 편견을 깨면 비로소 책 읽는 재미가 느껴질 것이다.

독서에서 가장 중요한 것은 자신 수준에 맞는 책, 내가 재미있게 읽을 수 있는 책을 고르는 안목이다. 읽을 만한 가치가 있는 책을 선택하자.

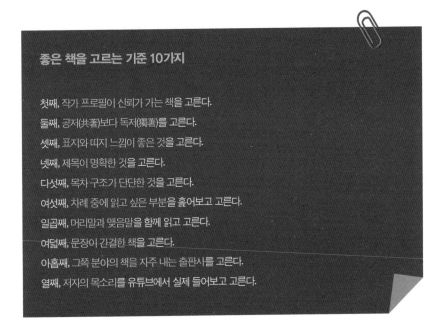

좋은 책을 고르는 기준 10가지

첫째, 작가 프로필이 신뢰가 가는 책을 고른다.
둘째, 공저(共著)보다 독저(獨著)를 고른다.
셋째, 표지와 띠지 느낌이 좋은 것을 고른다.
넷째, 제목이 명확한 것을 고른다.
다섯째, 목차 구조가 단단한 것을 고른다.
여섯째, 차례 중에 읽고 싶은 부분을 훑어보고 고른다.
일곱째, 머리말과 맺음말을 함께 읽고 고른다.
여덟째, 문장이 간결한 책을 고른다.
아홉째, 그쪽 분야의 책을 자주 내는 출판사를 고른다.
열째, 저자의 목소리를 유튜브에서 실제 들어보고 고른다.

보는 눈을 키워 골라서 읽기

김주미 소울뷰티디자인 대표

매년 책의 날이면 청년들이 독서와 멀어지고 있다는 기사가 뉴스를 장식한다. 책에 친숙하지 않은 청년들이 좋은 책을 고르는 방법을 알기란 어려운 일이다.

선독은 책을 골라서 읽는 것을 말한다. 책을 잘 고르는 방법을 알려줄 분으로 책에 대한 안목이 높은 저자를 어렵게 찾아 섭외했다. 바로 《외모는 자존감이다》의 저자 김주미 소울뷰티디자인 대표이다. 인터뷰 내내 책을 고르는 방법이 역시나 남다르다는 생각이 들었다.

누군가를 직접 만나서 인터뷰하는 것은 곧 그 사람의 목소리와 표정을 보며 직접 대화하는 작업이다. 이는 서면 인터뷰와 확연히 다르다. 이 책에 나온 모든 고수 인터뷰는 직접 대면으로 이루어졌다. 쉬운 서면 인터뷰 방법이 있음에도 굳이 대면 인터뷰를 한 것은 독서 방법론뿐만 아니라 철학과 인생관을 비롯하여 그 사람 자체를 알고 싶은 이유가 컸다. 고수들의 인간미와 깊이, 인터뷰의 현장감 등이 조금이라도 독자들에게 전해지기를 바란다.

강남 교보문고에서 김주미 대표를 만났다.

김주미 대표

Q. 책을 어떻게 읽으시는지요?

_____ 대부분 사람은 살면서 마주치는 문제들에 관해 머릿속으로만 고민하기 쉬워요. 그러면 생각이 더 복잡해지죠. 저는 어떤 주제에 대해서 심도 있게 생각하고 싶을 때 책을 찾습니다. 혼자만의 고민으로 끝내지 않고 책을 통해 깊이 있게 생각하다 보면 내 안의 답을 찾아 정리할 수 있어요.

저는 고민 중이거나 궁금한 주제가 있으면 서점에서 관련 책을 찾아보기 시작해요. 책은 가능한 신중하게 선택하여 읽는 것이 좋습니다. 베스트셀러라는 이유로 샀지만 책의 내용이나 수준이 기대와는 전혀 다른 경우도 종종 있어요. 책을 고르는 안목이 없으면 좋은 책을 만나기 어렵습니다. 안목은 사물을 보고 가치를 분별하는 능력을 말해요. 안목을 가졌다는 것은 남들과는 다른 경험과 지식을 갖췄다는 의미입니다. 누군가가 추천해 준 책도 나와는 맞지 않을 수 있습니다. 모든 선택의 몫은 자기 자신에게 있다는 것을 잊지 말아야 합니다.

Q. 책과 가까이하게 된 계기가 있었나요?

_____ 삼 남매 중 중간이다 보니 상대적으로 주목받지 못한다는 생각에 둘째 콤플렉스가 있었죠. 어렸을 때 몸이 약한 편이었고 조용하고 내성적인 성격이어서 이런저런 고민이 많아 혼자 책 읽는 시간이 많았어요. 소설을 읽을 때는 등장인물들을 보면서 위로받기도 하고, 위인전을 읽으면서는 '이런 유명한 사람들도 나름의 어려움을 해결했었구나'라는 깨달음도 얻었죠. 그런 독서 경험이 미래를 상상하고 계획하는 데 큰 도움이 되었어요. 그러다가 초등학교 4학년 때 대학생 사촌 언니 집에서 일본 소설 《오싱》 전집을 읽었는데, 파란만장

한 오싱의 삶을 떠올리며 울고 웃었던 기억이 나네요. 그때부터 책에 푹 빠지게 되었던 것 같아요.

Q. 좋은 책을 선택하는 기준이 있나요?

_____저는 온라인과 오프라인 서점에서 한 달에 수십 권의 책을 사곤 합니다. 항상 좋은 선택을 할 수는 없지만, 선택의 오류를 줄이는 방법은 있어요. 바로 꼼꼼하게 고르는 안목을 키우는 것입니다.

첫째, 가능한 책의 문장을 일부라도 먼저 읽어 보고 선택합니다. 온라인에서 책 제목만 보고 선택할 경우 기대했던 내용과 다를 수 있어요. 책을 사기 전에 인터넷 서점에서 읽고 싶은 책을 찾아 목록을 작성한 후 그걸 토대로 오프라인 서점에 가서 고릅니다. 책의 실물을 보고 한 페이지라도 우선 읽어 보는 거예요. 마음에 와 닿는 부분이 있는지, 알고 싶은 내용인지를 직접 살펴보고 나면 저에게 필요한 책인지 여부를 어느 정도 판단할 수 있어요.

둘째, 저는 책의 편집과 디자인도 중요하다고 생각해요. 편집과 디자인은 정서적인 면에서 영향을 줍니다. 책 내용은 물론이고 표지, 책날개, 띠지, 표현 방식, 편집 상태까지 꼼꼼하게 살핀 후 구입합니다. 책의 디자인만 중요한 것은 아니지만, 결코 무시해서는 안 되죠. 눈에 잘 들어오지 않는 책을 샀다가는 끝내 읽지 않는 경우도 많습니다. 서적의 상태가 마음에 드는 책은 한동안 책장에 꽂아두더라도 나중에 꼭 읽게 되더라고요.

셋째, 책을 추천받을 때는 책을 추천하는 사람에게 그 책의 어떤 부분이 마음에 와 닿았는지 물어봅니다. 그 책이 어떤 도움이 되었는지 다른 책과 무엇이

다른지 묻다 보면 어느 정도 감이 옵니다. 자신이 궁금해하는 주제인지, 책의 수준은 어느 정도인지 알 수 있습니다. 책을 추천받을 때는 그 주제와 적합한 사람을 찾아서 물어보는 것이 중요합니다. 그 분야와 관련성이 높으며 경험 많고 믿을 만한 사람에게 추천받아야 합니다.

넷째, 베스트셀러도 선별해서 읽는 편이 좋습니다. 베스트셀러 중에도 좋은 책이 있고, 생각보다 깊이가 없는 책이 있습니다. 마케팅을 통해서 책이 뜬 경우도 있어요. 그렇다 보니 어떤 사람들은 베스트셀러는 아예 보지 않기도 하더군요. 하지만 그것도 편견이라고 생각됩니다. 베스트셀러 중에서도 놀라울 만큼 정말 좋은 책이 있기 때문입니다.

다섯째, 어디서든 책을 만나는 기회를 열어두는 것입니다. 여행지에서 우연히 좋은 식당을 만나듯, 서점에 다른 책을 사러 갔다가 우연히 만나는 책도 있습니다. 좋은 책을 읽다 보면 그 책을 통해 다른 책으로 안내되기도 해요. 마치 보물을 찾은 느낌이 들기도 합니다. 책을 잘 선택한 좋은 경험이 또 다른 책을 읽게 하는 힘이 됩니다.

Q. 요즘은 전자책만 보는 경우도 있는데, 어떻게 생각하세요?

　　　　　저도 전자책e-book을 종종 사서 보는데요 어디서든 휴대폰을 열어 쉽게 볼 수 있다는 큰 장점이 있다고 생각해요. 그런데 깊이 있게 생각할 때는 실물의 책장을 넘기며 읽는 편이 낫더라고요. 마음에 드는 페이지를 접어 두고, 직접 책에 메모하고 밑줄도 긋는 등의 행위 자체가 제게는 즐겁고 기쁜 일이거든요. 거기서 오는 충만함은 무엇과도 바꿀 수 없어요. 지식을 습득하는 용도의 책은 전자책으로 읽는 게 더 효과적일 수 있고, 감성을 느끼며 읽는 책은 종이 책으로 읽는 편이 더 좋다는 연구 결과도 있었다고 하네요.

Q. 책과 멀어진 사람들이 많습니다, 어떻게 책과 친해질 수 있을까요?

_____저도 책을 가까이하지 못하는 분들을 많이 만나 보았어요. 저는 컨설팅할 때 책을 추천하곤 하는데, 일주일이 지나도록 한 페이지밖에 못 읽는 분들이 있어요. 책 읽기를 기피하는 분에게 이유를 물었더니 혼자 있는 시간을 두려워하더라고요. 책을 읽는 시간은 어떻게 보면 내 생각을 마주하는 시간이잖아요. 나에 대해서 생각할 수 있는 마음의 여유가 먼저 필요한 게 아닌가 싶어요. 마음 상태가 준비되었을 때 책도 잘 읽히는 법이에요. 마음의 준비가 되지 않은 상태에서 책을 보면 텍스트가 눈에 들어오지 않고 다른 생각에 빠질 수 있어요. 나와 대화한다는 마음으로 책장을 넘기며 눈길이 닿는 문장부터 읽어볼 것을 권하고 싶습니다.

Q. 끝으로, 책 읽기란 무엇이라고 생각하는지요?

_____책 읽기는 저에게 놀이입니다. 책과 친해질 수 있는 시간을 가져야 해요. 내 마음의 자리가 안정되어야 책을 제대로 읽을 수 있어요. 책을 읽는 시간이 휴식 시간이라고 생각하세요. 어떤 책은 완독해야 하지만 어떤 책은 반드시 완독하지 않아도 괜찮습니다. 책마다 다릅니다. 주제에 이끌려 도움이 될 것으로 생각해서 책을 선택했는데, 막상 읽어 보면 생각했던 것과 다른 경우가 있어

요. 그런 책은 다 읽지 않습니다.

모든 책이 좋다고 할 수는 없어요. 표지만 보고 선택하거나 추천받아서 읽었는데 '이것은 나와 맞지 않는다'고 생각되면 핵심 내용만 가볍게 보고 그냥 넘기기도 해요. 어떤 책은 필요한 부분만 골라 읽어도 충분합니다. '책은 이렇게 읽어야 한다'라는 독서에 대한 오해와 편견을 깨야 비로소 책 읽는 재미를 느낄 수 있어요.

책 읽기를 거창하게 생각하지 않아도 됩니다. 하나의 책에서 내 마음에 와 닿는 하나의 문장만 찾아도, 그것만으로 책 읽기가 의미 있다고 봐요. 저는 책의 좋은 문구에 밑줄을 긋고 기록합니다. 일목요연한 독서 노트까지는 아니더라도 자신의 손으로 내 생각을 정리한 한 문장을 남겨두는 것도 좋습니다. 책 읽기는 삶의 균형과 내 정체성을 찾아가는 과정입니다. 종종 SNS에 책의 문구와 느낌을 남기곤 하는데 그것을 보고 책을 읽었다고 고맙다는 말을 들을 때 보람을 느껴요. 지금은 떨어져 있어도 영향력을 주고받고 있는 시대입니다. 무조건 책을 많이 읽는다고 사람이 바뀌지 않습니다. 남에게 보여주기 식의 독서보다는 자신의 만족감을 높일 방법을 찾을 때 책 읽기가 달라질 겁니다.

책은 한 권, 한 권이 하나의 세계다. ● 윌리엄 워즈워스

수독 手讀,
손으로 읽는다

"손을 사용하기 때문에 인간은 가장 지능적인 동물이다."
— 아낙사고라스

읽었지만 모르는 이유

글을 읽었지만 내용을 모르는 이유는 무엇인가? 눈으로 읽기만 했기 때문이다. 눈으로 읽으면 남는 게 없다. 내 손으로 읽어야 내 안에 스며든다. 책에다 낙서를 해도 좋고, 별도로 독서 노트에 적어도 좋다. 옛사람들도 똑같았다. 다산 정약용은 둔필승총鈍筆勝聰이라고 했다. 그 뜻은 '둔한 기록이 총명한 머리보다 낫다'는 것이다. 그는 눈으로 읽고, 입으로 끊이지 않고 글을 읊조리며, 손으로는 글을 옮기는 일을 멈추지 않았다.

> 무릇 책은 눈으로 보고 입으로 읽는 것이 마침내 손으로 써 보는 것만 못하다. 대개 손이 움직이면 마음이 반드시 따라가게 마련이다. 스무 번을 보고 외운다 해도 한 차례 베껴 써 보는 효과만 못하다. 하물며 반드시 그 요점을 드러내려면 일을 살핌에 자세하지 않을 수 없다. 깊은 뜻을 이끌어내려면 이치를 따져 생각함이 정밀하지 않을 수 없다. 만약 이 속에서 다시금 능히 같고 다른 것을 고찰해서 옳고 그름을 갈라 판단하고, 의심 나는 것을 직접 기록하고 변론을 덧붙인다면 앎이 더욱 깊어지고 마음을 붙임도 더욱 군세게 될 것이다. ─이덕무, 《사소절》 중 〈교습〉

이덕무는 "읽기만 해서는 공부가 늘지 않는다"라고 말한다. 독서에는 3가지가 있다. 목과目過, 구과口過, 수과手過가 그것이다. 눈으로 읽는 것은 입으로 소리 내서 읽는 것보다 못하다. 입으로 소리 내서 읽는 것은 손으로 써 가면서 읽는 것만 못하다. 스무 번을 그저 읽느니 한 번 베껴 쓰는 것이 낫다. 그렇다고 똑같이 쓰는 것이 아니라 살펴서 따져 가며 손으로 쓰는 것이다. 수독手讀이란 '손으로 책 읽기'를 의미한다. 덮어 놓고 읽지 말고 내 것으로 만들 때 비로소 의미가 생긴다. 당신은 책을 손으로 읽고 있는가?

가끔 책을 강권하는 사람들을 만난다. 하지만 어떤 일이든 자기가 마음이 끌려야 한다. 남이 시켜서 하는 일은 결국 부담감만 줄 뿐이다. 스스로 책 읽기를 처음 시작하는 초보자라면 시중에서 권장하는 추천도서를 피하자. 내가 좋아야지, 남이 좋다는 것은 내게 좋은 것이 아닐 수 있다. 《메모의 기술》사카토 켄지

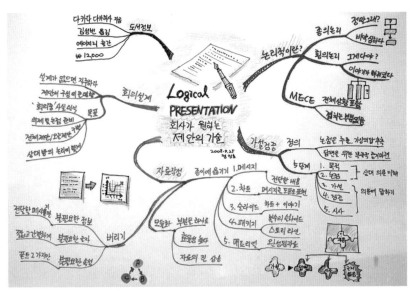

수독의 예 : 고수 인터뷰에 응해준 정진호 대표가 《회사가 원하는 제안의 기술》을 읽으며 메모한 예,
위 예시와 같이 마인드맵이든 간단한 메모든 혹은 필사든, 쓰면서 읽는 행위가 곧 수독이다.

^{지음}》에 이런 말이 있다. "메모는 잊지 않기 위해 하는 것이 아니라 잊어버리기 위해 하는 것." 억지로 기억하는 독서법은 좋은 것이 아니다. 자연스럽게 나 자신에게 스며드는 독서법이 최고이다. 굳이 외우려고 노력하지 않아도 된다. 손으로 책을 읽으면 그 내용이 내 안에 오랫동안 남는다. 자연스럽게 자근자근 씹어서 소화된 지식은 더욱더 오래가고 향기도 좋다.

먼저 단행본의 종류를 파악하고 어떤 식으로 메모하겠다는 큰 그림을 그리며 손을 움직여야 한다. 무조건 손으로 책을 읽겠다고 마음만 앞서서는 안 된다. 급한 마음에 휘갈겨 쓰다 보면 나중에 '이게 뭐라고 쓴 거지' 하게 된다. 자기 자신의 글씨를 알아보기 힘들어지면 결국 손으로 읽기를 그만두기 쉽다. 자신이 알아보기 위해서라도 또박또박 써야 한다.

메모가 쌓이면 정기적으로 훑어서 다시 정리하는 습관이 필요하다. 적어 두고 다시 보지 않으면 소용없다. 메모할 때는 정확한 날짜, 작성 이유 등의 정보를 함께 적어 두면 좋다. 언제부터 언제까지 쓴 것인지 작성 기간을 기입해 두면 내가 어느 정도 속도로 책을 읽는지, 1년에 몇 권의 책을 읽는지 한눈에 알 수 있다.

한편 '분명 책을 읽고 메모했는데 어디에 두었지?' 싶을 때가 있다. 이런 일을 방지하려면 한 데 몰아서 메모해야 한다. 그런가 하면 '내가 이 책을 읽었나?', '이 영화를 봤던가?' 되묻게 되는 경우도 있다. 책을 읽으면서 손으로 독서 메모를 하면 또렷이 기억에 남는다. 영화도 마찬가지다. 감상 리뷰를 써 놓으면 그런 일이 거의 사라진다.

단행본의 종류별 메모 노하우

분류	세부 분류	메모 노하우
비문학	설명문	기본 개념, 필수 개념을 적은 뒤 그것을 뒷받침하는 세부적인 정보나 사례를 간략하게 메모한다.
	논설문	저자가 하려고 하는 주장을 적은 뒤 이유나 근거가 되는 내용을 연결해서 메모한다.
	가사문	효율적인 육하원칙에 따라 사실, 사건, 사물 등을 메모한다.
문학	소설	모르는 어휘를 확인하고, 소설의 배경, 주인공의 성격, 사건의 전개, 읽고 난 소감을 적는다.
	희곡	시대적 배경, 등장인물, 갈등 상황, 사건, 사건의 무대, 읽고 난 소감을 적는다.
	수필	고전문학이라면 고전 필수 어휘를 챙기고, 저자의 경험과 생각을 메모한다.
	시	시의 주제, 소재, 화자의 심정, 시의 분위기, 시를 읽고 난 후 소감을 메모한다.

메모할 때는 비문학은 사실 중심으로, 문학은 소감 중심으로 적는다. 비문학은 세부적으로 개념과 세부정보를 간략하게 메모하는 설명문, 자신의 주장과 근거를 메모하는 논설문, 육하원칙에 따라 적는 가사문 등으로 나눌 수 있다. 문학은 주인공의 캐릭터와 사건의 전개·스토리·소감을 메모하는 소설, 갈등 상황·무대 등을 메모하는 희곡, 저자의 경험과 생각을 메모하는 수필, 주제·소재·화자·분위기·소감을 메모하는 시 등으로 나눌 수 있다.

책은 꽂아 두지 말고, 함하게 다뤄라

책을 꽂아 두는 정도가 아니라, 아예 모셔 놓는 독자가 꽤 있다. 그런 독자들은 책에 대해 매우 경외심을 갖고 있는 경우가 많다. 책이 귀하다 보니 옛날에는 책에 낙서를 하지 못하게 하는 어르신도 있었다. 책을 낸 사람에 대해서도 존경심을 갖다 보니 저자 신화가 만들어졌다. 물리적으로 책은 글자와 종이의 조합일 뿐이지만, 그 내용에 따라서는 경외감과 존경심을 불러일으키기도 한다.

오늘날은 책을 구하기는 쉬우나 읽지 않는 시대이다. 이런 세태를 비판하기만 한다고 세상이 달라지지 않는다.

나는 책을 함하게 다루기를 권한다. 나는 책을 읽다가 볼펜이 없으면 책 모서리를 접는다. 책 제목이나 표지가 마음에 들지 않을 때는 표지를 아예 다른 종이로 싸서 들고 다닌다. 책에 많이 낙서하며 책 안에서의 모험을 즐겨야 나중에 그 책과 관련해 쓸 것이 많아진다. 단지 눈으로만 봐서는 얻을 게 없다. 모서리를 접고, 지저분하게 읽어라. 책에 밑줄을 긋고 핵심 키워드에 동그라미를 쳐라. 눈으로 보고 손으로 읽어라. 핵심 문장에는 네모를 그리면서 읽으면 집중력이 쑥쑥 자란다. 포스트잇을 붙이는 등 메모하면서 읽어라. 머리에 기억하려고 애쓰는 시간에 한 글자 한 글자 손으로 쓰면서 기억하도록 하자.

손 글씨는 뇌의 흔적이다. 독일의 생리학자 빌헬름 프라이어는 "필적은 뇌적

腦跡"이라고 주장했다. 필적은 대뇌가 지배하는 생리작용이므로 손으로 쓰거나 입으로 쓰거나 발가락으로 써도 그 특징은 일치하기 때문이다. 나는 글씨를 잘 쓰는 사람을 가장 부러워했다. 어릴 때 공책을 아직도 가지고 있는데 거의 악필에 가까웠다. 부끄러워 누구에게 보여주지도 못하다가, 중학교 때 교지에 실려서 활자화된 내 글을 보고 감격스러워한 적도 있다.

요즘은 일주일에 한 번씩 캘리그래피를 배우고 있다_{하단의 캘리그래피가 필자의 작품}이다. 6개월간 배웠는데 이제 겨우 악필에서 벗어났다. 물론 아직도 글씨를 잘 쓰는 사람을 보면 부럽지만, 캘리그래피를 배우며 손으로 글씨 쓰는 즐거움이 더해졌다.

어떤 글을 읽더라도 손으로 쓰면 이해의 깊이와 강도가 달라지는 것을 느낄 수 있다.

손으로 써야 기억에 남는다

소설가 김훈은 이렇게 말한 바 있다. "연필로 쓰면 내 몸이 글을 밀고 나가는 느낌이 든다. 이 느낌은 나에게 소중하다. 나는 이 느낌이 없으면 한 줄도 쓰지 못한다." 그는 원고지에 독일 스테들러STAEDTLER 연필로 꾹꾹 눌러 가며 글을 쓴다고 한다.

시험 준비를 할 때 기억에 남기기 위해 손으로 써 가며 공부했던 사람이 많을 것이다. 책에 밑줄을 치며 읽을 때 머릿속에서 정리가 잘되는 것을 경험적으로 알았던 것이다. 이는 과학적으로 증명된 사실이다. 최근 미국 프린스턴대학교와 UCLA의 공동연구진이 65명의 대학생들을 대상으로 실험한 결과, 노트북으로 타이핑하는 것보다 느릿느릿 손으로 적는 편이 이해력과 성취도를 높이는 데 도움이 된다는 것이 밝혀졌다. 강연을 듣고 필기하되 '노트북으로 타이핑하는 그룹'과 '손글씨로 받아 적는 그룹'으로 나누어 성취도를 비교하자 손으로 적은 학생들의 시험 점수가 훨씬 높았다. 자신이 필기한 노트를 다시 훑어보게 한 후 재시험을 치러도 결과는 동일했다.

요즘은 대학교 강의 시간이면 노트북 컴퓨터를 꺼내 부지런히 타이핑하는 학생들의 모습을 흔히 볼 수 있다. 하지만 강연자의 말을 아무리 정확하게 받아쳐도 이해력 향상에는 도움이 되지 않는다. 왜냐하면 아무 생각 없이 무의식적으로 타이핑 작업을 반복하기 때문이다.

수업 중에는 노트북을 쓰지 마라

2007년 케빈 야마모토 남텍사스 법과대학 교수는 '수업 중 노트북 사용 금지는 과연 가치 있는 잔소리일까'라는 논문을 학술지 〈법학 교육 저널Journal of Legal Education〉에 발표했다. 그가 내린 결론은, 노트북 사용은 집중력을 분산시켜 도움이 되지 않는다는 것이었다. 손으로 노트에 적는 것이 노트북으로 타이핑하는 것보다 내용에 대한 이해도를 높이는 데 도움이 되었다.

과학적으로 보아도 밑줄 긋기는 틀림없이 뇌를 활성화한다. 글자를 읽을 때 사용되는 뇌 부위와 펜을 잡고 밑줄을 그을 때 사용되는 뇌 부위가 전혀 다르기 때문이다. 글자를 쓸 때도 다른 뇌 부위가 사용된다. 결과적으로 뇌의 여러 부위를 사용함으로써 뇌가 활성화된다. 눈으로 읽는 것에 그치지 말고 손으로도 읽어야 한다. 머리는 착각할 때가 있지만 손은 그런 경우가 적다.

읽기와 쓰기의 뗄 수 없는 상관관계

책 읽기는 당연히 글쓰기와 연결되어 있다. 그냥 읽기만 한다면 소용없다. 잘 읽어야 잘 쓸 수 있다. 예부터 책을 읽으면서 '중요한 대목을 가려 뽑아 옮겨 적는 것'을 초서抄書라고 했다. 한 번 읽고 버려둔다면 나중에 다시 필요한 내용을 찾을 때 곤란하다. 모름지기 책을 읽을 때에는 중요한 내용이 있거든 가려 뽑아서 따로 정리하는 습관을 길러야 한다.

다산 정약용은 끊임없이 초서하고 틈만 나면 정리했다. 그는 둘째 아들 학유에게 보낸 편지에 "무릇 국사나 야사를 읽다가 선대의 사적이 있는 것을 보면, 마땅히 그 즉시 한 책에다 베껴 적도록 해라. 선배의 문집을 볼 때도 역시 그렇게 해라. 오래되어 책이 이루어지면 가승家乘에서 빠진 것을 보완할 수가 있다. 비록 방계친족의 사적이라 하더라도 마땅히 함께 재집해야 한다. 나중에 집안사람으로 그의 후손이 되는 사람과 만나면 이를 전해 주어라. 이것이 효를 확장하는 도리인 것이다"라고 적었다. 그가 지적 유산을 많이 남기려고 했던 것은 후세가 더 번창하기를 바라는 마음에서였다.

초서와 자주 연결해서 나오는 말 중에 묘계질서妙契疾書라는 말이 있다. 주자의 〈장횡거찬張橫渠贊〉에 나온 말로 '번쩍 떠오른 깨달음을 빨리 쓴다'는 뜻이다. 송나라의 철학자 장횡거는 《정몽正蒙》을 지을 적에 거처의 곳곳에 붓과 벼루를 놓아두었다가 자다가도 생각이 떠오르면 곧장 촛불을 켜고 그것을 메모하곤 했다. 성호 이익 선생도 경전을 읽다가 스쳐간 생각들을 메모로 붙들어 두었다. 《시경질서》, 《맹자질서》, 《주역질서》 같은 책은 잊기 전에 메모했기에 나올 수 있었다.

수독을 위해 기억해 둘 5가지

첫째, 독서는 밑줄 긋기에서 시작된다

밑줄 긋기는 책 읽기에서 이정표와 같다. 책에서 길을 잃지 않으려면 이정표가 필요하다. 전부 밑줄을 그으면 의미가 없다. 중요한 부분에 밑줄을 쫙 칠 때 짜릿함을 느낄 수 있다. 책 안에서 새로운 무엇인가를 발견한 탐구자로서, 나만의 발견 지점을 표시하는 것이다.

읽으면서 좋았던 내용을 중심으로 간략하게 밑줄 긋는 행위는 누가 가르쳐주지 않았지만 오랜 세월을 이어온 인류의 문화적 유산이다. 밑줄을 긋고 난 후에는 그중에서도 중요한 부분에 동그라미를 쳐 본다. 중요한 문장에는 별표를 그린다. 모르는 단어에는 물음표를 붙인다. 문단 자체가 좋을 때에는 전체 박스를 친다. 볼펜이든 매직펜이든 상관없다. 연필로 적으면 나중에 지울 수 있다는 장점이 있으나, 글씨가 오래되면 번질 수 있으니 유의해야 한다.

또한 간결한 기호를 사용해서 독서를 기록해 두면 좋다. 지나치게 장황한 메모는 필요 없다. 간결한 기호를 알아두면 여러모로 쓸모가 있을 것이다. 무엇보다도 시간을 절약할 수 있으며 요점 정리가 잘 된다. 기호는 쓰는 사람마다 다를 수 있으니, 옆 페이지를 참고하여 자신의 체계를 만들기 바란다. 복잡하게 생각했던 것을 기호로 나타내면 더욱더 잘 읽을 수 있다.

밑줄 긋기에 사용되는 기호

표시방법	명칭	표시내용
-	밑줄	중요한 문장에 밑줄을 긋는다.
▬	형광펜	가슴이 울리는 문장에 표시한다.
□	박스	보통 긴 문장이나 문단에 친다.
○	동그라미	핵심 단어를 강조할 때 쓴다.
×	가위표	틀린 내용이나 필요 없는 부분을 표시한다.
☆	별	중요한 것을 강조하고 싶을 때 사용한다. 별은 보통 5개가 최대이며, *로 표시하기도 한다.
※	유의사항	반드시 체크해야 할 것을 표시한다.
?	물음표	잘 모르는 부분이나 의문점이 난 것을 표시한다. 물음표만 나중에 다시 검토하면 좋다.
!	느낌표	자신의 느낌을 적어 둔다.
√	체크	잊지 않도록 체크해 둔다.
→	화살표	인과관계나 연관성이 있는 것을 화살표로 표시한다.
↔	대립	서로 대립되거나 반대되는 개념을 표시한다.
+	더하기 Plus sign	더 알고 싶은 것을 확장하기 위해서 표시한다.
-	빼기 Minus sign	제거할 것을 표시한다.
~	물결 Tilde	언제부터 언제까지의 기간을 말한다.
&	앰퍼샌드 Ampersand	'~와(과)'를 의미하는 기호이다. 영어의 and에 해당하는 라틴어의 'et'의 합자로, etc.를 &c.로 쓰기도 한다.
%	퍼센트 Percent sign	비율을 말한다.
₩	원화 단위	비용을 계산할 때 한국 돈을 나타낸다.
#	우물정 Hatch	요즘 해시태그로 자주 사용되는 기호이다.
@	골뱅이 At Sign	이메일 주소나 인터넷 검색을 표시한다.
Vs	비교	이것과 저것을 비교 대상 표시한다.
p.○○	다른 페이지 번호	다른 페이지와 비교해 볼 때 표시한다. '참고' 또는 '비교'라고 쓴다.
첫 장	1장 요약하기	책의 첫 장에 1페이지로 내용을 요약해 두면 좋다.

둘째, 형광펜을 사용해 눈에 띄게 표시한다

요즘은 책 읽기를 할 때 형광펜을 쓰는 사람들을 많이 만난다. 책을 읽다가 놓칠 수 없는 부분을 만나면 형광펜으로 강조 표시를 해두자. 그 부분이 마치 제목처럼 눈에 띄는 가시적 효과를 볼 수 있다.

형광펜의 굵기와 종류는 대단히 다양하다. 처음부터 형광펜을 쓰기보다는 일단 볼펜 등으로 밑줄을 긋는 것이 나중에 보기에도 좋다. 너무 많은 곳에 형광펜을 칠하면 안 쓰는 것만 못하다. 정말 감명 깊은 부분을 형광펜으로 표시하고 그것을 다른 사람에게 소개함으로써 서로 공감대를 쌓을 수 있다.

우리가 흔히 사용하는 형태의 형광펜은 1971년 독일 스타빌로STABILO 사에서 처음 만들었다. 가장 유명한 것이 스타빌로 보스STABILO BOSS다. 일반적인 펜 사이즈가 아니라 한 손에 들어오는 아담한 사이즈에 선명한 컬러감이 스타빌로 보스의 특징인데, 1997년에는 전 세계 누적 판매량 10억 개를 돌파하는 기록을 세우기도 했다. 이 형광펜의 탄생에 얽힌 재미난 이야기가 있다. 펠트펜 시장에 집중하던 스타빌로 사의 당시 경영진은 미국으로 여행을 갔다가 형광펜에 대한 아이디어를 얻었다고 한다. 독특한 디자인 역시 우연의 결과였다고 전해진다. 형광펜 디자인 작업을 하던 디자이너가 끊임없는 수정 요구에 화가 난 나머지, 그만 주먹으로 형광펜의 모형을 납작하게 뭉개 버렸다. 그런데 오히려 그 디자인의 특별함에 반해 제품 디자인으로 선정되었다. 납작한 모양 자체가 기존 형광펜과는 다른 색다른 디자인으로 제품의 특징이 된 것이다.

굵은 색과 가는 색, 두 가지 형태의 형광펜을 함께 쓰고 싶을 때는 일본 지브라ZEBRA사에서 나오는 오프텍 케어OPTEX CARE 투웨이2Way 방식이 좋다. 모나미Monami의 에센티 스틱essenti stick도 가성비가 좋아서 많이 사용하는 편이다.

단, 형광펜의 색이 너무 짙으면 글씨가 잘 보이지 않을 수 있으니 주의해야 한다.

셋째, 기억에 남은 내용은 단 한 줄이라도 자기 손으로 써 본다

생각은 찰나에 온다. 그 찰나를 놓치면 다음에 생각해도 잘 생각이 나지 않는다. 그래서 나는 책을 읽을 때면 항상 펜을 지참한다. 펜은 빨강, 초록, 파랑의 삼색 펜이면 충분하다. 가장 중요한 것은 빨간색으로, 유용한 정보는 파란색으로, 개인적인 마음에 든 부분은 초록색으로 쓴다. 이렇게 하면 나중에 상기하기 좋다. 포스트잇이나 기자들이 자주 쓰는 손바닥 만한 노트 또한 유용하게 쓸 수 있다. 눈에 띄는 문장을 찾았다면 그 문장을 노트에 옮겨 보자. 감명 깊은 문장을 다시 읽어 보는 희열은 느껴본 사람만이 안다.

책의 텍스트 옆, 빈 공간에 떠오르는 생각을 붙잡아 몇 마디 적는다. 밑줄을 긋고, 빈 공간에 내 생각을 문자화하는 행위는 하나의 성찰reflection이다.

넷째, 독서 노트를 적어 본다

인상적인 문장만 옮겨 놓아도 독서 노트로써의 의미가 생긴다. 대중교통을 이용하느라 곧장 옮기기 힘들다면 포스트잇에다 간단히 적는다. 나중에 한꺼번에 옮겨 놓아도 좋다. 어떤 책을 읽었는지 책과 관련 정보를 손으로 적어 둔다. 저자, 책 제목, 출판사, 출간일 등 간단한 정보를 쓴다. 번역서의 경우에는 원서는 언제 출간되었는지, 한국에는 언제 출간되었는지 자세하게 쓴다.

다섯째, 메모한 것을 사진으로 찍어서 공유한다

외장하드나 클라우드에 저장하는 것도 좋지만, 기왕이면 다른 사람의 피드백을 받을 수 있는 곳에 공유하자. 책에서 읽은 좋은 문구나 자신의 독서 노트를 공유할 생각이 있다면 SNS 공간을 추천한다. 트위터는 140자 제한이 되어서 짧게 쓰기 좋다. 페이스북에 쓸 때는 새로운 기능인 '텍스트 배경'을 사용하면 주목도를 높일 수 있다. 텍스트 배경을 사용하기 위해서는 130자 이내로 써야 한다(분량이 그 이상이면 배경 적용이 되지 않는다). 공유할 내용이 많다면 블로그에 올린 후에 페이스북에서 공유하는 것도 좋은 방법이다. 인스타그램은 손으로 쓴 내용을 사진으로 찍어 공유하기 제일 좋은 도구다. 해시태크#를 붙이면 널리 알리는 데 유리할 뿐 아니라, 무엇보다 나중에 찾기에 편리하다. 그림을 덧붙이면 더욱더 좋다.

이상의 5가지 방식에 어느 정도 익숙해지면 키워드 중심으로 마인드맵을 그리자. 시각적인 표를 이용하거나 다이어그램을 그려도 좋다. 도형을 이용하면 우뇌가 활성화돼 설득력이 높아진다. 핵심 키워드로 책을 읽으면 책을 읽는 목적이 명확해진다. 예를 들어 '지식 경영'이라는 키워드를 정해 놓고 책을 읽으면 지식 경영과 연관 있는 내용을 중심으로 책이 머릿속에 자연스럽게 정리된다.

전자책 또한 메모를 해야 내 것이 된다. 대부분의 이북 애플리케이션에는 형광펜, 독서 노트 메모 기능이 있으니 이를 사용했다가 나중에 한꺼번에 옮기면 된다. 전자책 독서는 디지털 콘텐츠로 제작된 책을 PC나 스마트폰, 전용리더 등으로 읽는 방법이다. 현재 국내 전자책 뷰어 앱으로는 리디북스www.ridibooks.

com가 가장 보편적으로 활용되고 있다. 리디북스에서 제공하는 기능 중 '독서 노트'를 이용하면 본문 글귀, 문장 등을 마우스로 드래그해 '메모'해 놓은 걸 한 꺼번에 볼 수 있다. 전자책 가격은 실물 책 정가에서 20~30퍼센트 할인된 값 으로 책정된다. 신간이 아닐수록 할인폭이 크다. 리디북스의 정기구독형 월정 액제 상품인 리디 셀렉트에 가입하면 월 6,500원에 주요 전자책베스트셀러 위주을 무제한으로 읽을 수 있다.

2017년에 서비스를 시작한 밀리의 서재www.millie.co.kr는 월 12,000원에 이 용할 수 있다. 등록된 책의 숫자만 보면 밀리의 서재가 더 많다. '리딩북'은 일종 의 요약본을 음성으로 읽어 주는 기능인데, 이병헌 등 유명 배우들이 참여해 화제가 되었다. 또한 사용자의 독서 DNA를 분석해 취향 맞춤형 책을 추천해 준다. 가격경쟁력 면에서는 리디북스가, 보유한 책의 종수 면에서는 밀리의 서 재가 유리하다.

깨달았으면 실천하라

독서 노트를 작성하는 것은 일기 쓰기와 비슷하다. 책을 읽었다고 반드시 성장하는 것은 아니다. 아는 것과 이해한 것, 실행하는 것은 다른 문제이다. 실천할 때는 너무 무겁게 시작하면 안 된다. 실행Action과 시도do를 구분하자. 실천적으로 해야 할 일은 투두 리스트to-do list에 적어 보자. 우선 시도하고 그 후 실행해야 한다. 책을 많이 읽어도 항상 비슷한 수준인 것은 실행에 문제가 있기 때문이다. 어제보다 1퍼센트라도 개선된다면 훌륭하게 실행한 셈이며, 결국 성과로 나타나게 되어 있다. 독서 노트에 적어 놓았다가 실천할 것을 적어 보자. 주제, 책에서 배운 점, 느낀 점, 적용할 점 등을 독후감으로 써서 정리해도 좋다.

이와는 반대로, 하지 말아야 낫투두 리스트not-to-do list 작성법을 알아보자. 투두 리스트는 '해야 할 일'을 적는 것이며, 낫투두 리스트는 '하지 말아야 할 일'을 적는 것이다. 시간을 갉아먹는 습관이 있다면 이를 바로잡기 위해서 낫투두 리스트를 작성하면 효과적이다. 《전략의 기쁨Joy of Strategy》의 저자 앨리슨 림은 "시스템을 제어할 수 있는 한 가지 방법은 3가지 다른 할 일 목록을 만드는 것"이라고 말한다. 첫 번째 목록은 "중요하지만 시간에 민감하지 않은 프로젝트"이고 두 번째 목록은 "오늘 완료해야 하는 항목"이며 세 번째 목록은 "할 일 목록"이다. 낫투두 리스트는 "내 시간의 가치가 없다고 의식적으로 결정한 것들을 생각나게 하는 데 사용"되며 "이걸 써 놓으면 그들이 할 일 목록에 몰래 들어가는 것을 막을 수 있다." 낫투두 리스트는 실제로 자신의 시간과 관심을 끌고 실행을 우선시하는 데 도움이 된다.

성공한 리더들은 메모하면서 책을 읽는다. 책의 핵심 내용을 책 여백이나 표지 뒤에 쓰고, 독서 중 떠오른 '즉시 실천해야 할 일'도 그 옆에 함께 적는다. 이렇게 메모하면서 책 한 권을 읽는 데 평균 5시간이 걸린다. 메모만 읽으면 책을 다시 보지 않아도 정리가 된다. 손으로 읽으면 자연스럽게 무조건 다독, 속독을 해야 한다는 강박에서 벗어날 수 있다. 단 한 문장이라도 인생의 문장을 찾아 밑줄을 긋자. 양보다 질에 집중하는 수독은 책 읽기를 실행과 연결하는 좋은 방법이다. 실천할 것을 행동으로 기술하라! 책 한 권을 읽을 때마다 삶과 비즈니스에 적용해서 행동으로 옮길 방법을 찾아야 한다.

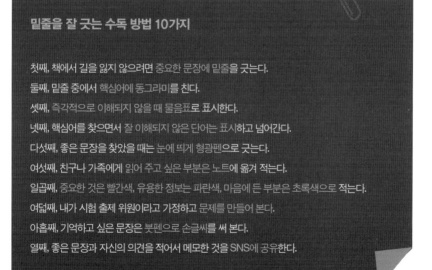

밑줄을 잘 긋는 수독 방법 10가지

첫째, 책에서 길을 잃지 않으려면 중요한 문장에 밑줄을 긋는다.
둘째, 밑줄 중에서 핵심어에 동그라미를 친다.
셋째, 즉각적으로 이해되지 않을 때 물음표로 표시한다.
넷째, 핵심어를 찾으면서 잘 이해되지 않은 단어는 표시하고 넘어간다.
다섯째, 좋은 문장을 찾았을 때는 눈에 띄게 형광펜으로 긋는다.
여섯째, 친구나 가족에게 읽어 주고 싶은 부분은 노트에 옮겨 적는다.
일곱째, 중요한 것은 빨간색, 유용한 정보는 파란색, 마음에 든 부분은 초록색으로 적는다.
여덟째, 내가 시험 출제 위원이라고 가정하고 문제를 만들어 본다.
아홉째, 기억하고 싶은 문장은 붓펜으로 손글씨를 써 본다.
열째, 좋은 문장과 자신의 의견을 적어서 메모한 것을 SNS에 공유한다.

책을 많이 읽을수록 독서력은 기하급수적으로 늘어난다.
독서광이라 불리는 사람들은 한눈으로 여러 대목을
살피며 읽어 낸다. 그리고 요점만을 골라 낸다.
그러므로 자기가 필요한 대목을 자력적인 방법으로 인용할 수 있다.

● 에드거 앨런 포

눈이 아니라 손으로 책 읽기

정진호 J비주얼스쿨 대표

독학으로 그림을 배워 수채화 개인전을 열며, 평범한 직장인에서 일상예술가로 변모한 이가 있다. 'J비주얼스쿨'의 정진호 대표이다. 16년간 직장 생활에서 익힌 유용한 기술을 사람들에게 알려주고 싶어 1인 기업으로 독립한 그를 만났다. 《누구나 할 수 있는 정진호의 비주얼씽킹》, 《철들고 그림 그리다》, 《행복화실》 등 3권의 저자이자 '행복화실'을 운영하고 있는 그는 손으로 하는 모든 기술은 재능의 유무를 떠나 연습으로 좋아진다고 믿는다. 평범한 일상을 모아 특별한 것으로 만드는 것을 즐기는 그가 마지막에 꺼낸 이야기는 '내 손으로 남겨야 내 안에 스며든다'는 것이었다. '눈으로만 읽지 말고 손으로 읽으라'는 일상화가 정진호 대표의 수독을 따라가 보자.

정진호 대표

Q. 손으로 책을 읽는다는 것은 어떤 의미를 가지나요?

_____ 사실 책을 읽으며 손으로 기록하면 시간이 많이 걸려요. 눈으로만 읽

으면 속도는 빠르겠죠, 하지만 손으로 책을 읽으면 기억에 오래 남습니다. 직장인 시절 제주도 여행을 갔을 때는 하루 300~400km씩 3일간 1000km 이상 다니면서 어떻게 아이들과 많은 사진을 찍을까만 생각했습니다. 최근 독립하고 혼자 제주도에 갔을 때는 좋은 광경을 그림으로 그렸더니 3일간 70km밖에 다니지 못했어요. 좋은 곳이 보이면 자리를 잡고, 그 풍광을 손으로 직접 스케치했기 때문이죠. 만일 사진으로 찍었다면 1초면 끝났을 거에요. 내가 직접 손으로 그리고 물감을 짜면서 그림을 그리면 짧게는 1시간에서 길게는 2시간 이상이 걸려요. 그런데 뜻밖에도 1000km 이상 다니며 부지런히 사진을 찍었던 여행의 기억은 별로 남아 있지 않은데, 5년이 지났는데도 손으로 기록했던 여행의 기억은 또렷해요. 눈으로 보기만 하거나 기계를 이용해 기록한 것과 내 손으로 일일이 기록으로 남긴 것은 확실히 달라요.

Q. 느리지만 손으로 기록하며 읽는 독서의 의미를 찾는다면?

_____ 외국 여행을 가면 대다수가 부지런히 하루 종일 여러 곳을 많이 돌아다녀요. 그렇게 바쁘게 여행한 후 새벽에 귀국해서 다시 일상으로 돌아가면 나중에 남는 게 없어요. 여행 후에는 집에서 쉬면서 생각과 경험을 정리하며 내 몸에 스며들게끔 하는 시간이 필요합니다. 그런 과정 없이 바로 일상으로 돌아가면 여행에서 보고 느꼈던 새로운 것들이 소용없죠. 책 읽기도 마찬가지입니다. 포토리딩Photo-Reading이나 속독법Speed Reading은 사진 찍듯이 입력하면서 읽는 것으로, 그 방식을 이용하면 독서 속도가 비약적으로 빨라진다고 해요. 눈으로 훑으면 시간은 절약되지만, 머릿속과 마음속에 깃들지를 못합니다.

기억에 깊이 남기려면 결국 손을 움직여야 합니다. 글이든 그림이든 손으로 움직이는 것이 내 안에 남아 있게 됩니다. 독서법에 대한 질문을 '어떻게 하면 많이 읽을까?'에서 '어떻게 내 안에 오랫동안 남게 할까?'로 바꿔야 해요. 우리는 지극히 아날로그적 존재입니다.

Q. 요즘 사람들이 책을 잘 읽지 못하는 이유는 무엇일까요?

_____ 예를 들어서 한 기업의 사장님이 '이 책 참 좋다'고 전 직원들에게 추천했다고 합시다. 대개 직원들 입장에서는 안 좋은 경우예요. 대학생이 초등학생에게 '내가 읽어봤는데 이 책 좋아, 한 번 읽어봐'라며 추천한다고 생각해 보세요. 사장님은 사장님이 처한 상황이 있고, 직원들은 그들이 처한 상황이 있습니다. 각기 입장이 다르고 맞닥뜨린 문제와 환경이 다릅니다. 그래서 모든 책은 스스로 선택해야 해요. 누군가에게 책을 선택할 때 상대방을 잘 알고 추천해야 합니다. 대리가 같은 직급 동료에게 추천했을 때, 중학생이 같은 짝꿍에게 추천했을 때 잘 맞는 경우가 많습니다. 독자가 속한 연령과 조직문화와 상황에 따라서 적절한 책이 다를 수 있습니다.

Q. 책을 어떻게 선택하는 것이 좋을까요?

_____ 모든 책에는 대상 독자와 상정해 놓은 독자의 수준, 환경 등이 있어요. 만약 서울에 사는 20대 남자 직장인이 있고 어떤 베스트셀러가 바로 그 독자층을 대상으로 한 것이라면, 그에게는 그 베스트셀러가 맞을 것입니다. 그러

나 같은 20대라도 상황이 다를 수 있죠. 같은 스무 살이라도 경제적 활동을 하는 스무 살과 학교에 다니는 스무 살이 다른 것처럼요. 그래서 자신에게 맞는 책을 골라서 읽는 것이 중요합니다.

6~7살짜리 아이도 글을 읽을 수는 있으나 이해력이 떨어집니다. 글의 맥락을 이해할 수 있는 것은 10살이 넘어서입니다. 성인이 되어서도, 연령과 경험에 따라 저자가 말하는 것을 내 것으로 소화하는 능력이 다를 수 있습니다. 같은 책인데 30대에 읽은 감상과 40대에 읽은 감상이 다르기도 합니다. 전 30대에 벤저민 프랭클린이 쓴 《덕의 기술》을 읽고 감동받아서 블로그 이름도 '덕의 기술'이라고 지었고 추천도 많이 했어요. 40대에 다시 그 책을 읽었는데 그만큼 제가 성장한 것인지 예전에 비해 감동이 덜하더군요. 영화도 마찬가지예요. 고등학교 때는 어마어마한 감동을 받은 영화를 지금 와 다시 보면 별것 아닌 것처럼 느껴질 때가 많죠. 외부 자극에 대한 내 마음의 강도가 변하기 때문입니다. 책이 내게 맞느냐 안 맞느냐는 결국 내가 책을 소화할 능력이 되느냐 안 되냐에 달려 있습니다. 책에 따라서 내 독서력의 강도도 달라져요.

저는 책을 고를 때면 실제 서점에서 책을 한 장 한 장 들춰보는 편을 선호합니다. 어떤 책은 마케팅을 엄청나게 잘해서 제목과 표지만 보고 사고 싶어 지기도 하는데, 막상 보면 이미 알고 있는 내용이 많아요.

Q. 눈으로만 보는 것과 손으로 익히는 것은 무엇이 다를까요?

_____ 점차 디지털화되어 가는 세상에서 현대인의 감성이 무뎌지고 있어요. 아무리 디지털 기술이 발전해도 인간은 지극히 아날로그적인 존재예요. 예

전에 삼성 갤럭시 노트가 처음 나왔을 때 일입니다. 캘리그래피를 하는 강병인 선생님이 잘 활용하는 것을 보고 저도 사용해 봤지만 잘 안 되더라고요. 그 선생님은 30년간 아날로그로 종이든 나무젓가락이든 도구를 불문하고 글씨를 써 왔기 때문에 디지털을 써도 됐던 거죠. 디지털 디바이스를 사용했기 때문에 좋은 결과가 나왔던 게 아닌 겁니다.

인간은 무엇인가 배울 때 아날로그적으로 배워야 해요. 캘리그래피를 배울 때도 붓으로 배우잖아요. 아날로그적 방식에 매우 익숙해지고 나면 어떤 도구든 가리지 않게 됩니다. 나무, 철판도 좋고 디지털 도구를 써도 되는 거죠. 인간처럼 손을 잘 사용하는 동물은 없습니다. 책을 읽는 과정 또한 머리로만 하는 것보다 직접 손으로 남기면 더욱더 의미가 있습니다. 자기만의 희소가치가 있는 것에 매력을 느끼고 찾아다니는 이유겠죠.

Q. 직장인에서 손을 사용하는 일상예술가로 변화한 이후 무엇이 달라졌나요?

_____ 프로그래머와 비주얼 씽킹·마인드맵 강사, 그리고 일상화가 사이에는 본질적으로 비슷한 면이 있어요. 생각을 구조화하고, 그것에 근거하여 최종적으로 결과물을 만들어내는 일이거든요. 어떻게 하면 최소한의 노력으로 최대한의 시각적 효과를 낼 수 있을 것인가를 고민하는 메이커들이죠. 저는 8년 동안 그림을 그리고 있지만 우리나라에서 그림을 잘 그리는 사람에 속한다고 생각하지 않아요. 그런데 제가 8년 동안 했던 것을 간추려서 가르치라면 좀 더 잘 가르칠 수 있을 것 같아요. 직장 생활, 강사, 프로그래머, 일상화가 등 다양한

경험이 교육할 때 녹아들거든요. 프로그래머 생활은 12년간 했었는데 변화가 심했어요. IT 직종은 6개월 지나면 새로운 것을 배워야 합니다. 젊을 때는 그처럼 새로운 것을 배우길 좋아했어요. 일상예술가가 된 지는 8년째인데 프로그래머처럼 변화가 심하지 않아요.

길게 가는 일을 하는 것이 중요해요. 제가 10년 전에 프로그래밍했던 것은 이제 쓰이지 않지만, 5년 전에 그렸던 그림은 지금도 가치가 있어요. 제가 쓴 프로그래밍 책은 2년이 안 돼 시장에서 사라졌지만 제 책《철들고 그림 그리다》는 7년이 지났는데도 아직도 팔리고 있죠. 인생은 짧고 예술은 길다고 하잖아요. 내가 배우고 그렸던 그림을 알려주는 것이 재미있고 행복합니다. 손으로 생각을 정리하고 그림으로 그리면 오랫동안 의미가 지속되는 것 같아요.

Q. 구체적으로 어떻게 기록하며, 기록한 책은 어떻게 보관하는지요?

_____ 눈으로만 읽는 것보다 시간이 걸리겠지만, 책을 읽는 중에 '기억하고 남기고 싶은 것'을 손으로 적는 편이 가장 좋습니다. 이동하다 책을 읽을 때는 리디북스의 메모 기능을 씁니다. 그리고 나중에 다시 손으로 옮겨요. 책을 다 읽고 나면 이런 메모들을 책의 맨 첫 페이지에 옮기는데, 이렇게 하면 나중에 책 첫 페이지만 봐도 이 책을 어떻게 읽었는지 알 수 있어요. 인덱스를 만들 땐 논리적 구조를 만드는 마인드맵 방식이 좋습니다.

중요한 것은 책 읽기도 음식을 먹는 것과 같다는

점입니다. 음식처럼 내 몸 안에 들어와서 소화되고 그를 통해 성장했다면, 나머지는 버리는 것이 좋아요. 음식을 먹으면 포장지는 버리잖아요. 책을 모아 놓기만 하고 소화를 시키지 못하면 소용없습니다. 책을 읽었다는 것을 과시하기 위해서 책을 쌓아 놓는 사람들도 있는데, 제 경우에는 남들보다 적게 읽는 편이 아닌데도 소장하는 책은 매우 적어요. 2~3년 지나면 책의 첫 페이지를 보고 필요 없는 책은 중고서적에 내놓습니다. 책에도 수명이 있어요. 어떤 책은 1년밖에 안 되고 어떤 책은 10년이 넘기도 해요. 중고서적이나 헌책방에서조차 받아 주지 않을 정도로 쓸모가 없어진 책들도 있지요. 모든 물건에는 수명이 있어요. 저는 세상을 떠날 때 여행 트렁크 하나만 남기고 싶어요. 쓸데없는 물건에 집착하지 않는 것이 좋습니다. 책도 마찬가지입니다.

Q. 처음 손으로 읽으려 하는 독자에게 해주고 싶은 말은?

_____ 무조건 적어서는 안 됩니다. 제 경우 200페이지짜리 신국판 책을 기준으로 했을 때, 30페이지를 읽을 때까지는 아무것도 적지 않습니다. 읽을 만한 가치가 있는 책이란 판단이 들면 손으로 메모하고 그림도 그려요. 같은 맥락에서, 책은 10~15퍼센트 정도 내용을 읽어 보고 삽니다. 소중한 시간에 가치 없는 책을 읽을 필요는 없죠. 까다롭게 책을 선택해야 독서의 만족도가 올라갑니다.

처음부터 끝까지 완독할 필요도 없어요. 아니다 싶으면 깨끗하게 책에서 나와야 합니다. 나와 맞지 않는다고 생각되면 책에서 빠져나오는 용기가 필요해요. 그런 책도 틀린 판단과 잘못된 선택의 경험이란 측면에서 의미가 있어요. 책에

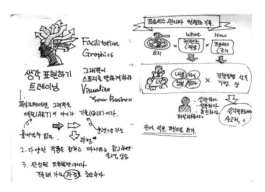

대한 기록을 하세요. 시행착오 비용 2~3만 원을 날렸다 해도 괜찮아요. 그 교훈을 통해 훌륭한 경험을 한 셈이니까요.

책도 소화가 필요해요. 저자가 쓴 책을 내 생각과 언어로 다시 표현하기 위해서 노력해야 해요. 단지 똑같이 기계적으로 베끼는 것이 아니라 내가 이해하고 소화된 내용을 써야 합니다. '배우는 것'은 머리로 할 수 있지만 '익히는 것'은 손으로 해야 해요. 배웠으면 변화해야 합니다. 변화했는지 안 했는지 어떻게 알 수 있을까요? 말과 행동이 바로 변화의 결과입니다. 변화는 내가 알고 있는 것을 다른 사람에게 알려주는 과정에서 일어납니다. 책을 읽었는데 변화가 없다면 그것은 책을 잘못 읽은 거죠. 필사筆寫만이 아니라, 읽은 내용을 글과 그림으로 만드는 과정에서 사람은 성장합니다. 여기에 더해 저는 책을 읽었던 내용을 자주 SNS에 공유했어요. 한 장의 그림이 많은 사람에게 읽히고 퍼지더군요.

정진호 대표의 수독을 응원한다. 그는 책을 읽고 손으로 그 내용을 그림으로 나누는 작업을 하고 있다.

책을 읽으면 그 내용을 손으로 정리하라. 한 장으로 요약하는 과정을 통해 책을 소화시킬 수 있다. 눈으로 읽기만 하던 독서는 글과 그림으로 거듭나며 내 안에 체화된다. 이를 통한 변화를 추구하라. 손으로 기억하는 삶이 진짜 삶이다. 지금 당신은 인생의 책에서 손으로 어떤 경험을 하고 있는가?

제4강

숙독熟讀,
생각을 무르익혀 읽는다

"독서는 단순히 지식의 재료를 공급할 뿐
그것을 자신의 것으로 만드는 것은 사고의 힘이다." —존로크

몇 권을 읽었느냐는 중요하지 않다

우리에게 필요한 것은, 큰 고통을 가져다주는 재앙 같은, 우리가 우리 자신보다 더 사랑했던 누군가의 죽음과 같은, 모든 사람으로부터 숲 속으로 추방된 것 같은, 자살과 같은 느낌을 주는 그런 책이다. 책이란 우리 마음속에 있는 얼어붙은 바다를 깨는 도끼여야 한다.

— 프란츠 카프카

카프카는 책을 '우리 마음속에 있는 얼어붙은 바다를 깨는 도끼'로 표현하며 그 중요성을 강조했다. 《책은 도끼다》의 저자 박웅현은 "책을 많이 읽는 것이 중요한 게 아니라, 자신의 방식으로 읽고 자기 생각과 감성으로 흡수하는 것이 중요하다"라고 말한다. '그녀의 자전거가 내 가슴속으로 들어왔다', '생각이 에너지다', '진심이 짓는다' 등 한 시대의 생각을 진보시킨 그의 광고 카피들은 독서의 결과물이다. 박웅현은 말한다. "나는 책을 오독하는 버릇이 있다. 그러나 내가 글을 쓸 수 있는 것은 평소에 책을 오독誤讀한 덕분이다." 책의 권위에 눌리지 않았기에 자신의 견해를 이야기할 수 있다는 것이다.

물론 책을 오해해서 나쁜 행동을 하는 부정적인 오독은 경계해야 한다. 단어 하나, 조사 하나, 쉼표 하나, 심지어는 여백 한켠까지, 책은 작가와 나누는 대화의 매체이다. 빨리 읽어 치우고 그다음 책을 읽겠다는 태도에서 벗어나 '꼭꼭

눌러 읽는다'고 표현하는 것은 속독의 우를 범하지 않겠다는 의지의 표현이다. 단지 텍스트를 넘어서 콘텍스트를 읽어내는 것이 중요하다. 많이 읽는 다독보다 자세히 뜯어보는 숙독熟讀이 더욱 가치 있다.

숙독이란 무르익은 책 읽기로 지적 성숙을 이루고 깨달음에 이르는 독서법이다. 쇼펜하우어는 "다독은 인간의 정신에서 탄력을 빼앗는 일종의 자해다. 압력이 너무 높아도 용수철은 탄력을 잃는다"라고 했다. 책은 도끼이고, 우리는 나무꾼이다. 책을 읽을 때는 여러 가지 도끼를 찾기보다는 하나의 도끼라도 찾아 제대로 연마하는, 즉 깊이 읽는 연습이 필요하다.

공부는 속도보다 깊이가 중요하다

주자는 《주자어류朱子語類》에서 숙독을 이렇게 설명한다. "무릇 책은 숙독해야 한다. 숙독하면 글의 이해도 저절로 정밀해지고 깊어진다. 정밀해지고 깊어진 뒤에 이치를 저절로 이해할 수 있게 된다. 마치 과일을 먹는 것과 같다. 처음에 과일을 막 깨물면 맛을 알지 못한 채 삼키게 된다. 그러나 모름지기 잘게 씹어 부서져야 맛이 저절로 우러나고, 이것이 달거나 쓰거나 감미롭거나 맵다는 것을 알게 되니, 비로소 맛을 안다고 할 수 있다."

숙독은 책을 잘게 씹어서 입에 붙을 정도로 익을 때까지 읽는 것이다. 뜻을 새기며 자세히 읽는다는 것은 자신의 내면에서 나온 듯 깊이 생각함을 의미한다. 공자도 논어 위정 편에서 "단지 배우기만 하고 그 배운 것에 대해 깊이 있는 사고가 뒤따르지 않으면 남는 것이 없고, 자기만의 생각 속에 빠져있기만 하고 배움을 통해 그 실질적인 내용을 채워가지 않으면 허황되어 위태롭게 된다"라며 독서와 사색을 병행하는 것이 공부의 좋은 태도임을 언급했다. 옛 현인들은 다독보다 숙독을 중요시한 것이다. 꼼꼼하게 읽는 숙독은 다독이나 속독과 달리 글자와 낱말의 뜻을 하나하나 알아가며 조금씩 깊이 읽는 것을 말한다. 결국 자기 생각에 빠지지 않고 반복해서 이치를 깨닫는 것이다.

공부를 할 때는 여러 강의를 섭렵하기보다 한 권이라도 제대로 읽어 보는 것이 중요하다. 율곡 이이李珥는 "무릇 독서는 반드시 숙독하여 뜻을 다 깨달아 꿰뚫어 의문이 없어진 뒤에야 이에 바꾸어 다른 책을 읽어야 한다"라고 가르쳤다. 익숙해질 때까지 읽으라는 것이다. 어떤 주제에 관해 공부할 때는 일단 쉬운 책을 한 번 읽어 익숙해지고, 뜻을 깨달아 의문이 생기지 않을 때까지 해야 한다.

유대인들은 숙독을 아예 교육 방식으로 채택한 민족이다. 그들의 거실에는 TV가 없다. 대신 책장과 책으로 꾸며져 있다. 심지어 화장실에도 반드시 작은 책장이 놓여 있다. 그들은 가정이나 학교에서 학습 도구로 영상을 이용하는 대신, 책을 많이 읽게 하며 계속해서 토론을 시킨다(시각적인 재미에 자주 노출된 아이들은 나중에 책을 읽기 어려워하는 경우가 많다). 유대인 아이들은 어떤 학습 주제가 주어지면 그에 관한 책을 접하고 열렬히 토론한다. 책에 관해 질문하고 곱씹다 보니 생각이 저절로 무르익는다. 자연히 숙독에 이르게 되는 것이다.

인생의 나이테에 맞는 책을 읽는다는 것

신영복 선생은 이렇게 이야기한다. "나무의 나이테가 우리에게 가르치는 것은 나무는 겨울에도 자란다는 사실입니다. 그리고 겨울에 자란 부분일수록 여름에 자란 부분보다 훨씬 단단하다는 사실입니다." 같은 나무의 나이테조차 겨울에 자란 것이 단단하다. 그러므로 책을 제대로 읽기 위해서는 인생의 시기에 따라 다르게 읽어야 한다. 우리는 삶의 각 단계를 지날 때마다 그 단계에서 가장 중요한 일들이 무엇인지 알고, 그에 관한 지혜를 발휘해야만 한다.

10대의 독서 : 많이 읽고 많이 기억하는 단계

10대는 학창 생활을 통해 평생 큰 자산이 될 기초 지력을 쌓는 시기이다. 그러나 입시 공부에 지친 10대들에게 무조건 책을 많이 읽으라고 하는 것도 지나친 처사이다. 치열한 입시 경쟁 속에서 늦게까지 공부하는 10대들에게는 잠시나마 예민한 감수성이 쉬어갈 여유를 주는 책이 좋다. 추천하기 좋은 세계문학 작품은 헤르만 헤세의 《데미안》이다. 이 책은 열 살 소년이 스무 살 청년이 되기까지 고독하고 힘든 성장의 과정을 그리고 있다. 권정생의 동화 《강아지똥》, 백석 시 전집, 리처드 바크의 《갈매기의 꿈》, 트리나 포울러스의 《꽃들에게 희망을》, 생텍쥐페리의 《어린 왕자》, 프랭크 바움의 《오즈의 마법사》, 근대 과학 소설의 선구자 쥘 베른의 《80일간의 세계일주》 등은 10대에게 좋은 안내서가 될 것이다.

20대의 독서 : 적게 읽고 많이 생각하는 단계

청년 실업률이 높아진 가운데 20대들의 문제의식은 당장 필요한 취업 준비와 맞닿아 있다. 취업 성공과 관련된 각종 실용서를 많이 보는 20대들에게는 미래에 대한 고민을 담은 책이 좋다. 20대는 급속히 변화하는 환경에도 흔들리지 않을 자신만의 철학과 사고의 얼개를 짜고, 사회로 나가기 위해서 자신을 준비시켜 나가야 한다. 밀란 쿤데라의 《참을 수 없는 존재의 가벼움》은 삶과 존재, 운명, 생명의 질서 등 세계적인 작가의 폭넓은 지적 영역이 담긴 장편이다. 헨리 데이비드 소로우의 《월든》, 장 코르미에의 《체 게바라 평전》, 알베르 카뮈의 《이방인》, 월터 아이작슨의 《스티브 잡스》, 찰스 두히그의 《습관의 힘》 등도 20대에게 좋은 안내서가 될 것이다.

30대의 독서 : 적게 생각하고 많이 일하는 단계

이직, 승진, 결혼, 육아 등 가정과 일 양면에서 도약을 꿈꾸게 되는 30대는 전문성을 단련시키는 시기이다. 이 시기에는 무엇보다도 자신의 강점을 강화시키는 데 힘써야 한다. 나는 F. 스콧 피츠제럴드의 《위대한 개츠비》를 추천한다. 20세기 가장 뛰어난 미국 소설로 꼽히는 이 작품은, 1920년대 온갖 사치와 향락이 난무하던 미국을 배경으로 꿈을 위해 모든 것을 던진 개츠비의 낭만적 환상 그리고 이상주의가 매력적으로 그려진 작품이다. 이 외에 '사피엔스 신드롬'을 일으킨 유발 하라리의 3부작 《사피엔스》·《호모데우스》·《21세기를 위한 21가지 제언》, 조남주의 《82년생 김지영》, 김선경의 《서른 살엔 미처 몰랐던 것들》, 김혜남의 《서른 살이 심리학에게 묻다》 등은 30대에게 좋은 안내서가 될 것이다.

40대의 독서 : 적게 읽고 많이 쓰는 단계

40대는 자신의 남은 인생의 절반을 어떻게 그려야 할지 고민하는 동시에, 후배들에게는 책임감 있는 리더이자 복잡한 인간관계에서 길을 알려줄 조언자가 되어야 하는 시기이다. 이러한 중년의 삶에 어울리는 작품으로 그리스 문학을 대표하는 작가 니코스 카잔차키스의 《그리스 인 조르바》를 추천한다. 호쾌한 자유인 조르바가 펼치는 영혼의 투쟁을 풍부한 상상력으로 그려낸 작품이다. 그 외 리처드 J. 라이더의 《인생의 절반쯤 왔을 때 깨닫게 되는 것들》, 팀 페리스의 《마흔이 되기 전에》, 강상구의 《마흔에 읽는 손자병법》, 신정근의 《마흔, 논어를 읽어야 할 시간》 등도 인생의 기로에 선 40대에게 좋은 안내서가 될 것이다.

이처럼 인생의 계절처럼 연령별로 자신에게 맞는 책을 선택해야 한다.

독서의 진정한 기쁨은 몇 번이고
그것을 되풀이하여 읽는 데 있다. ●데이비드 허버트 로렌스

숙독, 어떻게 할 것인가

실용서, 자기계발, 문학서 등 다양한 장르의 책들을 어떻게 숙독하는 것이 좋을까? 예를 들어《원 씽게리 켈러, 제이 파파산 지음》을 읽고 난 후, 업무에 즉각 책의 내용을 적용하려 한다고 해보자. 가장 먼저 해야 할 일은 문장을 보면서 개념을 찾는 것이다. 저자 게리 켈러는 책 처음부터 끝까지 오직 한 가지의 질문만을 던진다. "당신의 '단 하나'는 무엇인가?"가 바로 그것이다. 이를 통해 저자가 말하고자 하는 개념은 무엇인가? 다음 구절은 저자가 말하고자 하는 개념을 간략하게 보여준다. "'파고든다는 것'은 곧 자신이 할 수 있는 다른 모든 일을 무시하고 반드시 해야만 하는 일에 집중하는 것을 뜻한다. (중략) 탁월한 성과는 초점 Focus을 얼마나 좁힐 수 있느냐와 밀접하게 연결되어 있다." 이 같은 개념이 어느 정도 이해된다면 그때부터 사례를 찾아서 읽으면 된다.

주의해야 할 것은 개념이 안 잡히면 사례를 읽어도 잘 이해되지 않을 수 있다는 점이다. 대부분의 책에는 개념에 관한 설명보다는 사례가 더 많이 실려 있다. 그러므로 저자가 제시하는 개념을 이해하는 것이 중요하다.

책을 읽을 때는 단어가 아니라 문장으로 읽어야 한다. 눈은 글자를 읽을 때 문장sentence → 단어word → 문단paragraph → 장chapter의 순서로 따라간다. 우리의 뇌는 한꺼번에 덩어리로 인식하지 그것을 나누어서 인식하기 어려워한다. 따라서 의도적으로 문장을 중심으로 파악한 후 단어의 뜻, 단어들 간의 관계, 문단 간의 관계 등을 분석하며 읽어야 한다.

문장으로 읽기

문장을 중심으로 읽으며, 중요한 문장이다 싶으면 밑줄 긋는다. 하나의 문장은 하나의 의미만 취급한다는 일문일사一文一思의 원칙을 기억하자. 하나의 문장은 하나의 아이디어만 담을 때 좋은 문장이 된다. 대개 단어에 중점을 두고 책을 읽는데, 이렇게 하면 책 읽기가 편하게 느껴지지만 전체적인 의미를 제대로 새길 수 없다. 문장 자체로 읽어야 이해가 쉬워진다.

문장을 읽을 때는 내용어content word와 기능어function word를 찾아가며 읽는 것이 좋다. 기능어란 관사, 대명사, 조동사, 부사, 전치사, 접속사처럼 의미보다 문법적 의미를 나타내는 낱말이다. 다른 말로 형식어form word라고도 한다. 내용어란 명사, 형용사, 동사처럼 비교적 명확한 사상·관념을 나타내는 낱말이다. 다른 말로 실어full-word라고도 한다.

문장으로 읽기는 표면적으로 드러난 문맥이 무엇인지를 파악하는 단계로, 핵심어를 찾으면서 읽도록 한다.

단어로 읽기

프랑스의 작가 플로베르는 일물일어一物一語 설을 주장했다. 이는 '하나의 사물을 나타내는 가장 적확한 단어는 단 하나밖에 없다'는 것으로, 사물표시에 있어 정확한 표현의 중요성을 강조한 말이다. 하나의 단어는 하나의 의미를 지닌다. 단어가 어떻게 쓰이는지 알아야 책을 잘 읽을 수 있다. 생소하거나 잘 모르는 단어는 물음표로 표시하고 나중에 찾아본다. 이렇게 찾아본 단어가 많아질수록 어휘력이 좋아진다. 문장만 읽다 보면 말의 맛을 알기 어렵다. 문학작품처럼 언어의 미학이 중요한 경우라면 단어 단위로 숙독해야 한다.

당신은 앙스트블뤼테를 아는가? 앙스트블뤼테angstblute란 독일어 앙스트Angst, 불안와 블뤼테Blute, 개화의 합성어로 생물학 용어다. 전나무가 열악한 환경에서 생명이 위태로워지면 유난히 화려하고 풍성하게 꽃 피우는 현상을 가리킨다. '불안의 꽃'이라고 번역되는 앙스트블뤼테는 가장 어려운 상태를 겪은 후에 내공이 깊어짐을 의미한다. 실제 앙스트블뤼테를 거친 전나무만이 명품 바이올린의 재료가 될 수 있다. 불안한 감정은 무엇인가를 준비하게 만들며, 그 같은 불안의 순간을 지나면서 마음은 단단해진다. 앙스트블뤼테는 일상에서 접하기 힘든 단어이다. 이런 생소한 단어를 찾다 보면 모르는 어휘를 아는 데 그치지 않고 그 안에 담긴 철학, 인생의 지혜 등을 만나게 된다. 단어를 알고 이를 음미하며 읽는 자체가 숙독의 과정이다. 단어의 뜻을 새기며 읽을 때, 본격적으로 책을 읽는 과정이 시작된다.

한편, 사용하는 단어가 적절한지에 관해서 의문을 갖고 읽어야 한다. 다시 책을 선택한 이유를 생각해 보고 궁금했던 질문에 답을 찾아가며 읽는다. 저자의 주장이나 관점이 타당한지, 편견을 가지고 있지는 않은지 등을 생각하면서 비판적으로 읽어야 한다. 겉으로 드러나지 않은 글 속에 숨은 의미를 파악하는 것도 중요하다. 특히 잘못된 단어는 수정하고 기억할 만한 단어가 있으면 동그라미를 쳐서 나중에 그 뜻을 다시 새겨 보는 것도 좋다.

문단으로 읽기

문단으로 읽으면 전체 맥락을 파악하기에 좋다. 하나의 문단은 하나의 소주제topic를 담고 있다. 한 문단 앞에 간단하게 문단 제목을 붙여두면 전체를 파악하는 데 도움이 된다. 문단과 문단 사이의 관계를 살펴서 자연스러운 연결고리를 만들어 기억해 보자.

문단을 파악하면 전체 목차의 구조를 이해할 수 있다. 문단으로 읽기는 디테일하게 읽기 위한 방법이 아니다. 이미 한 번 읽었던 내용을 되새길 때 좋은 방식이다. 별 가치 없다고 판단된 책은 내게 새로운 배움의 기회를 주지 않는다. 그런 책들은 다시 펼칠 필요가 없다. 그리고 아무 생각 없이 읽지 마라. 문단으로 읽기는 지금까지 읽은 것 중 중요하다고 생각되는 핵심 내용을 정리하는 단계이다. 책을 요약한다고 생각하고 이 문단은 어떤 의미가 있는지 질문해 보자.

의미를 파악하지 않고 따로따로 단어를 외우려고 하면 좌절감을 맛보게 된다. 각 문단의 핵심 단어를 뽑고, 그 핵심 단어 간의 연결고리를 만들면 재미있으며 쉽게 기억에 남는다. 핵심 단어나 구절을 적어두었다면, 그것을 중심으로 문단의 내용을 재구성해 본다. 요약문을 만들 때는 책에 있는 문장을 베끼지 말고 자신의 글로 표현한다. 글 내용은 제목과 소제목을 중심으로 해서 논리적으로 구성하는 것이 좋다.

문단으로 읽는 것은 훑어보기와 비슷하다. 주제와 목차, 몇몇 단락 등을 간독하며 책을 파악한다. 이전에 서점에서 살까 말까 망설이며 앞부분을 스쳐가

듯 훑어보았는데도 기억에 남아 결국 그 책을 구매했던 경험이 있다. 잠깐 동안이었지만 저자의 글을 읽다 보니 나도 모르게 글 속에 빠져 버렸던 것이다.

챕터로 읽기

노련한 독자는 책의 목차만 봐도 책의 내용을 대략적으로 파악할 수 있다. 책의 목차는 하나의 주제를 다루는 큰 덩어리이다. 하나의 장은 하나의 주제subject를 담고 있다. 장chapter은 책 안에서의 기본 단위이다. 보통 책의 목차는 절section, 장chapter, 부part 등으로 나뉜다. 한 권의 책은 대개 3~5개 부로 나뉘고, 부는 5~7개 장을 묶은 단위를 지칭하며, 장은 7~9개 절을 묶는 단위로 쓰인다. 목차가 구체적일 때 전달하려는 메시지가 논리적으로 다가온다. 이 같은 책의 구조를 알고 읽으면 책 읽기가 더욱 쉬워진다.

권book ▶ 편volume ▶ 부part ▶ 장chapter ▶ 절section ▶ 문단 paragraph ▶ 문장sentence ▶ 단어word

책을 읽고 난 후에는 숙성 시간이 반드시 필요하다. 《이상한 나라의 앨리스》를 쓴 루이스 캐럴은 책의 내용이 정신 속으로 스며들어 갈 수 있는 시간을 갖는 것이 중요하다고 말했다. "어떤 주제에 대해 한 시간 동안 꾸준히 생각하는 것이 그 시간에 두세 권의 책을 읽는 것보다 더 나아요."

이때 혼자 걷는 산책이 큰 도움이 된다. 책을 꽂아 놓지 말고, 산책하면서 읽어라. 하룻밤 묵히는 시간이 필요하니 적어도 12시간 이상 지나고 다시 읽기를 통해서 점검한다. 사람의 두뇌는 특정한 정보를 받아들이면 이것을 장기기억으로 옮기는 일련의 작업을 한다. 자기 전에 30분간 독서를 하고 나면 그 시간 동안 다른 정보를 받아들이지 않기 때문에 그 내용을 고스란히 기억에 저장할 수 있다. 이것을 '레미니선스reminiscence, 망각의 역현상'라고 부른다. 수면 중에 기억이 정리정돈되어 그 후의 학습을 촉진시킨다는 원리다. 종종 학습 직후보다 배우고 며칠이 지난 후에 머릿속 지식이 더 잘 정리된 듯한 느낌을 받을 때가 있다. 이는 일정한 시간을 거쳐 뇌가 활성화되기 때문이다. 공부할 때도 하루에 8시간을 쉬지 않고 계속하는 것보다 2시간씩 4일간 학습하는 편이 더 효율적이다. 기억은 일정 기간 동안 숙성시켜야 하는 포도주와 같다. 숙독은 책을 읽고 숙성 시간을 가짐으로써 그 향과 깊이를 더하는 것이다.

원 메시지로 읽기

하나의 책은 이미 하나의 메시지를 품고 있다. 그 메시지를 1장으로 잘 요약해 놓으면 좋다. 1페이지 훈련은 글쓰기 실력을 단련하는 중요한 수단이다. 글의 내용을 더욱 분명히 이해하고 중요한 내용을 기억하기 위해 요약문을 쓴다. 나중에 요약문을 손으로 가리고 각장의 내용을 회상하면서 책의 내용을 기억하고 있는지 확인한다. 책 내용을 완전히 이해했다는 생각이 들면, 자신의 의견을 간단히 적는다. '글쓴이는 올바른 근거를 가지고 자신의 주장을 하고 있는가?', '글쓴이의 주장에 대한 내 입장은 어떤가?' 등에 대해 간략히 메모하자. 이런 식으로 단련하다 보면 어느새 자기만의 독서법이 정립된다. 그 과정을 통해서 독서력을 키우고 더욱더 성장하게 된다. 한 번 읽을 때 깨닫지 못한 것을 다시 읽으면서 알게 되는 경우가 종종 있다.

오늘날 젊은 세대는 종이책에서 벗어나고 있다. 책은 더 이상 종이에 활자를 적은 기록에 한정되지 않는다. 책은 달라진 환경에 맞춰 다양한 방법으로 사람들의 감수성을 자극하고 있다. 책을 읽었으면 책에서 벗어나는 과정도 중요하다. 비책non-book이란 오디오, 웹툰, 동영상, 유튜브 등을 통한 저자와의 만남을 말한다. 책을 읽는 데서 그치지 않고, 비책을 읽을 때 비로소 풍요로운 책 읽기가 완성될 것이다.

깊이 있는 숙독을 잘하기 위한 방법 10가지

첫째, 숙독을 위해서는 독서량보다 일정 시간을 책과 함께 보내는 것이 중요하다.
둘째, 조급하게 읽지 말고 연령대에 맞게 맞춤식으로 읽어야 한다.
셋째, 기억할 만한 문장이 있으면 밑줄을 쳐서 나중에 다시 새겨 본다.
넷째, 핵심어를 찾으면서 잘 이해되지 않는 단어는 표시하고 넘어간다.
다섯째, 처음 읽을 때는 잘 이해되지 않더라도 나중에 저절로 이해되는 경우도 많다.
여섯째, 책을 읽다가 새로운 단어가 나오면 그 단어를 노트에 옮겨 놓는다.
일곱째, 잘 이해되지 않은 단어를 검색해 그림이나 동영상으로 본다.
여덟째, 새로운 사건이 나오면 그 사건과 관련 있는 자료를 찾아본다.
아홉째, 자기 30분 전에 책을 읽으면 수면 시간 동안 기억에 저장된다.
열째, 책의 내용을 내 안에 충분히 스며들게 하는 데는 혼자 걷는 산책도 도움이 된다.

기분 좋은 잠과 부담 없는 독서 사이에는 밀접한 관계가
있다. 두 경우 모두 심장의 고동이 부드러워지고 긴장감이
풀리며, 마음은 침착해진다. 최선의 독서는
잠자리 곁에서의 독서이다. ● 린위탕

책을 읽을 때 쉼표가 필요한 이유

최효찬 자녀교육연구소장

'자녀교육'과 '독서교육'하면 떠오르는 저자, 자녀경영연구소의 최효찬 소장을 만났다. 그는 《5백 년 명문가의 자녀교육》, 《세계 명문가의 독서교육》 등의 베스트셀러를 비롯해 《잠자기 전 30분 독서》, 《한국의 메모 달인들》, 《한국의 1인 주식회사》, 《아빠가 들려주는 경제 이야기》 등의 다양한 책을 펴냈다. 또한 비교문학 분야에서는 《하이퍼리얼 쇼크》, 《일상과 공간과 미디어》 등을 냈는데 《일상과 공간과 미디어》는 2008년 학술원 우수학술도서에 선정되었다. 최 소장은 연세대학교 정치외교학과를 졸업하고 17년간 경향신문 기자로 일했으며, 연세대학교 대학원에서 문학박사 학위를 받았다. 수필가이자 칼럼니스트로 삼성경제연구소 SERI CEO에서 '명문가의 위대한 유산'을 주제로 강의하며 우리 사회 리더들로부터 큰 호응을 얻고 있다. 한국경제신문에 '인문학 산책' 칼럼을, 한경비즈니스에 '최효찬의 문사철 콘서트'를 3년간 연재했다. 인문학 분야의 깊이 있는 글쓰기로 한국출판마케팅연구소가 선정한 '한국의 저자 300인'에 뽑혔다.

그가 마지막에 꺼낸 이야기는 '책을 읽어 묵혀서 초서하는 것'이었다. 오마에

겐이치는 《지식의 쇠퇴》에서 이렇게 분석한다. "지식의 쇠퇴는 좁은 시야 때문에 일어난다. 현대의 젊은이뿐 아니라 모두들 자신의 주위밖에 보지 않으며, 그 결과 사고의 정지에 빠졌다고 할 수 있다." 책을 읽지 않은 시대, 어떻게 하면 책을 묵혀서 잘 읽을 수 있을까? 최효찬 박사의 숙독을 따라가 보자.

최효찬 소장

Q. 책을 읽는 자신만의 방법이 있나요?

_____ 저는 책을 읽다가 좋은 문구를 만나면 그 장의 모서리를 접습니다. 풀 텍스트를 읽은 후, 그 책을 얼마나 접었냐가 결국 나에게 의미 있는 책이냐 아니냐를 보여줍니다. 주의해야 할 점은 책 문장에 밑줄을 그으면 결국 그곳만 보게 된다는 것입니다. 좋은 구절을 어떻게 응용할 지에만 집중하면 올바른 책 읽기를 할 수 없죠. 책 끝을 접어야 나중에 그 페이지를 다시 읽고 초서할 수 있어요. 밑줄만 긋지 말고 책을 접어두고 생각이 여물 때까지 접독接讀을 해야 합니다. '접독'이란 책이 내 안으로 들어오는 접속connection 과정이에요.

스마트폰 유틸리티 앱 중 텍스트 스캐너text scanner를 사용하면 사진의 문자를 텍스트로 바꿔줘요. 간편하죠. 하지만 이 앱을 사용하면 결국 머리에 남는 것이 없습니다. 내 손으로 쓰거나 타이핑해야 자기 것이 됩니다. 책을 읽을 때는 다산 정약용처럼 반드시 '초서'하는 습관이 필요합니다. 초서란 책을 읽으며 자신에게 필요한 문장을 발췌해 메모해 놓는 거예요.

저도 수년 전부터 초서하는 습관을 들였고 글을 쓸 때는 언제나 '초서' 파일을 참고해요. 칼럼을 써야 하는 상황이라면 단숨에 관련 책을 읽고 초서하고 생각을 정리합니다. 그렇다고 무조건 손으로 필사하거나 타이핑해서는 안 됩니다. 그 내용이 내 것이 되기까지 묵히는 시간이 필요합니다.

Q. 읽은 것을 내 안에서 묵히기까지, 어느 정도의 시간이 필요한가요?

_____ 책을 읽는 과정에서 숙성 시간은 필수입니다. 저는 일주일이든 한 달이든 숙성에 달려들어서 초서를 합니다. 초서할 때 놓치기 쉬운 것이 페이지 넘버링이죠. 처음 초서할 때 이것을 간과했다가 다시 하려니 시간이 엄청나게 들었어요. 초서한 것을 인용하려고 해도 페이지를 적어 두지 않으면 다시 책을 펼쳐 그 부분을 찾아야 합니다. 심지어 책을 누군가에게 주거나 팔았다면 난감해지기 마련입니다. 지식을 남에게 나누어줄 때도 출처가 없으면 신뢰를 얻기 힘들어요. 잘못하면 남의 지식을 자신의 것으로 호도할 수 있죠. 꾸준한 초서로 데이터를 쌓는 성실함이 필요합니다. 지식의 양을 확보해야 지식의 질을 담보할 수 있습니다.

Q. 책을 사는 게 좋을까요? 빌려 읽는 게 좋을까요?

_____ 지나치게 매서하지 않아도 됩니다. 매서買書란 읽고 싶은 책을 돈을 모아서 사서 읽는 것을 말해요. 차서借書란 도서관에서 빌려서 책을 읽는 것입니다. 요즘에는 아파트에 사는 사람이 많으니 책을 보관하기가 용이하지 않습니다. 원전이 아니면 소장할 가치가 없는 경우도 있죠. 단순하게 인용하기 위한 것

이라면 도서관에서 빌려서 읽는 것이 맞습니다.

한편, 장서藏書란 원하는 책을 간직하는 것으로 책을 좋아하는 사람이면 소유욕이 있기 마련이에요. '소장 가치가 있는 책인가?', '앞으로 이 책을 인용할 것인가?' 등의 질문을 던진 후 형편에 맞게 책을 사거나 빌려서 보면 됩니다. 중요한 것은 책을 보는 습관을 기르는 것입니다.

Q. 책을 읽는 습관은 어떻게 들일 수 있을까요?

_____ 책 읽기란 원래 뒤죽박죽이에요. 그때그때 읽고 싶은 책이 있습니다. 예를 들어, 어떤 날은 동양고전이나 그리스 신화 등 무거운 주제가 당길 때가 있습니다. 수필이나 여행기 등 가벼운 주제에 마음이 가는 날도 있죠. 저는 가끔 대학 시절 읽었던 시집을 다시 꺼내봐요. 이처럼 행복한 책 읽기를 위해서는 '끌리는 책'을 집어야 합니다.

제가 고등학교 시절, 고전 중에 처음 완독한 책이 톨스토이의 《부활》이에요. 고등학교 2학년 때 3월에서 5월까지 읽었던 그 기억이 선명하게 남아 있습니다. 덥디 더운 날씨에 공부도 해야 하는 압박감 속에서 '책 읽기의 즐거움'을 느꼈던 것이, 오늘날 책과 함께하는 원동력이 되었습니다. 어린 시절 느낀 독서의 즐거움은 책이라는 새로운 세계로 빨려 들어가는 관문입니다. 박경리 선생의 《토지》의 경우, 처음에는 몰입이 되지 않아서 1권을 넘기기가 어려웠어요. 겨우 1권을 읽고 2권에 접어들자 책에서 손을 떼지 못했습니다. 개별 인물들의 이야기, 그리고 마치 바람 앞의 등불처럼 위기에 처한 최 참판 댁의 운명이 본격적으로 펼쳐지기 시작했기 때문입니다. 당시 16권에 이르는 토지를 읽는 데 6개월

이 걸렸어요. 그 후에야 소장 가치가 있다고 판단하고 가족들에게 읽히기 위해서 전집을 구매했습니다. 이후 최명희의 《혼불》, 조정래의 《태백산맥》·《아리랑》, 이문열의 《삼국지》 등 대하소설을 읽어나가며 책 읽기에 자신감이 생겼어요. 어릴 때 책 읽기의 경험은 나이 들어서도 책과 함께하는 근간이 됩니다.

Q. 좀 더 구체적으로 책 읽기 노하우를 알려주시겠어요?

_____ 요즘은 과시독서誇示讀書라고 몇 권을 읽었는지 자랑하는 책 읽기가 유행입니다만, 거기에서 벗어나야 해요. 페이스북에 책 몇 구절을 인용하여 올리지만, 실제 만나서 이야기 나누면 내용을 모르는 경우가 허다해요.

'책 읽기'는 '그림 그리기'와 비슷합니다. 스케치가 전체 큰 그림을 거칠게 그리는 과정이라면, 스케치가 완성된 후에는 섬세하게 선을 다듬고 물감을 색칠해야 합니다. 그런 의미에서 한양대 정민 교수가 《일침》에서 말한 '우작경탄' 독서법을 소개합니다.

'우작牛嚼'은 소가 되새김질하듯 "한 번 읽어 전체 얼개를 파악한 후, 다시 하나하나 차근차근 음미하며 읽는 정독"입니다. 처음엔 잘 몰라도 반복해 읽는 과정에서 의미가 선명해져요. 반대로 '경탄鯨呑'은 고래가 큰 입을 벌려 온갖 것을 통째로 삼키며 닥치는 대로 먹이를 먹어치우듯 폭넓은 지식을 갈구합니다. 자칫 욕심만 사나운 수박 겉핥기가 되는 것이 문제죠. 독서를 씹지 않고 삼키기만 계속하면 결국 소화불량에 걸려요. 되새김질만 하고 있다 보면 편협해지기 쉽습니다. 소의 되새김질과 고래의 한 입에 삼키기는 서로 보완의 관계입니다. 큰 아웃라인을 그리면서도 작은 디테일을 놓치지 않는 것이 중요해요.

Q. 마지막으로 책 읽기와 관련하여 독자들에게 당부한다면?

_____ 제가 가장 잘한 일은 가족 앞에서 독서를 했다는 것입니다. 그 덕분에 아이와 아이 엄마도 함께 책을 낼 수 있었어요. 영국 런던대의 행동연구에 따르면 최소 66일 동안 실천해야 반사적인 습관으로 굳어질 수 있어요. 하루아침에 이루어지지 않는 거죠. 독서 습관도 마찬가지입니다. '잠자기 전 30분 독서'를 두 달 동안만 실천한다면 평생 습관으로 만들 수 있을 것입니다. 저에게 독서는 친구와 같아요. 심심함을 채워주고, 의미 없다고 느껴질 때 허전함을 달래주고, 죽음을 생각할 때 그에 관해 위안을 삼기도 합니다. 독서 습관을 들이면 외롭고 힘들 때 책을 통해서 그 어려움을 이겨내는 힘을 얻을 수 있습니다.

최효찬 박사의 숙독을 응원한다. 동양화의 여백처럼 읽었으면 쉼표가 필요하다. 어떻게 묵힐 것인가? 그는 초서에서 답을 찾고 있다. 책을 잡으면 우선 풀텍스트전체를 읽고, 묵혔다 초서를 하라. '이 책의 저자가 말하고자 하는 핵심은 무엇인가?'를 찾아라. 그래야 책이 가벼워지고 공부가 깊어진다. 책을 묵힐 수 없다면 지나치게 바쁜 삶을 살고 있는 것이다. 당신은 지금 인생의 책에서 어떻게 묵히고 초서하고 있는가?

생각하지 않고 읽는 것은 씹지 않고 식사하는 것과 같다. ● 에드먼드 버크

낭독朗讀,
소리 내어 읽는다

"입버릇처럼 말하는 것은 자율 신경계에 자동으로 입력된다.
인간의 몸은 입력된 그대로 실현하기 때문에 좋은 경험을
맛보기 위해 비슷한 상황을 만들어 내려고 한다." —에밀 쿠에

소리 내어 읽을 때 내용이 쏙쏙 들어온다

"하늘천 따지, 검을현 누루황天地玄黃."

옛날 서당에서는 큰 소리로 반복해 낭독하는 방식으로 고전을 가르쳤다. 뜻보다는 소리 내어 읽기를 먼저 가르치고, 후에 뜻을 알도록 하는 독서법을 소독素讀이라 불렀다. 내용이 잘 이해되지 않더라도 선생을 따라서 소리 내어 읽어 보는 것을 중요시했다.

음독音讀이 '작게 소리 내어 읽는 독서법'이라면, 낭독朗讀은 '또랑또랑하게 큰소리 내어 읽는 독서법'이다. 암송暗誦은 '글을 보지 아니하고 입으로 외는 것'이고, 송독誦讀은 '소리를 내어 글을 읽어서 외우는 독서법'이다.

왜 예부터 소리 내어 읽기를 중시한 것일까? 글을 통째로 암송하는 것은 옛 선비들의 특유한 독서법이었다. 이렇게 낭독해 암송하는 독서법은 그 나름대로 장점이 있다. 외운 내용이 피와 살이 되므로, 완벽하게 이해하고 체득할 수 있기 때문이다. 제아무리 어려운 내용이라도 외우고 나면 그 뜻을 이해할 수 있게 된다.

독서삼도讀書三到란 책을 읽을 때는 주위 환경에 휘둘리지 말고 정신을 집중하라는 말로, 삼도란 심도心到, 안도眼到, 구도口到를 가리킨다. 마음과 눈과 입을 함께 기울여 책을 읽으라는 것이다. 마음을 하나의 대상에 집중시켜 감각적 자극이나 그 자극에 대한 일상적 반응을 초월하는 상태를 유지하는 것이다. 삼도에 빠지면 옆에서 벼락이 쳐도 모르는 경지가 된다. 과거 독서삼도에 빠지는 것은 부와 명예를 한꺼번에 얻는 길이었다. 박지원의 손자 박규수는 "글은 송독하고 사유해야 한다. 송독은 나의 지식을 풍부히 쌓게 만들고, 그 의미를 사유하는 것은 내가 습득한 지식을 건고하게 만든다. 송독하되 사유하지 않으면 잃어버리고, 사유하되 송독하지 않으면 지식이 고갈된다"라고 했다.

집중력을 높이는 낭독의 힘

흔히 재주 있고 머리 좋은 사람이라야 독서를 잘하고, 지식을 많이 쌓을 수 있는 것으로 생각한다. 그러나 다산은 오히려 둔하고 재주 없는 사람이 마음 다잡고 꾸준하게 열심히 공부하면 더 많은 학식을 쌓을 수 있다고 말했다. 독서하는 데는 타고난 지능보다 근면함이 더 중요하다.

오늘날 우리는 책을 시각으로만 본다. 즉, 글을 눈으로만 읽다 보니 독서의 청각음성적 측면이 사라졌다. 그러나 말을 배울 때도 소리를 먼저 배운 후에 점차 그 뜻을 이해하는 것이 순리이다. 귀로 듣고 소리 내어 읽고 다시 귀로 듣는 독서는 몸으로 스며들게 되어 있다. 몸에 밴 지식은 당연히 입이나 글로 나오게 된다. 소리로 배운 것은 내 안에 체화되어 나를 지탱한다. 또한 소리를 이용하면 배운 바를 가다듬는 데 도움이 된다. 이제는 노래방에 가도 화면에 가사가 뜨지 않으면 노래를 부르지 못하는 시대이다. 그만큼 암송하는 문화가 사라졌다. 시나 노래를 암송하는 문화에서는 소리가 몸속 깊이 스며들게 되어 있다.

소리는 글의 정서를 글자보다 효과적으로 전달한다. 낭독을 하면 빨리 읽고 싶어도 어쩔 수 없이 운율을 맞춰서 읽게 되므로, 느리게 음미해 읽을 수밖에 없다. 파스칼은 《팡세》에서 "책은 너무 빨리 읽거나 지나치게 천천히 읽어도 아무것도 이해할 수 없다"라고 말했다. 읽는 속도, 목소리, 리듬을 통해 우리는 언어의 맛을 느낄 수 있다.

청각은 우리의 집중력과 깊은 관계를 가진다. 게오르그 로자노프 박사의 음악학습 이론에 따르면, 어떤 종류의 클래식은 집중력을 높여 학습효과를 향상시켜 준다. 책을 읽을 때는 바로크 시대의 클래식 음악을 듣는 것이 효과적이다. 그런가 하면 1982년 노스 텍사스대에서는 음악이 학생들의 암기력과 기억력에 어떤 효과를 주는지 실험했다. 그 결과 헨델의 '수상 음악'을 들으며 25개 단어를 암기한 그룹의 학습 효과가 적막 속에서 암기한 그룹보다 큰 것으로 나타났다. 특정한 리듬을 가진 음악, 특히 바로크 시대의 음악을 들으면 심장 박동이나 뇌파 등 신체 리듬이 그 음악의 박자에 맞춰서 바뀐다는 사실이 밝혀진 것이다. 심장 박동이 느려지면 인간의 정신에는 그만큼 효과적이고 효율적으로 작업할 여유가 생겨난다.

모차르트 이펙트Mozart Effect라는 말이 있다. 첼리스트 출신의 심리학자인 프란시스 로서 박사는 1993년 UC 어바인대의 학생들을 대상으로 음악을 들려주는 실험을 했다. 그 결과 모차르트의 '두 대의 피아노를 위한 소나타 D장조 K.448'을 듣고 난 학생 그룹이 공간 추리력 테스트에서 다른 그룹보다 월등히 우수한 점수를 받았다. 이때부터 '모차르트 이펙트'라는 말이 생겨났는데, 이는 클래식 음악 가운데에서도 모차르트의 음악이 지능 향상에 좋다는 이론이다. 로서 박사가 모차르트를 선택한 이유는 모차르트가 네 살 때부터 작곡을 시작했기 때문이다. 최근 심리학자들은 학생들의 신체가 안정을 찾을 때 학습 내용을 암기하는 능력이 커진다고 주장한다.

소리 내어 책 읽는 것은 듣기·말하기·읽기 능력, 기억력, 사고력 향상 등에 큰 선물이 된다. 또한 학습자에게 낭독을 시켜 보면 단어의 해독 능력을 갖추고 있는지, 글의 목적이나 분위기에 맞게 유창하게 읽는지, 의미의 단위를 제대로 구분하면서 읽는지 등을 판단할 수 있다.

어떻게 소리 내어 읽을 것인가?

낭독의 방법은 여러 가지다. 혼자서 읽고 여럿이 듣는 방법, 여러 사람이 다 같이 돌아가면서 읽는 방법, 몇 사람이 분담해서 차례차례 읽는 방법, 아예 배역을 정해 희곡처럼 읽는 방법 등이 있다. 낭독은 혼자서 하는 것도 좋지만 여러 사람이 함께 돌아가며 하는 것이 좋다. 다양한 소리를 듣고 마음속의 책에 새길 수 있다. 또한 나의 낭독 차례에서는 상대방을 배려하고, 다른 사람의 차례가 되었을 때 그 사람 소리에 집중하다 보면 경청의 힘이 길러질 수밖에 없다. 이른바 '개인적 독서'에서 '사회적 독서'가 된다. 이렇게 여러 사람이 무리를 지어 함께 읽는 독서법을 군독群讀이라고 한다. 군독은 마치 연극배우가 극단에서 연습하듯, 효과적 표현 기술을 익히기에 매우 좋다.

다음은 에밀리 디킨슨의 시다. 한 번 낭독해 보자.

책을 읽다가 온몸이 싸늘해져 어떤 불덩이로도 녹일 수 없을 때, 그것이 바로 시다.
머리끝이 곤두서면 그것이 바로 시다.

나는 오직 그런 방법으로 시를 본다.

한 번의 낭독으로 여러 효과를 볼 수 있다. 우선 한 자 한 자 텍스트를 읽어 내려가다 보면 논리적으로 말하는 힘이 길러진다. 혼자 읽기 어려운 책도 여럿이 함께 읽으면 즐겁다. 책을 읽으며 내 인생은 내가 주도하는 것임을 깨닫게 된다. 내가 주체적으로 책을 읽으니 타인에 대한 포용력도 향상된다. 이것이 눈으로만 읽어서는 느낄 수 없는 '낭독의 즐거움'이다.

아직도 책을 억지로 의무감에 읽는가? 아니면 또랑또랑하게 동화책 읽는 것처럼 낭독을 하고 읽는가? 괴테가 어린 시절, 그의 어머니는 특별한 방법으로 동화를 읽어 주었다. 침대 머리맡에서 동화를 들려줄 때 클라이맥스까지 읽고는 다음 이야기를 들으려고 눈을 동그랗게 뜨고 있는 아들에게 이렇게 말했다. "아가야, 그다음은 네가 완성해 보아라." 괴테는 어머니가 읽어준 동화의 다음 스토리를 완성하느라 늘 생각에 잠겨 있었다. 한 번은 괴테가 어머니에게 이렇게 말했다. "어머니, 어제 해주신 이야기에는 두 가지 결론이 있어요. 하나는 해적이 공주를 구해 오랫동안 행복하게 사는 것이고, 또 하나는 공주를 자기 나라로 보내 주는 것이에요. 어머니는 어느 쪽이 더 마음에 드세요?" 그 말을 들은 어머니는 이렇게 대답했다. "아가야, 네가 마음이 가는 대로 정하렴. 작가란 하느님처럼 세상을 창조하는 사람이란다." 괴테는 어머니의 독창적인 낭독법이 자신을 작가로 만들었다고 회고했다. 괴테를 연구한 학자들 역시 IQ 190 정도로 추정되는 그의 지능은 어머니의 독특한 독서법 덕분이라고 한다.

함께 읽을 때 비로소 독서가가 된다

소리 내어 읽으면 전두엽 기능이 활성화된다. 낭독을 하면 눈으로 '보고' 입으로 '읽고' 머리로 '생각'하는 과정이 함께 이루어지는데, 이를 통해 뇌가 광범위하게 활성화될 수 있다는 것은 뇌 과학자들의 연구로 이미 증명된 바다. 특히 언어 관련 영역인 베르니케 영역이 활성화된다고 한다.

베르니케 영역Wernicke's area은 뇌의 좌반구에 위치하는 특정 부위로 청각피질과 시각피질로부터 전달된 언어정보의 해석을 담당한다. 이 부위는 독일의 신경정신과 의사인 카를 베르니케가 발견하였다. 일반적으로 소음을 들을 때는 일차 청각영역이 활성화되지만, 단어처럼 의미를 가진 소리를 들으면 뇌 좌측에 위치한 베르니케 영역에서 더 많은 활성화가 나타난다.

낭독을 하면 묵독할 때와는 달리 듣기 관련 기능 영역과 운동 관련 기능 영역이 활성화된다. 전두엽 기능 평가 실험 결과에 따르면 낭독을 실시한 후 기억력이 20퍼센트가량 향상되었고, 낭독이 뇌를 워밍업 시켜 뇌가 평소보다 활발하게 능력을 발휘했다. 미국 소아과학회에서도 책 읽어 주는 소리가 아이의 두뇌를 자극해 새로운 세포 형성을 촉진한다는 연구 결과를 발표하기도 했다. 소리 내어 글을 읽는 것은 엄청난 에너지가 소비되는 행위이다. 이 뿐만 아니라 언어적 측면, 정서적 측면 등 낭독이 가지고 있는 장점은 다양하다.

128

부모와 함께하는 낭독 시간이 책과 친한 아이를 만든다

아버지가 책을 읽어 주면 남성 특유의 저주파 목소리로 인해 아이들의 정서에 긍정적 영향을 미친다. 일반적으로 남성의 목소리는 파장이 긴 중저음으로, 하루를 마무리하는 잠자리에서 들으면 아이들이 더 편안하고 아늑하게 받아들인다고 한다. 게다가 TV 뉴스나 스포츠 채널을 보던 아버지가 책을 들고 자녀에게 다가가 책을 읽어 주는 것은, 아이들에게 그 자체로 책 읽는 즐거움을 선사한다.

비단 아버지뿐 아니라 부모 모두 아이와 함께 책을 낭독하는 데 기꺼이 시간을 내야 한다. 책 읽기를 강요하며 아이 혼자 읽게 두지 말자. 부모가 함께 낭독 시간을 정확히 정해야 한다. 매주 특정 요일과 시간을 정하여 가족이 함께하는 낭독법을 실천하는 것이 좋다. 아무리 바빠도 주중에 하루, 주말에 하루 정도는 온 가족이 꼭 함께 낭독 시간을 갖도록 하자.

자기 전에 책을 낭독해 주는 베갯머리 독서법은 아이들의 독서 습관을 길러 주며, 독서에 대한 호감을 키우는 데 유용하다. 아이가 잠자기 30분 전 책을 읽어 주는 것이 베갯머리 독서법이다. 유대인들은 매일 잠들기 전 15분 이상 아이에게 책을 읽어준다고 한다. 낮에는 아이 스스로 책을 읽게 하고, 잠자기 전에는 부모가 아이에게 따뜻한 스킨십과 함께 사랑을 전하는 책 읽기를 실천한다.

부모와 함께하는 독서가 반복되면 아이는 자연스럽게 책과 친해지게 된다. 낮에는 아이가 흥미진진하게 생각하는 책을 주로 읽고, 잠자기 전에는 아이의 심신을 풀어주며 마음의 안정을 줄 수 있는 책을 읽어 주길 권한다. 이때 책 속 주인공의 이름을 아이의 이름으로 바꿔 읽으면 공감 백배의 효과를 얻을 수 있다. 뿐만 아니라 아이는 자신과 주인공을 일치시키며 언어와 행동을 바꾸려고 노력할 것이다. 아이가 어느 정도 성장해서 베갯머리 독서를 실천하기가 어색해지면 일주일에 한 번씩 독서토론의 시간을 가져보자. 일정한 시간을 정해서 지난 일주일간 읽은 책에 대해 토론하면, 아이는 책을 읽는 데 그치지 않고 내용을 소화하려고 애쓰며 자신의 생각을 정리하게 된다. 부모와 함께하는 독서토론은 다른 의견이나 생각을 공유하며 자신의 생각과 의견을 발전시켜 나가는 계기가 될 수 있다.

책 속을 거니는 독서법, 낭독의 역사

조수삼의 《추재집秋齋集》에 따르면 사람이 많이 모이는 곳에 자리를 잡고 소설을 낭독했다는 기록이 있다. 강독사講讀師은 이미 있는 소설을 재미있게 읽어 주는 사람을 말한다. 주로 가을 추수가 끝나고부터 이듬해 농사를 시작하기 전까지 약 5개월 동안 바깥 사랑채에서 글을 모르던 농사꾼을 주된 청중으로 전래동화나 소설을 강독했다. 조선후기에는 〈심청전〉, 〈구운몽〉, 〈사씨남정기〉 등 소설이 많이 등장해 남녀노소 가릴 것 없이 듣고 싶어 했기에 강독사의 수요는 점차 늘어났다. 강담사, 강창사, 강독사를 두루 소화해 냈던 전설적인 인물 전기수는 김홍도의 풍속화에 시골 사랑방에서 책을 읽어 주는 모습으로 등장할 만큼 큰 인기를 누렸다. 그들은 단순히 책을 읽어 주는 역할에 그치지 않고 문장에 가락을 붙여 시를 읊듯 1인극을 했다. 그렇게 감정을 실어 연기하듯 소설을 낭독했던 전기수는 오늘날 판소리꾼이나 만담가, 성우의 전신으로도 여겨진다. 18~19세기가 되어도 여전히 책을 읽을 수 없는 문맹들이 많았고, 인쇄술이 발달하기 전이라 책이 귀했기 때문에 소설을 읽어 주는 사람이 따로 있었다.

서양 낭독의 뿌리는 고대 그리스의 케릭스Ceryx에서 시작된다. '전달하는 자'라는 뜻을 지닌 케릭스는 신의 뜻을 인간에게 전하는 역할을 담당했던 헤르

메스Hermes의 아들로 아테네의 사제 집단인 케리케스Kerykes의 시조가 되었다. 전달은 신의 뜻을 인간들에게 낭독하는 과정을 거치는데, 케릭스는 고대 그리스 희곡이 그러하듯 운문과 서사의 이야기였으리라 짐작된다.

12세기에는 음유시인이 출현했다. 음유시인들은 음률을 붙이거나 리듬을 넣어 읊듯이 글을 읽었기에 그들에게는 낭독보다는 낭송했다는 표현이 더 어울린다. 기사 신분이었던 음유시인들은 주로 아름다운 여인을 찬미하거나 사랑을 구하는 달콤한 시를 지어 노래했는데 그들이 지어 불렀던 노래들이 영국, 에스파냐 등에도 영향을 끼치며 근세 유럽 서정시의 원조가 되었다.

오늘날 독일에서 문학을 공유하는 전형적인 방법 중 하나는 바로 낭독이다. 대문호 괴테도 일찍이 극장 무대에 섰으며, 오스트리아의 문필가 카를 크라우스도 1920년대에 낭독회로 강당을 가득 채웠다. 현대의 출판활동 및 문학의 상업적 제도화와 연결되면서 낭독회의 기능이 비로소 달라진 것이다. 오늘날 독일의 출판사들은 자사 저자들의 낭독 행사를 주관하는 자체 부서를 운영한다. 이외에 낭독회가 열리는 다양한 장소와 시설들만 보아도 독일의 낭독문화가 얼마나 다채로운지 알 수 있다.

책 한 권이 발간되면 저자들은 낭독 여행에 나선다. 프랑크푸르트나 라이프치히에서 열리는 대규모 도서전에 초대되기도 하고, 문학의 집도 찾아간다. 문학의 집은 1986년 이래 여러 도시에 설치된 전형적인 독일 스타일의 시설이다. 여기에 프라이부르크의 소규모 고품격 문학제에서부터 베를린 국제 문학축제처럼 전 세계 작가 100여 명이 모이는 대규모 페스티벌에 이르기까지, 독일 전역에서 열리는 문학 축제는 약 50개에 달한다.

낭독 행사의 형식은 여러 시설에서 폭넓게 변화하며 확대되어 왔다. 그리고 그 트렌드는 낭독 무대를 연출하는 쪽으로 분명해지고 있다. 저자들이 무대에 올라와 글로 청중을 즐겁게 하는 것이다. 은밀히 이뤄지던 집필 작업은 청중과의 직접적인 만남으로 변화하고 있다. 이는 작가라는 직업에 요구되는 것들이 확대되고 있음을 보여주는 현상이다.

분명한 것은 낭독이 개인적인 문학 체험을 보다 풍부하게 만든다는 것이다. 낭독은 다른 독자들과의 교류를 가능하게 한다. 무엇보다도 낭독회는 저자의 목소리를 만날 수 있는 자리이다. 청중은 저자로부터 글쓰기의 과정과 책의 탄생에 대한 이야기를 들을 수 있다. 음악이 고유의 리듬, 선율, 음조를 가지고 있듯이 문학의 낭독에서도 청중은 저자가 소리 내어 읽어 주는 글을 들으며 그가 전하는 독특한 것을 경험하게 된다.

아이에게 책을 읽어 주는 것은 부모와 자녀 사이의 유대를
깊게 하는 기회이며 아이들에게 평생 간직할 귀중한 것을
심어 주는 시간이다. ●요한 크리스토프 아놀드

당신은 낭독의 즐거움을 아는가?

김보경 문학다방 봄봄 대표

'낭독'하면 떠오르는 사람이 있다. 《낭독은 입문학이다》의 저자이자 이대 앞 문학다방 '봄봄'을 5년째 운영하고 있는 김보경 대표이다. 그는 서울에서 태어나 명지고등학교, 서강대학교를 졸업하고, 출판사 팀장, 경제주간지 팀장, 부동산 회사 팀장, IT보안 벤처 이사, 로펌 이사 등을 거치며 다양한 직장 생활을 섭렵하였다. 2000년부터 삼성경제연구소 사이버포럼 트렌드연구회 운영자로 활동하고 있다. YTN, TBS DMB, EBS FM 등에 트렌드 전문패널로 100회 이상 출연한 바 있고, 2009년 6월부터는 낭독하는 독서클럽 '북코러스'를 운영 중이다. 국립중앙도서관에서 발행하는 〈오늘의 도서관〉에 2년간 독서 칼럼을 연재했고, 2013년에는 SBS 다큐스페셜 '함께 읽는 독서의 맛'에 출연했다. 그가 마지막에 꺼낸 이야기는 '낭독을 함께한다는 것은 울림이 있는 삶을 선택한다는 것'이었다. 김보경 대표의 낭독을 따라가 보자.

김보경 대표

Q. 어떻게 해서 낭독 모임을 만들게 되었나요?

———— 2009년 무렵이었는데, 그 해에 좋은 책들이 굉장히 많이 나왔습니다. 책을 읽고 싶은 욕심은 있는데, 혼자 하는 독서는 만만치 않았어요. 두껍거나 어려운 책을 좀 더 효율적으로 읽을 방법을 고민하다가 '소리 내어 돌려 읽는 독서 모임을 만들자'하는 아이디어를 떠올렸습니다. 당시 저는 마침 삼성경제연구소 사이버포럼 트렌드연구회 시삽이었어요. 새로운 독서 모임을 시작한다고 회원들에게 이메일을 보냈습니다. 그때 모인 사람이 20여 명이에요. 연령층도 20대부터 60대까지 다양했어요. 그렇게 2009년 6월부터 혼자 읽기 어려운 책을 낭독하는 독서클럽 '북코러스'가 시작되었습니다. 이제 벌써 10년 차에 접어들고 있어요.

북코러스 회원의 면면을 보면, 회사원이 가장 많고 그 외에 주부, 정년퇴직한 공학박사, 가구점 이사, 협회 사무총장, 여행사 대표, 사진작가, 인터넷 쇼핑몰 대표, 증권사 대리, 무역회사 창업자, 교사, 출판사 대표, 주유소 대표, 싱어송라이터, 카이스트 대학원생 등 실로 다양합니다. 매주 월요일 오후 7시 30분에 만나 함께 책을 읽어요. 김밥과 컵라면으로 간단히 저녁식사를 하고, 핸드드립으로 커피를 내려 나눠 마신 뒤 단숨에 책 읽기에 돌입하죠. 한 사람씩 크게 돌아가면서 낭독하며 책을 읽는데, 두 시간가량 집중이 흐트러지지 않습니다. 낭독을 통해서 회원들은 소통의 즐거움을 알게 됐고, 급기야 인생을 주도하는 방법을 이해하게 됐어요. 이런 경험이 토대가 되어 이대 앞에 '문학다방 봄봄'이라는 카페를 차려서 운영하게 되었습니다. 《낭독은 입문학이다》이라는 책도 묶어서 내었어요.

낭독은 여러모로 독서의 부담을 덜어줍니다. 누가 단 한 권만 들고 와도 돌아가며 큰소리로 읽으면 되니 굳이 책을 들고 다닐 부담이 없어요. 다른 독서클럽들처럼 미리 읽고 와야 한다는 부담감이 없기 때문에 오래 지속되며, 다양한 효과를 기대할 수 있어요. 일상 속에서 독서 낭독을 즐겨야 합니다.

Q. 낭독의 역사가 궁금합니다.

_____ 책을 읽는 행위, 즉 독서 자체가 원래 낭독을 의미하는 것이었어요. 엄밀히 말하면 낭독과 음독은 약간 다릅니다. 음독은 '소리 내어 읽는다'는 뜻이고, 낭독은 '소리 내어 읽되 운율에 맞춰서 읽는다'는 의미예요. 음독이 낭독을 포함하는 개념입니다. 시를 읽을 때 낭송朗誦을 한다는 말을 씁니다. 원래부터 인류가 '눈으로만 읽는' 묵독을 했던 것이 아니에요. 옛날 책이 귀하던 시절에는 책을 갖고 있는 한 사람이 읽어 주면 책이 없는 여럿이 그 소리를 들을 수밖에 없었어요. 그러다 보니 독서가 큰소리로 떠들썩하게 이루어질 수밖에 없었죠.

지금은 책이 귀하게 여겨지지 않지만, 옛날에는 책 한 권의 가격이 집값의 20퍼센트이던 시대도 있었어요. 종이가 보편화되기 전에는 밀랍을 칠한 목판, 점토판, 양피지, 파피루스 두루마리 등에 직접 손으로 글을 적어야 했어요. 이렇게 옮겨 적는 사람을 '필경사筆耕士'라고 불렀는데, 중세 필경사들은 하루 평균 3페이지만 필사할 수 있었죠. 중세에 성서 한 권을 만드는 데는 200마리 분의 양가죽양피과 수십 마리의 거위로 만든 깃털 펜, 18개월간의 필경 작업이 필요했다고 해요. 이것을 비용으로 따지면 당시 집값의 20퍼센트 정도입니다.

그러다 구텐베르크 혁명으로 인쇄술이 발달하고 책이 대량 생산되었어요. 여럿이 읽었던 책을 개인적으로도 읽을 수 있게 되면서 소리 내지 않고 읽어서 의미를 이해하는 묵독이 널리 쓰이게 되었습니다.

Q. 언제부터 묵독을 했는지요?

_____ 묵독silent reading의 등장은 집단적 독서에서 개인적 독서로의 전환을 의미합니다. 인류가 소리 내지 않고 눈으로 읽게 된 지는 불과 500여 년밖에 되지 않아요. 중세에 묵독 현상은 귀족층을 중심으로 자기만의 공간을 갖게 된 소수의 엘리트들 사이에서 조심스레 시작됐어요. 중세에도 여전히 많은 사람이 책이 없어서 낭독을 했습니다.

역사적으로 '묵독'이 서구 문헌 최초로 등장하는 것은 성 아우구스티누스 시대에 성인 암브로시우스 주교를 통해서입니다. 젊어서 지독한 독서가였던 암브로시우스 주교의 묵독은 아우구스티누스의 《고백록》에 등장할 만큼 당시로서는 이해하기 어려운 이상한 독서법으로 비쳤어요. "눈은 페이지를 쫓고 마음은 의미를 더듬고 있었지만, 목소리와 혀는 쉬고 있었다"라고 적고 있습니다. 당시 사람들이 생각하기에는 '어떻게 소리를 내지 않고 읽을 수 있을까?' 싶었던 거죠. 당시에는 소리 없이 혼자 책장을 넘기면서 사색에 잠기는 일은 불온하며, 그렇게 읽는 사람은 위험한 사람으로 취급됐어요. 《독서의 역사》에서는 "말없이 책장을 정독하는 방법은 아우구스티누스 시대에는 정상에서 일탈한 모습이었으며 묵독은 서구에서 10세기까지 보편화되지 않았다"라고 말해요.

이처럼 '독서의 역사'에서 낭독이 절반 이상을 차지하고 있어요. 중세 후기에 이르러 묵독이 확산되면서 개인 독서가 보장되고, 그에 따라 시각적인 삽화가 들어 있는 책이 성황을 이루기 시작했다는 점도 흥미롭습니다. 이제는 책보다 스마트폰을 더 많이 보는 시대가 되며 또다른 전환기를 맞고 있지만요.

Q. 눈이 아니라 입으로 읽는 것에는 어떤 의미가 있나요?

_____ 소리를 내어서 읽는 음독이 글자 단위의 읽기라면 묵독은 문장 단위의 읽기예요. 묵독은 눈으로만 읽기 때문에 글을 읽는 사람의 눈동자 움직임이 빨라지면 자연히 읽는 속도도 빨라집니다. 반면 낭독은 운율에 맞춰서 읽으므로 천천히 글 읽는 재미를 느낄 수 있어요. 글의 내용을 빨리 파악하기에는 음독보다 묵독이 낫습니다. 반면 집단적으로 같은 글을 놓고 학습하는 데에는 묵독보다 음독이 좋아요.

한국에서는 옛날부터 소리를 내어서 글을 읽는 방법을 중시하는 경향이 있었어요. 선비의 방에서는 당연히 글 읽는 소리가 들려야 하는 줄 알았죠. 다산 정약용 선생은 "독서는 사람을 사람이게 만드는 일이라고 하여 독서를 하면서 눈으로 글을 보고, 머리로 생각하고, 입으로 낭독하고, 마음으로 느끼는 것이 없다면 무엇을 얻겠는가? 그것은 단지 소나 돼지, 호랑이가 먹이를 먹는 것과 무엇이 다른가?"라고 했어요. 글을 읽는 것과 소리를 내서 읽는 것이 같은 의미로 이해될 정도였습니다. 안중근 의사가 "하루라도 글을 읽지 않으면 입안에 가시가 돋는다"라고 했던 말이 암시하듯, 근대 이전에는 동서양을 막론하고 책을 소리 내어 읽어왔어요.

과거 독서는 한 사람이 큰 소리로 읽으면 다른 사람이 듣는 형태로 진행됐습니다. 심지어 성경을 읽을 때는 눈만이 아니라 온몸으로 읽어야 신의 뜻을 완벽하게 파악할 수 있다고 생각했어요. 그러나 활자가 발달하면서 읽을거리가 많아지자 점차 묵독의 중요성이 인정되었고, 해방 이후부터는 국어교육에 있어서 묵독이 위주가 되기 시작했어요. 사실 독서량으로 본다면 음독보다는 묵독이 훨씬 낫습니다. 하지만 낭독은 천천히 글 읽는 재미를 느끼고 의미를 제대로 이해하는 데 좋아요.

Q. 낭독의 좋은 점은 무엇입니까?

_____ 낭독이 좋은 점 4가지를 알려드리겠습니다.

첫째, 낭독은 경청 능력을 길러줍니다. 두껍고 어려운 책일수록 쌓아두고 읽기 어려워요. 두꺼운 책일수록 낭독을 해야 합니다. 왜냐하면 그런 책일수록 저자가 일생동안 치열하게 연구하고 통찰한 내용이 집약되어 있을 가능성이 높기 때문입니다. 그 내용을 각자의 목소리를 통해 뱉어내니 저자와 동일시되어서 책의 의미를 제대로 새길 수 있다는 거죠. 낭독하거나 듣는 동안은 다른 생각을 할 수 없어요. 그러므로 낭독은 경청 능력을 길러줍니다. 눈으로만 읽을 때보다 집중하게 되고, 뇌의 전두엽이 활성화돼 한 구절 한 구절 뇌리에 새기게 되어요. 이렇게 저자와 깊이 있게 내면적으로 교류할 때 삶을 바꾸는 힘이 생겨납니다. 낭독을 통해 내공이 생긴 회원들은 삶에 대한 불평이 줄어들고, 굵고 짧게 이야기하고, 다른 사람들의 말을 주의 깊게 듣는 경청 능력이 생겼다고 말합니다. 낭독 모임을 시작할 때는 생각하지 못했던 변화입니다.

둘째, 낭독은 이해력을 길러줍니다. 낭독은 단순히 시각중추만을 사용하는 행위가 아니라 보고, 말하고, 생각하는 과정이 함께 이루어지는 종합적인 행위입니다. 뇌 과학자들의 연구에 따르면 소리 내서 말하며 글자를 따라가면 집중도가 높아지고, 소리 내지 않았을 때보다 문맥의 이해도 역시 높아진다고 합니다. 낭독을 하다 보면 다른 사람의 소리 진동을 느끼게 되므로 눈으로만 책을 읽을 때보다 이해력이 더욱 좋아집니다. 눈으로 빠르게 읽다 보면 문맥의 흐름을 놓치거나 어휘의 의미가 정확하게 파악되지 않기도 해요. 그럴 때 문장을 소리 내서 한 글자 한 글자 낭독하면 신기하게 눈으로만 봤을 때보다 더 이해하기 쉬워요. 눈으로 본 글자들을 귀로 다시 듣는 두 번의 과정을 거치면서 자연스럽게 이해도가 향상되는 것입니다.

셋째, 낭독을 통해 스피치 훈련을 할 수 있습니다. 다른 사람들에게 책을 소리 내어 읽어 주는 시간은 그야말로 스피치 훈련의 시간입니다. 여럿에게 책을 읽어 주는 것 자체로 스피치를 위한 기본기를 다질 수 있습니다. 책을 소리 내어 읽어 주다 보면 호흡, 목소리 크기 등 자신의 말하는 습관을 전반적으로 확인할 수 있습니다. 다른 사람들에게 책을 읽어 주면서 자신의 평소 말하는 속도를 가늠할 수 있고, 목소리의 문제점이나 발음의 문제점을 발견하기도 합니다. 하루 단 몇 분이라도 소리 내서 타인에게 책을 읽어 주는 낭독 습관을 들여보세요, 자신도 모르는 사이 목소리가 단련될 수 있어요. 책 속 문장의 의미와 단어의 느낌을 소리에 담아 친구들끼리 스피치 훈련을 할 수도 있습니다.

넷째, 낭독을 통해 친화력이 좋아집니다. 낭독은 상대방의 목소리로 상호 교감할 수 있는 최고의 방법입니다. 가족끼리 함께하는 낭독은 가족 간 유대감을 높일 수 있는 좋은 가족놀이기도 해요. 미국에서는 '하루 15분 낭독 캠페인'을 벌입니다. 여럿이 함께 일정한 시간을 정해 습관이 형성될 수 있도록 노력하는 거죠. 한 권의 책을 정해 여럿이 낭독하거나 좋은 명언, 고전, 시를 찾아 함께 낭독하면서 서로의 목소리에 집중하는 시간을 가질 수도 있어요. 서로 호흡을 맞춰 함께 글을 읽으면 모임의 친화력이 좋아질 것입니다.

김보경 대표의 낭독을 응원한다. 함께 읽고 함께 생각하는 것은 공진화둘 이상 혹은 그룹 간에 상호의존적인 진화가 일어나는 것의 계기가 될 수 있다. 책을 잡으면 우선 낭독을 하라. 입에서 소리로 나오면 그 의미가 분명해지며, 낭독을 통해 공부가 더욱 깊어진다. 책을 소리 내어 읽지 않으면 눈으로만 스쳐 지나가게 된다. 낭독은 전두엽을 춤추게 하고 몸속으로 이야기가 스며들게 한다. 당신은 지금 인생의 책을 어떻게 낭독하고 있는가?

연독連讀,
꼬리에 꼬리를 물고 읽는다

"유익한 책이란 독자에게 더 많은 관계 서적을 읽지 않고는
못 배기게끔 하는 책이다." —볼테르

책을 읽었으면 그 책에서 벗어나라

이공계 학생들은 왜 인문계 학생보다 글쓰기를 못하는가? 연세대학교, 국민대학교, 영남대학교 등에서 이공계 학생들에게 글쓰기를 가르치며 들었던 의문이다. 이에 관해 생각한 결과, 우선 이공계 학생들의 경우 인문계 학생들에 비해 자발적 책 읽기 습관이 들지 않은 친구가 많았다. 글쓰기를 잘하려면 뜻과 맥락을 알아야 하는데, 읽기가 습관화되어 있지 않으니 쓰기 또한 되지 않는 것이다. 같은 이공계라도 책 읽기 습관이 들어 있는 사람은 확실히 다르다. 예를 들어, 카이스트 정재승 교수는 이공계인데도 꾸준히 책을 읽고 글을 쓰다 보니 문리에 통달했다. 그는 "제임스 글릭의 《카오스》는 대학에 다니는 약 5년간 '나의 꿈은 천체물리학자다'라고 이야기했던 저를 한순간에 복잡계 물리학 분야로 이끈 책입니다"라고 말한다. 책을 통해서 전공까지 바꾸었을 정도로 그의 삶은 책과 깊이 이어져 있다.

'읽다 보면 문리文理가 트인다'는 말이 있다. 여기에는 2가지 뜻이 있다. 첫 번째는 글의 문맥context을 깨달아 아는 힘이 생긴다는 것이고, 두 번째는 문과와 이과humanities and sciences가 통합되어서 사물의 이치를 깨달아 아는 힘이 생긴다는 것이다. 일찍이 공자는 지호락知好樂, 즉 아는 것은 좋아하는 것만 못하고 좋아하는 것은 즐기는 것만 못하다고 말했다. 문맥을 읽어서 알았으면 그다음엔 좋아하는 것을 하고, 더 나아가 즐기는 단계로 가야 사물의 이치를 깨달을 수 있다.

책을 읽고 있는 당신은 어떤 사람인가?

《생각의 지도》의 저자 리처드 니스벳 교수는 세상을 바라보는 동양과 서양의 다른 시선에 대해서 이야기한다. 니스벳 교수는 동서양 사람들이 서로 다른 자기 개념self-concept을 가지고 있다는 점에 주목했다. 가령 "당신 자신에 대해 말해 보시오"라고 요구받으면 미국인과 캐나다인은 '나는 성실하다', '나는 여행을 자주 다닌다' 등 자신의 성격이나 행동에 대해 이야기한다. 그러나 한국인, 중국인, 일본인은 '나는 친구들과 노는 것을 좋아한다', '나는 직장에서 열심히 일한다' 등 사회적 맥락에 입각해 자신을 설명하는 경우가 많다.

인류학자인 에드워드 홀은 이런 차이를 '저맥락low context 사회와 고맥락 high context 사회'의 구분을 통해 설명하였다. 저맥락 사회인 서양에서는 사람을 맥락에서 떼어내어서 이야기하는 것이 가능하므로, 개인은 맥락에 속박되지 않은 독립적이고 자유로운 행위자로서 이 집단에서 저 집단으로, 이 상황에서 저 상황으로 자유롭게 옮겨 다닐 수 있다. 그러나 고맥락 사회인 동양에서 인간이란 서로 긴밀하게 연결되어 있는 유동적인 존재로서 주변 맥락의 영향을 크게 받는다. 독서 또한 마찬가지다. 예부터 동양, 그리고 우리나라에서 책을 읽는다는 것은 단지 혼자 책을 읽는 행위만으로 끝나지 않았다. 특히 고전은 그 책이 지어진 당대적 맥락과 더불어 독자가 처한 사회적, 시대적 맥락에 따라 새롭게 해석되며 끊임없이 생동력을 부여받았다.

신영복 선생은 서삼독書三讀을 이야기한다. "책은 반드시 세 번 읽어야 합니다. 먼저 텍스트를 읽고 다음으로 그 필자를 읽고 그리고 최종적으로는 그것을 읽고 있는 독자 자신을 읽어야 합니다. 모든 필자는 당대의 사회역사적 토대에 발 딛고 있습니다. 그렇기 때문에 필자를 읽어야 합니다. 독자 자신을 읽어야 하는 까닭도 마찬가지입니다. 독서는 새로운 탄생입니다. 필자의 죽음과 독자의 탄생으로 이어지는 끊임없는 탈주脫走입니다. 진정한 독서는 삼독입니다."

텍스트를 읽고, 다음으로 텍스트를 쓴 필자를 읽고, 마지막으로 당대 사회의 문맥에서 독자 자신을 읽어야 한다. 독서는 책상 위에 올라서서 더 먼 곳을 바라보는 조망이다. 책을 읽었으면 책에서 벗어나는 과정이 있어야 한다. 이것을 나는 '비책非冊, non-book'이라고 부른다. 책을 읽었으면 그 책에서 벗어나라. 그리고 다른 것과 연결시키는 과정이 필요하다. 그 책의 저자 강연회를 듣거나, 동영상을 찾아보거나, 오프라인에서 직접 그 저자의 목소리를 들어보는 것도 의미가 있다. 그러한 접촉이 어렵다면 저자의 다른 책을 읽어 본다. 그가 말하고자 하는 메시지가 분명하게 다가올 것이다. 여기서 놓치지 말아야 할 것이 자기중심적인 행동, 즉 '아이플레이I play'에서 벗어나 상대방 중심의 '유플레이you play'로 가야 한다는 점이다. 더 나아가 우리 중심 플레이 '위플레이We play'로 나아갈 때 비로소 세상의 문맥을 만날 수 있다.

같은 주제로 3권 이상 읽다 보면 감이 잡힌다

책冊은 일정한 목적으로 체계 있게 내용을 묶은 것이다. 책을 읽다 보면 다른 책으로 연결된다. 그러면 어떻게 책을 연결해서 읽을 것인가? 연독連讀은 하나의 주제를 가지고 3권 이상 책을 연결해서 읽고 실행하는 독서법이다.

연독이란 단순히 책을 연쇄적으로 읽는 것이 아니다. 무엇을 먼저 읽고 무엇을 나중에 읽을 것인가도 전략이 필요한 일이다. 어렵고 두꺼운 책부터 읽고 나서 쉽고 가벼운 책을 읽다 보면 싱겁게 느껴지기 쉽다. 반대로 쉽고 가벼운 책에서 시작해 어렵고 두꺼운 책으로 이어 나가면 부담스럽지 않게 읽을 수 있다. 어떤 주제와 관련해 연독하기 위하여 3권을 구입할 때는 '어느 책을 먼저 읽는 것이 좋을까?'에 대한 질문을 던지고, 독서 순서를 정해 보자.

연독의 방법은 망원경 독서법, 현미경 독서법, 실용형 독서법 등 크게 3가지로 정리할 수 있다.

망원경 독서법

당신의 독서는 '나무'에서 끝나는가, '숲'으로 뻗어 나가는가? 망원경 독서법은 전체를 쭉 훑어 읽는 것으로, 거시적 안목을 갖는 데 목적이 있다. 예를 들어,

서양 미술의 역사를 관조하고 싶다면 《만화 서양 미술사》, 진중권의 《서양 미술사》, 곰브리치의 《서양 미술사》 등을 읽는다. 다방면에 걸쳐 교양을 넓히려는 제너럴리스트generalist에 적합한 독서법이다.

현미경 독서법

꼭 필요한 부분을 골라서 읽는 것으로, 어느 정도 기준과 수준을 갖춘 책을 깊이 읽음으로써 미시적 관점에서 분석하는 데 목적이 있다. 작가 위주로 전체로 읽겠다는 전작주의全作主義도 같은 맥락이라고 본다. 예를 들면, 세계적인 학자 피터 드러커라는 저자를 중심으로 그가 쓴 《매니지먼트》, 《넥스트 소사이어티》, 《프로페셔널의 조건》 등을 읽는 것이다. 한 분야의 전문가인 스페셜리스트specialist에 적합한 독서법이다. 프란시스 베이컨은 이렇게 말했다. "어떤 책은 맛보기 위한 것이고, 어떤 책은 삼키기 위한 것이다. 그러나 어떤 소수의 책들은 잘 씹어서 소화시켜야 한다." 맛보기 위해서는 망원경 독서법을 사용하고, 잘 씹어서 소화하기 위해서는 현미경 독서법이 필요하다.

실용형 독서법

당장 무엇인가를 실행하기 위하여 책을 읽는 방법이다. 예를 들어, 정리법을 공부해 바로 실전에 적용하길 원한다면 《단순하게 살아라》 같은 명령형 메시지보다는 《나는 단순하게 살기로 했다》, 《나는 오늘 책상을 정리하기로 했다》 등 정리법 경험담과 노하우를 읽는 편이 더 적합할 것이다. 이는 책의 내용을 실제로 적용해서 성과를 내고 싶은 프래그머티스트pragmatist에 적합한 독서법이다.

무조건 많은 책을 연결해서 읽는다고 좋은 것은 아니다. 어떻게 연독할지 전략을 세우고, 독서를 실행하자.

자기 확신의 함정에서 자신을 구하는 법

"책을 뭐하러 읽어? 검색하면 다 나오는데!"라고 말하는 사람도 있다. 그러나 지식이 내 안에 있느냐 없느냐의 차이는 매우 크다. 지식이 없는 상태를 무지無知라 한다. 머릿속에는 지식이 없어 인터넷 망에서 검색해야만 알 수 있다면, 그것은 무지의 상태일까 아닐까?

이른바 '더닝 크루거 효과Dunning-Kruger effect'라는 것이 있다. 인지 편향의 하나로, 능력이 없는 사람이 잘못된 결정을 내려 잘못된 결론에 도달하지만, 능력이 없기 때문에 자신의 실수를 알아차리지 못하는 현상을 가리킨다. 그로 인해 능력이 없는 사람은 환영적 우월감으로 자신의 실력을 실제보다 높게 평가한다.

더닝 크루거 효과는 1999년 코넬대학교의 사회심리학 교수인 데이비드 더닝과 당시 대학원생이던 저스틴 크루거가 실험을 통해 밝혀냈다. 그들은 코넬대 학부생을 대상으로 독해력, 자동차 운전, 체스, 테니스 등 여러 분야의 능력에 대해 가설을 세우고 이를 검증했다. 그들의 가설에 의하면 독해력이 없는 사람은 다음과 같은 경향을 보인다.

• 자신의 능력을 과대평가한다.

- 다른 사람의 진정한 능력을 알아보지 못한다.
- 자신의 능력이 부족하기 때문에 생긴 곤경을 알아보지 못한다.
- 훈련을 통해 능력이 크게 향상된 후에야 이전의 능력 부족을 깨닫고 인정한다.

연구 결과 그들은 '능력이 없는 사람의 착오는 자신에 대한 오해에서 기인한 반면, 능력이 있는 사람의 착오는 다른 사람에 대한 오해에서 기인한다'고 결론 내렸다. 능력이 없는 사람들은 모른다는 사실조차 모른다. 그런 채로 자신을 과잉 평가한다. 반대로 독해력이 좋은 사람은 자신을 겸손하게 평가하며, 자신이 모른다는 사실을 인정한다.

찰스 다윈은 "무지는 지식보다 더 확신을 가지게 한다"라고 말했으며, 버트런드 러셀은 "이 시대의 아픔 중 하나는 자신감이 있는 사람은 무지한데, 상상력과 이해력이 있는 사람은 의심하고 주저한다는 것이다"라고 말했다. 이는 '빈 수레가 더 요란하다', '벼 이삭은 익을수록 고개를 숙인다'는 우리나라의 속담과 일맥상통한다. 인터넷을 통한 지식과 정보 습득이 용이한 시대, 대중은 모든 의견이 똑같이 존중받아야 한다는 착각에 사로잡히기 쉽다. 책 읽기를 등한시하며 인터넷에서 본 단편적인 정보들을 가지고 "나도 너만큼 알아"라는 지적 나르시시즘에 빠져 있는 사람이 많다.

'내가 알고 있다는 것을 아는 것known knowns', '내가 모르고 있다는 것을 알고 있는 것known unknowns', '내가 모르고 있다는 것조차 모르는 경우unknown unknowns', 이 3가지 앎의 스펙트럼은 이라크 전쟁 당시 미국 국방장관 도널드

럼스펠드가 언급했다. 가장 문제는 '내가 모르고 있다는 것'조차 모르는 경우다. 이는 위기 상황으로 전개될 수 있음을 의미한다. 요즘은 책 읽기를 멀리하며 독해력이 떨어진 사람이 많다. 나의 무지를 깨닫지 못하기에 무지에서 벗어날 방도를 생각하지 않는다. 모르는 것을 안다고 믿다 보면 그 착각으로 인해 언젠가 곤경에 빠질 수 있다.

연독은 이러한 무지의 함정, 즉 잘못된 자기 확신에서 우리를 구하는 가장 좋은 방법이다. 한 권을 읽으면 미처 몰랐던 것들에 대한 놀라움과 호기심이 생기고 모르고 있었음을 깨달음, 두 권을 보면 더 깊은 흥미를 느끼며 머릿속에서 질문이 샘솟고 모르는 것이 무엇인지 깨달음, 세 권을 읽으면 나름의 안목을 얻게 된다 알고 있음을 앎.

책에는 하나의 주제에 일생을 천착한 저자의 인사이트가 담겨 있다. 그러므로 독서는 무지에서 우리를 건져 앎의 단계에 근접하게 해주는 가장 좋은 수단이다. 한 번이라도 책을 직접 써 본 사람은 책을 읽을 때 겸손해진다. 책 쓰기가 쉽지 않음을 알기 때문이다. 책을 읽고 공부한 전문가에 대한 대우가 높아져야 할 것이다. 책 읽기와 책 쓰기는 결코 무효無效하지 않다.

지식 너머 통찰을 얻는 책 읽기

디지털 기술과 아날로그 감성을 합친 《디지로그》의 저자 이어령 선생은 모르는 것을 알아 가는 즐거움이 선행된 독서가 중요하다고 말한다. "제가 지닌 독창성과 상상력의 원천은 어려운 책들을 읽으면서 모르는 부분을 끊임없이 메우려는 데서 생겨났다고 봅니다. 또 억지로 세운 독서 계획보다는 즐거움 속에서 가리지 않고 책을 읽도록 해야 합니다. 책은 악서와 양서가 없어요."

책은 읽는 사람이 어떻게 읽는가가 중요하다. '오마하의 현인'으로 불리는 세계적인 부자 워런 버핏은 20년이 넘은 오래된 캠리 자동차를 타고 60년 이상 된 집에서 나와 뿔테 안경을 쓰고 그만큼 오래 사용하고 있는 사무실로 출근한다. 아침 8시 30분에 나와 일찍 신문과 책을 읽는다. 잘 모르는 분야에 투자하지 않는다는 원칙을 지키기 위해서다. 잘 아는 산업이라 해도 분석적으로 체크하고 충분히 수익을 낼 만큼 저평가되었다는 판단이 들 때 투자 결정을 내린다. 집중적인 독서 습관이 바로 억만장자를 만든 비결이다.

버핏의 책 읽기는 사업가였던 할아버지의 취향을 닮아 실용독서에 치우쳐 있다. 어린 시절 그는 할아버지가 15년간 모아 놓은 〈리더스 다이제스트〉를 하나도 빠뜨리지 않고 읽었다. 어떻게 하면 돈을 벌 수 있을지 생각하던 차에 길을 밝혀준 것은 벤슨 도서관의 책이었다. 그는 《천 달러를 버는 천 가지 방법》이란 책을 통해 복리의 개념을 터득했다. 버핏이 다른 사업가들과 다른 점은 단순히 수익만 생각하는 관점에서 벗어나, 일정하게 고정된 비율로 수익을 내고 이를 복리로 굴리면 엄청난 부로 변한다는 사실을 알고 실천했다는 것이다. 그는 어릴 적부터 숫자가 들어간 것은 무엇이든 좋아했다. 일찍부터 돈의 원리를 정확하게 깨우친 그에게 책이 미친 영향은 매우 컸다. 아흔이 다 된 지금까지도 그는 책을 통해 습득한 모든 지식과 체계를 머릿속에 넣고 현실과 매칭해 봄으로써 실제 수익을 높이려는 시도를 계속하고 있다.

통찰력을 기르는 가장 효과적인 독서법

이제 지식 너머 통찰이 필요하다. 세상의 맥락을 읽고 전체 그림을 파악해야 한다. 이를 위해서는 한 권이 아니라 다른 책을 읽으면서 내용을 보완하고 비교해 읽는 방법이 좋다. 모티머 애들러 박사가 이야기했던 신토피칼 독서Syntopical Reading가 그것으로, 동일syn 주제topical에 대해 여러 책을 읽고 비교와 대조를 통해서 이해를 심화시키는 통합적 읽기 방법이다.

애들러 박사가 제시하는 신토피칼 독서법은 지식을 습득하고, 사리 분별하는 데 유용하다. 최근 상호 텍스트성intertextuality이 주목받고 있다. 이는 텍스트 간의 유기적 관련성을 가리키는 용어로, 독자가 어느 한 텍스트를 읽을 때 여태까지 읽은 모든 텍스트들에 대한 기억을 총동원한다는 데 근거를 두고 있다. 상호 텍스트성이 가장 잘 나타나 있는 작품으로 움베르토 에코의 《장미의 이름》을 들 수 있다. 에코는 이 소설을 "다른 텍스트들로 짜인 직물, 일종의 인용문들의 '추리 소설', 책들로부터 만들어진 책"이라고 묘사하면서 "책들은 항상

신토피칼 독서법

단계	방법
1단계	주제와 관련된 책들을 살펴보고 자신의 관심사와 밀접한 문단들을 찾는다.
2단계	독자가 자신만의 언어와 개념으로 저자 책들의 내용을 이해한다.
3단계	독자가 자신만의 질문과 문제를 명확하게 만들어 책들로부터 해답을 얻는다.
4단계	질문에 대한 저자들 간의 대립된 의견을 정리하여 주요 논쟁과 그 밖의 논점들을 세운다.
5단계	주제를 최대한 이해할 수 있도록 질문과 쟁점을 정리하여 책의 내용을 분석한다. 일반적 논점과 특수한 논점 사이의 관계를 명확하게 파악하고, 문제의 해결방안과 그 의의를 이해한다.

다른 책들에 대하여 말하고 있으며, 모든 이야기는 이미 행해진 이야기를 다시 반복하고 있다"라고 말했다. 우리는 실제로 텍스트와 텍스트가 상호 연결되어 있는 세상에 살고 있다.

신토피칼 독서법을 통해 상호 텍스트성을 찾는 것은 매우 흥미로운 작업이다. 연독의 차원을 끌어올리는 효과적인 방법이기도 하다. 유기적으로 연결되어 있는 책의 세상에 흠뻑 빠져 이 책에서 저 책으로, 이 저자에서 저 저자의 텍스트로 이어 읽기를 멈출 수 없는 놀라운 경험에 이를 수도 있다.

내가 인생을 알게 된 것은, 사람과 접촉해서가 아니라
책과 접하였기 때문이다. ●아나톨 프랑스

책과 책의 맥락을 읽어내기

이동우 콘텐츠연구소 소장

네이버 오디오클립 '이동우의 독서 10분'으로 유명한 이동우 소장을 만났다. 그는 300회의 북세미나, 700회 이상의 저자 인터뷰를 통해 200편 이상을 책 지식 나눔에 앞장서 온 도서경영 전문가이다. 연세대학교 저널리즘 석사, 한국경제신문 기업정보팀에서 사회생활을 시작해 채용 컨설팅 회사인 한경디스코, 미래넷 교육사업본부 기획팀장, JCMBA컨설팅 전략기획실장, 백상경제연구원 선임연구원 등을 거치며 두루 직장 생활을 경험했다. 2004년, 저자와 독자의 만남이 쉽지 않던 시절에 '북세미나닷컴'을 설립해 700여 명이 넘는 작가가 독자들과 직접 소통할 수 있는 기회를 마련했다. 북세미나닷컴은 당시 출판계를 넘어 문화계 전반에 큰 화제를 불러일으켰다. 그 후 경영경제 작가 및 저널리스트로 왕성한 활동 중이다. MBC FM 라디오와 TV조선 프로그램 등에서 10년간 비즈니스 관련도서를 소개했으며 현재는 SK그룹, 현대모비스, 태광그룹, 한국 스탠다드차타드 은행 등에 독서 콘텐츠를 제공하고 있다. 저서로는 《디스턴스2014년 세종도서 선정》, 《세계는 울퉁불퉁하다》, 《밸런스 독서법》, 《앱티즌》, 《아이프레임》, 《그리드를 파괴하라》, 《혼자 일하는 즐거움》 등이 있다.

인터뷰 마지막에 그가 꺼낸 이야기는 '독서 경험이 중요하다는 것'이었다. 검색어가 아닌 정제된 지식의 집합체인 '책을 읽는 경험'은 당신을 강하게 만드는 가장 확실한 무기가 되어줄 것이다. 이동우 소장의 연독을 따라가 보자.

이동우 소장

Q. 책을 어떻게 읽어야 할까요?

_____ 책을 읽을 때는 맥락을 봐야 합니다. '10년 전 나'와 '지금의 나'는 분명 다르죠. 같은 사람이지만, 10년 전과 똑같은 존재는 아닙니다. 지금의 나를 잘 이해하기 위해서는 현재 내가 처한 환경적 맥락을 알아야 합니다. 예를 들어서 마블 영화 〈어벤져스 : 인피니티 워〉의 경우를 보죠. 기존 마블팬과 그 영화로 처음 마블 캐릭터를 접한 사람은 스토리를 이해하는 깊이가 다를 수밖에 없어요. 책도 한 권만 보는 것이 아니라 엮어서 맥락적으로 봐야 잘 이해하고 깊이 있게 즐길 수 있습니다.

앞으로 '책을 많이 보는 사람'과 '책을 아예 보지 않는 사람' 간의 지식 양극화가 점점 심화될 것입니다. 단지 지식의 양이 아니라, 사회적·시대적 맥락을 읽는 능력의 차이가 벌어질 것이기 때문이죠. 제 책 《미래를 읽는 기술》에서도 지식보다 맥락이 중요하게 다뤄집니다.

지혜라는 것은 자신이 쌓아온 지식의 탑이 시대적 담론을 만나 일순간에 무너지고 이를 다시 세우기를 거듭하며, 틀리면 빼내고, 빈 부분은 채워가며 완성되는 덩어리라고 할 수 있습니다. 그렇게 세상으로부터 얻어맞아 가며 둥글둥글하게 모양이 잡히죠. 단순히 지식만 쌓아도 안 되고 경험만 중요시해도 안 됩니다. 그래서 '모자이크식 독서'가 중요합니다. 여러 권의 책을 읽고 연결해서 생각하고 책의 내용을 서로 비교, 종합하여 결론을 도출할 수 있는 안목을 키워야 큰 흐름을 알 수 있어요.

Q. 지금까지 특히 재미있게 읽었던 책, 기억에 남는 책이 있다면?

_____ 어렸을 때부터 책 읽기를 좋아했어요. 고려원에서 나온 《손자병법》, 알퐁스 도데의 《꼬마 철학자》, 영국의 외교관이었던 필립 체스터필드가 아들에게 쓴 편지를 모은 《내 아들아 너는 인생을 이렇게 살아라》, 미국의 동화작가 트리나 폴러스의 《꽃들에게 희망을》 등이 어린 시절 재미있게 읽었던 책입니다. 책이란 '세상을 깊이 있게 바라보는 도구'입니다. 재미있게 읽었던 경험이 없는 사람에게 책은 아무 의미 없는 것이죠. 지식 노동은 작가의 연결망을 촘촘히 하여 지혜의 숲을 여행하는 것일지도 모릅니다.

책을 구분해서 읽는 것은 무의미해요. 예를 들면 《잭 월치의 마지막 강의》는 경영전략 코너에 있습니다. 그 책이 리더십 코너에 있으면 안 되는 것입니까? 인터넷 비즈니스 코너에 있는 니콜라스 카의 《생각을 하지 않는 사람들》이란 책이 있는데, 이 책에 대해 반대하는 책이 나왔습니다. 클라이브 톰슨의 《생각은 죽지 않는다》로, 그 책은 인문 교양 코너에 있어요. 연결된 두 책이 서로 다른 코너에 있는 것입니다. 리더십을 이야기할 때, 기술을 이야기할 때, 트렌드를 읽어야 할 때가 딱딱 나뉘어질까요? 우리가 필요로 하는 지식은 이 세상과 내 삶을 배경으로 모두 연결되어 있습니다. 이 와중에 하나 딱 떨어져 있는 천상천하 유아독존天上天下 唯我獨尊형의 지식이 어디 있을 수 있겠습니까?

인류는 다른 대상을 범주화하는 능력이 있습니다. 범주화Categorisation란 우리가 경험하는 사물, 개념, 현상을 낱말이라는 단위를 통해 분류하는 것을 말해요. 그러나 요즘 경영학에서는 '사일로 이펙트Silo Effect'를 이야기합니다. 원래 사일로Silo는 곡식을 수확한 후 저장하기 위한 일종의 저장탱크를 이르는 말입니다. 각 사일로들 사이에는 칸이 나누어지고 서로 이동하지 않죠. 그렇다 보니 다른 부서들과 교류나 협력하지 않고, 자기 팀의 이익만을 추구하는 이기적 현상을 '사일로 효과'라고 불러요. 분류하고 한계 짓는 범주화에서 벗어나 대상을 통합적인 안목으로 보려는 노력이 필요합니다.

책을 범주화하는 것은 무의미해요. 세상을 연결하면서 읽고 파악하려 한다면 책밖에 방법이 없어요. 여러 책을 비교하고 보완하며 읽기를 권합니다. 물론 노하우는 있습니다. 예를 들어 트렌드를 좇으려면 베스트셀러보다는 신간을 잘 골라서 읽는 게 중요해요. 베스트셀러 목록에 있다면 출간된 지 이미 한 달 이상 지났다는 뜻입니다. 그런 의미에서 저는 좋은 신간을 추천하는 데 주력하고 있어요.

Q. 책을 읽는 분들에게 전하고 싶은 말은?

_____ 독서를 할 때 저는 책에 낙서를 많이 해요. 책을 리뷰할 때는 제 자신의 생각을 내세우지 않아요. 책과 저자를 존중하지 않으면 결코 책을 잘 읽어낼 수 없어요. 좋은 책을 고르고 100권 정도를 읽으면 어느 순간 지적 토대가 쌓이면서 스노우 이펙트Snow effect가 발생합니다. 이른바 눈덩이 효과로 책 하나를 읽을 때는 별 것 아니지만 그것이 점점 쌓여가면서 큰 덩어리가 된다는

거죠. 그렇다 보니 요즘은 책을 읽는 것보다 책을 고르는 것이 더 어렵습니다.

이동우 소장의 연독을 응원한다. 한 권의 책에 매몰되어 편협되거나 왜곡된 지식과 정보를 경계해야 한다. 당신은 지금 인생의 책을 어떤 맥락으로 읽고 있는가?

제7강

만독慢讀,
느리게 읽는다

"다급하게 책을 읽는 버릇을 가진 사람은 좋은 책을
천천히 읽어 나갈 때의 묘미를 알지 못한다." —로맹 롤랑

책을 곱씹어 읽으면 건강해진다

"책을 읽고서 돌아서면 잊어버려요! 어떻게 하는 게 좋은가요?"

한 수강생이 쑥스러워하며 질문을 던졌다. 깜박깜박 잊는 건망증은 단순한 기억력 감퇴 현상이라고 한다. 책을 읽던 중 바로 앞장의 내용이 기억나지 않는 것과는 다르다. 책의 내용을 기억하지 못하는 것은 제대로 집중하지 못해서 나타나는 현상일 수 있다. 집중에 앞서 중요한 것이 마음의 여유이다. 일부러라도 마음의 속도를 늦춰야 한다. 엑셀레이터를 밟는 사람에게 풍경이 눈에 들어올 리 만무하다. 마찬가지로 마음이 조급하면 책의 내용이 머릿속에 들어오지 않는다. 집중하지 않으면 뇌는 새로운 지식을 기억하지 못한다. 아무리 많은 책을 읽었다 해도 기억에 남는 내용이 없으며, 사람 자체에도 변화가 없었다면 그는 책을 잘못 읽은 것이다.

그렇다면 어떻게 읽어야 오래 기억할 수 있을까? 단기간에 많은 양의 책을 읽으면 뇌리에 간직하기가 어렵다. 그러므로 만독하기를 권한다. 만독慢讀이란 마음心을 억지로 잡아 벌어서曼 느리게 읽는 방법을 말한다. 단 한 권의 책을 천천히 깊게 읽어 그 책을 온전히 내 것으로 만드는 독서법이다. 일본에서는 슬로리딩slow-reading으로 불리는데, 하시모토 다케시라는 국어 교사가 유명하다. 슬로리딩법은 우리나라의 EBS 다큐프라임에도 인기리에 방영되었다. 하시모토 선생은 나카 칸스케의 《은수저》라는 작품 하나를 3년 동안 학생들에게 천천히 읽게 하며 깊게 생각하는 독서를 가르쳤다. 처음엔 조급한 마음을 가졌던 학부모와 학생들로부터 불평을 들었다. 천천히 깊게 읽는 방법이 시간이 많이 걸리는 만큼 대체 무슨 도움이 되겠느냐는 의구심도 제기됐다. 그런데 놀랍게도 수업을 들은 학생들이 졸업반이 되었을 때, 그 학교는 그 해 일본에서 도쿄대 합격자를 가장 많이 배출한 곳이 되었다.

책을 음미하며 읽는 것의 즐거움

슬로리딩으로 읽은 한 권의 책에서 지식을 얻어봤자 얼마나 얻겠느냐고 의구심을 품을 수도 있다. 그러나 많은 양을 습득하는 것이 중요한 게 아니라 깊이 있는 지식을 얻는 것이 중요하다. 한 가지 가치 있고 질 좋은 책을 집중해서 읽고 이를 철저하게 흡수하면 그것이 향후 모든 일의 바탕이 된다. 한 권을 읽되, 여러 권으로 뻗어나가는 이른바 '방사형放射形 독서법'이다. 철저하게 파헤쳐서 하나를 알면 그것으로 파생되는 일뿐만 아니라, 다른 일을 하는 데도 훌륭한 기초가 된다. 즉, 만독은 본질을 깨우치게 한다는 점에서 중요하다.

앞서 소개한 하시모토 선생의 제자들은 슬로리딩을 통해 천천히 생각하며, 사물의 근본적인 성질을 발견했다. 《은수저》를 통해 본질을 발견하고 응용하는 방법을 깨달아서 다른 과목에 적용할 수 있었다.

만독은 음식을 먹는 것과 비슷하다. 책의 내용을 충분히 맛보게 하는 '미독味讀'이기도 하다. 많은 음식을 먹으면 소화불량에 걸리지만, 좋은 음식을 적게 먹으면 맛을 즐기면서도 건강할 수 있다. 느리게 읽기는 천천히 글을 음미하며 읽는 방법이다. 감미로운 음악을 들으면 행복감을 느끼듯, 음미하며 읽는 만독에는 또 다른 즐거움이 있다. 몰랐던 것을 알아가는 기쁨과 깨달음을 발견하는 쾌감이 그것이다.

심리학자 대니언 카너먼은 '경험하는 자기experiencing self'와 '기억하는 자기 remembering self'의 개념을 제안했다. 우리에게는 현재 순간을 경험하는 자기가 있고, 나중에 그 경험을 기억하고 회상하면서 새롭게 재해석하고 의미를 부여하는 자기가 있다. 카너먼은 이처럼 2가지 자기가 있기 때문에 우리가 추구하는 행복에도 2가지가 있다고 주장한다. 하나는 경험하는 자기를 위한 행복이고, 다른 하나는 기억하는 자기를 위한 행복이다. 경험하는 자기를 위한 행복을 추구한다는 것은 지금 현재의 만족과 기분을 추구한다는 것이고, 기억하는 자기를 위한 행복을 추구한다는 것은 삶 전체의 의미와 가치를 추구한다는 뜻이다.

고민해도 풀리지 않던 문제가 책을 읽으며 머릿속에서 술술 풀리기 시작할 때, 진정한 독서의 맛을 느낄 수 있다. 미식은 경험하는 자기에게 행복을 주나, 미독은 기억하는 자기에게 지극한 기쁨을 준다. 미식을 위해서는 유명 식당을 찾아야 하지만, 미독은 언제 어디서나 가능하며 먹어도 살이 안 찐다는 장점도 있다. 차원이 다른 미독의 맛, 그 진가를 음미하기 시작하면 누가 시킨 것도 아닌데 골방에 처박혀 두문불출하는 책벌레가 되기 십상이다.

책 속 지식을 내 안에 자리 잡게 하는 만독

만독은 무조건 천천히 읽는 것이 아니라 깊게 읽는 방법이다. 느리게 읽다 보면 정독이 되고, 정독하면 어느 틈엔가 내용이 내 안에 자리 잡는다. 이를 바탕으로 사색하면 통찰을 얻게 된다. 만독에는 일정한 방법이 있는 것이 아니다. 옛날 서당에서 큰 소리로 내어서 읽었던 방법을 '성독聲讀'이라 하는데, 이 또한 만독의 방법이 될 수 있다. 느리고 깊게 읽을 방법을 찾아 상황에 따라 내게 맞게 적절하게 조합하여 사용하면 된다. 한 권의 책을 껴안고 책 향기를 맡다 보면 책 속의 단어, 문장, 문단이 나도 모르는 새 내 혀 끝에서 발화되어 나오는 것을 경험할 것이다.

머리에 주입되는 독서가 아니라 몸으로 읽는 '바디 리딩body reading' 또한 좋은 만독 방법이다. 몸으로 읽는 책 읽기는 실용보다는 고전, 철학, 시, 예술, 인문학 등의 책에 맞는다. 본질을 탐구하는 깊이 있는 책은 느리게 읽어야 그 의미를 이해할 수 있다. 대학원 시절 《헤겔 미학두행숙 역》 3권으로 독서 모임을 한 적이 있다. 일주일씩 돌아가며 발제하고 책을 읽었는데, 지금도 가끔 그때 모여서 토론하고 이야기했던 것이 떠오른다. 무려 20년 전의 이야기인데도 기억이 난다는 것이 신기하다.

독서를 놀이로, 책을 지적 자산으로 만드는 방법

'자기주도 독서법self-directed reading'이란 학습자가 연관되는 책을 스스로 찾아서 읽게 하는 방법이다. 독습은 자신이 만들어야지 다른 사람의 규칙을 따라 하다 보면 자발성이 생기지 않는다. 주체적으로 읽기 위해서 자신만의 독특한 루틴을 만드는 것도 좋다. 하루에 몰아서 4~6시간 책만 읽는 것보다 3일간 2시간씩 나눠서 읽는 것이 집중하기에도 더 용이하다. 카페든, 사무실이든, 지하철이든, 도서관이든, 침실이든 장소에 구애받지 않고 일정한 시간에 꾸준히 읽으면 자신만의 독서 습관이 생긴다.

독서광들에게 독서법을 물어보면 자신만의 독특한 방법으로 몰입한다는 걸 알 수 있다. 세상에는 무수한 독서법이 있다. 모든 독서법이 나에게 딱 맞을 수는 없다. 기존의 독서법들을 적용하고 응용하면서 내게 맞는 독서법을 개발해야 한다. 나만의 자기주도 독서 습관이 생기면 자연스럽게 책 읽기의 본질을 이해하게 된다. 카페와 공원 벤치, 집안 거실을 가리지 않고 어디서든 책 읽고, 사색하며, 자연스럽게 토론하는 분위기를 만들 수 있다. 혼자 하는 만독도, 다 함께하는 만독도 가능해진다.

자신에게 맞는 독서법을 찾아나가는 데 도움이 될 방법들을 소개한다. 나만의 독습을 만드는 첫 단계는 책 읽기에 재미를 붙이는 것이다. 아래 방법들을 통해 독서의 재미를 느끼고 책 읽기에 익숙해지다 보면 자연스럽게 자신의 독서법이 생겨난다.

카드식 독서법card reading 카드 형태의 메모장으로 독서 카드를 만들고, 독서 카드 안쪽에 쓰인 내용을 외우는 방법이다. 일반적인 노트는 일렬로 쓸 수밖에 없지만, 카드는 편집이 가능하다는 장점이 있다. 독서 카드의 장점은 나중에 다시 배열하고 편집하기 수월하다는 것이다. 그냥 독서 노트를 작성하는 것이 더 빠르고 좋지 않을까 생각할 수 있지만, 독서 카드를 활용하면 지식을 재배열하고 본질을 광범위하게 정리할 수 있다. 시간이 지날수록 진가를 발휘하는 것이 카드식 독서법이다. 어느 정도 독서 수준이 올라가면, 카드식 독서법을 통해 날개를 달게 된다.

토너먼트 독서법 Tournament reading 푸짐한 상품을 내걸고 서로 경쟁하도록 촉진하는 방법이다. 토너먼트란 경기 대전 진행 방식의 하나로, 일정한 대진에 의하여 승리한 사람만이 2·3·4회전으로 올라가, 마지막에 두 사람이 대전하여 우승을 겨루는 방식이다. 이와 대조적인 방법은 리그league 전이라고 하며, 참가자들이 모두 서로 한 번 또는 두 번씩 대전하여 승률이 높은 편을 우위로 한다.

가장 쉽게 할 수 있는 토너먼트 독서법은 '읽었던 책 제목 말하기'로, 제목을 말하지 못하면 지는 방식이다. 토너먼트 독서법의 장점은 독서에 대한 부담감을 덜어줘 좀 더 편안하게 집중할 수 있다는 것이다. 또한 경쟁에서 이기려는 승부욕이 생겨 더 재미있게 몰입할 수 있다.

★★ 게이미피케이션 독서법 Gamification reading 책에 나오는 인물들로 역할 극을 하며 여기에 게임을 접목시킨다. 게임 기법을 활용해 좀 더 재미있게 책 읽는 과정에 몰입할 수 있다.

'독서 빙고 게임'을 해보면 좋다. 이 게임은 책에 나온 단어를 중심으로 하기 때문에 연상작용을 통한 학습효과도 있다. 보통 가로 5칸, 세로 5칸 총 25칸을 만든 다음 서로 책을 읽고 나서 생각나는 낱말 25개를 쓴다. 순서대로 단어를 외치며 표시해서 낱말을 맞춘다. 가로나 세로, 대각선 중 한 줄을 먼저 완성하면 이기는 게임이다. 책을 보고 해도 되는지, 아니면 책을 보면 안 되는지 등 게임 전에 룰을 정하고 시작한다.

독서에서 게임요소는 미션이나 퀘스트 같은 도전 과제를 끊임없이 제시한다. 그리고 도전 과제를 완수할 때마다 레벨 상승이나 점수로 포상해 준다. 포인트, 점수, 레벨, 랭킹, 배지, 상품 등이 보상인데 이를 통해 성취욕을 지속적으로 자극할 수 있다.

👥 가족 독서법family reading 부모, 자녀 등 가족이 함께 번갈아서 읽는 방법이다. 가족이 책을 매개로 함께하는 것만으로 큰 수확이다. 가족 독서법을 활용하면 한 권의 책을 만독하는 과정 자체가 놀이가 된다. 온 가족이 한 목소리로 책 읽는 모습은 상상만 해도 입가에 미소가 떠오르게 한다. 가족 독서법은 가족 간 동질감과 유대감을 갖게 하는 데 효과적이다. 자녀가 유아기까지는 잠들기 전에 책을 읽어 주는 경우가 많다. 그러나 초등학교에 입학할 때쯤 되면 부모들도 잘 읽어 주지 않고 아이들도 컸다고 부모와의 책 읽기에 흥미를 잃는다. 소홀해진 관계를 회복하고 연결

감을 강화하는 데는 가족 독서만 한 것이 없다. 아이에게 책을 읽어줄 때
는 윽박지르거나 화내지 말고, 아이의 성장 속도에 맞게 소리 내어 구연
동화를 들려주듯 하자.

일상 속에서 진리를 깨닫고 싶다면 슬로리딩을 하자. 바빠진 마음을 다잡고,
천천히 책 향기를 맡으며 음미해 읽으면서 주변을 돌아볼 수 있다. 비트겐슈타
인은 이렇게 말했다. "나는 구두점을 많이 사용해서 읽는 속도를 늦춰 보려고
하는 편이다. 내가 쓴 글이 천천히 읽히기를 희망하기 때문이다. 나 자신이 읽는
것처럼." 속도에 함몰되지 않고 느리게 사는 방법으로 만독을 권한다.

천천히 생각하고 느리게 읽는 만독 방법 10가지

슬로리딩 : 한 권의 책을 곱씹어 가며 읽는다.
성독 : 큰소리 내어 또박또박 읽는다. 옛 서당에서 사용했던 방법이다.
미독 : 책의 내용을 충분히 음미하며 읽는다.
방사형 독서법 : 한 권을 읽되, 여러 권으로 뻗어 나가며 읽는다.
자기주도 독서법 : 학습자가 연관되는 책을 스스로 찾아서 읽게 한다.
카드식 독서법 : 독서 카드 안쪽에 쓰인 내용을 외운다.
토너먼트 독서법 : 푸짐한 상품을 내걸고 서로 경쟁하도록 촉진한다.
게이미피케이션 독서법 : 재미있는 역할극을 해보고, 게임도 접목시킨다.
바디리딩 : 머리에 주입되는 독서가 아니라 몸으로 읽는 독서를 한다.
가족 독서법 : 부모, 자녀 등 가족이 함께 번갈아서 읽는다.

청년 때 글을 읽는 것은 울타리 사이로 달을 바라보는 것과 같고,

중년에 글을 읽는 것은 자기 집 뜰에서 달을 바라보는 것과 같으며,

노년에 글을 읽는 것은 발코니에서 달을 바라보는 것과 같다.

독서의 깊이가 체험에 따라서 다르기 때문이다. ●린위탕

천천히 생각하고 느리게 읽기

고두현 시인(한국경제신문 논설위원)

《늦게 온 소포》로 알려진 시인이면서 한국경제신문 〈천자 칼럼〉으로 유명한 고두현 시인을 어렵게 만났다. 그는 남해 금산에서 자랐고, 1993년 중앙일보 신춘문예 시 당선으로 등단했다. 1988년 한국경제신문 입사 후 주로 문화부에서 문학과 출판을 담당했고, 문화부장을 거쳐서 지금은 논설위원으로 일하고 있다. KBS와 MBC, SBS 등 다양한 문화 프로그램에서 책 관련 코너를 오랫동안 진행했다. 저서 《시 읽는 CEO》를 통해 시와 경영을 접목하여 독서경영 열풍을 불러일으켰고, 신작 《시를 놓고 살았다 사랑을 놓고 살았다》로 시에 담긴 인생의 지혜와 일상의 소중함을 전하는 일에 열정을 기울이고 있다.

고두현 시인

그가 마지막에 꺼낸 이야기는 '느리게 사는 것이 풍요롭게 사는 지름길'이라는 것이었다. 고두현 시인에게 만독에 대해서 물었다.

Q. 책을 천천히 읽는 '만독'이란 무엇인가요?

_____ 그냥 읽을 때는 몰랐던 것이 천천히 읽으면서 이해되는 경우가 많아요. 저는 어떤 글이든 시처럼 읽으려고 노력합니다. 천천히 읽다 보면 당연히 정독하게 되고 문장의 맛을 보면서 읽게 됩니다.

만독은 책에 대한 애정에서 비롯됩니다. 제 경험을 예로 들자면, 초등학교 1학년 때 산에 나무하려고 헛간에 지게를 가지러 갔다가 《로빈슨 크루소 모험》을 발견했어요. 이 책을 정말 좋아해서 천천히 아껴 읽었는데 그것이 처음 만독을 시작한 계기가 되었습니다.

저는 어린 시절 시골에서 자랐어요. 다락방에 올라가 혼자 책을 많이 읽었죠. 나이에 맞는 책을 가릴 것도 없이 활자로 된 건 다 읽었어요. 수줍음 많은 시골 소년에게 무한한 세상을 보여주는 게 책이었습니다. 몸은 비록 좁은 다락방에 있지만 책이 보여주는 세계는 무궁무진했고 정말 신기했어요. 여러 책을 통해 상상하고 호기심을 키웠죠. 특히 '서울에는 이런 미술관이 있구나!', '시청 앞에는 이런 게 있구나!' 하며 서울에 대한 동경을 키웠고, 서울에 가기 위해 공부했어요.

출판 시장이 어려운 요즘 상황에서 책을 만드는 것도 읽는 것도 어려운 일이지만, 저는 책에 관해서라면 한없이 긍정적입니다. 여기에는 이런 어린 시절의 경험이 큰 영향을 미친 것 같아요. 책에 대한 애정의 원천은 결국 사람과 세상에 대한 호기심이며, 그것이 또한 만독의 원동력입니다.

Q. 요즘 사람들은 성찰보다는 성장에 집중하며 조급해합니다. 이런
  세간의 경향 속에서도 느리게 읽어야 하는 이유는 무엇일까요?
_____ 세상을 읽는다는 것은 그것을 보는 사람의 태도에 달려 있습니다. 속
도는 재는 사람의 눈금에 따라 빨라지기도 하고 느려지기도 해요. 관찰을 깊게
하면 이면이 보입니다. 손가락을 그린다고 손가락만 보면 못 그려요. 손가락 사
이의 허공도 그려야 비로소 손가락의 의미가 드러나요. '손가락'이라는 활자의
의미를 넘어서야 이면까지 보입니다. 천천히 읽으면 무엇이 좋은지 알게 되어
있어요.

Q. 천천히 읽는 방법을 구체적으로 설명해 주시겠어요?
_____ 일본에서 처음 속독速讀를 설파했던 다치바나 다카시는 '한 쪽 읽는
데 1초, 좀 늦더라도 2, 3초'라는 읽기 방식을 유행시켰습니다. 지금은 몸의 리
듬, 마음의 속도에 맞춘 책 읽기가 더 중요하다는 것을 깨달았다고 합니다. 책
읽기가 더 이상 '일'이 되지 않도록 해야 하죠. 자칫 일이 되면 재미도 없어지고
목적 지향적으로 바뀝니다.
야마무라 오사무의 《천천히 읽기를 권함》이라는 책은 황홀한 독서의 경험을
잘 설명하고 있어요. 이 책은 '일본의 셰익스피어'로 불리는 나쓰메 소세키의
《나는 고양이로소이다》의 한 구절로부터 시작합니다. "무사태평으로 보이는
사람들도 마음속 깊은 곳을 두드려보면 어딘가 슬픈 소리가 난다"라는 구절
인데요, 저자는 이 책을 세 번째 읽을 때 비로소 이 문장의 참맛을 느꼈다고 해
요. "석양은 어둠 속으로 사라지고 집안은 쥐 죽은 듯 조용해진다. 소설도 조용

해진다. 그 장면에서 위의 한 줄이 턱 하니 나온다. 이렇게 고요한 야음夜陰의 광경이, 이렇게 적막한 말이 이 소설에 있었던가. 쓸쓸하고 절실한, 그래서 오히려 행복감마저 들게 하는 깊은 마음… 몇 분인가 그런 기분을 맛보았다. 예전에는 거기까지 마음이 미치지 못했다. 그때는 이 절절하다고도 할 수 있는 문장이 눈을 속이고 지나가 버렸었다. 읽고 감명을 받았는데 지금은 잊어버렸다는 그런 이야기가 아니다. 눈에는 비치지만 인상을 남기지 않았던 것이다. 왜일까? 답은 뻔하다. '빨리' 읽었기 때문이다."

책이 넘쳐나는 시대에도 천천히 읽으면 책을 강렬히 음미할 수 있습니다.

Q. 천천히 생각하고 느리게 읽다 보면 어떤 일이 생길까요?

_____ 옛날 서당에서는 성독聲讀을 시켰는데, 단순히 책을 읽게 하는 것이 아니라 스스로 책 읽는 힘을 키우는 방법이었어요. 2011년 일본에서 출간된 《기적의 교실》은 일본 전역에 슬로리딩 열풍을 불러일으켰습니다. 그 책에 등장하는 중학생들이 하마다 준이치 도쿄대학교 총장, 야마사키 도시미스 최고재판소 사무총장, 소설가 엔도 슈사쿠 등 나중에 일본 사회 저명인사가 되었기 때문입니다. 배경은 일본 고베시 나다 중학교이고 교사는 하시모토 다케시 선생이었어요. 우리나라 EBS 다큐프라임에서도 '슬로리딩, 생각을 키우는 힘'이란 제목으로 방영되었죠.

그 책을 보면 하시모토 선생은 소설책 《은수저》 한 권을 깊이 읽는 수업을 진행합니다. 주입식이 아니라 학생 스스로 주체가 되어서 읽는 거예요. 학생들이 흥미를 좇아서 샛길로 빠지더라도, 모르는 것 전혀 없이 완전히 이해하는 경지에 이르도록 책 한 권을 철저하게 음미했습니다. 이를 미독味讀이라고도 해요. 학생들이 마음껏 의문을 갖도록 허용하고, 흥미 대상을 마음껏 찾을 수 있도록 열어줍니다. 천천히 읽고 깊게 생각하는 방법을 키우는 거죠. 하시모토 선생은 '노는 것이 곧 배우는 것'이라고 말합니다. 그에 따르면 슬로리딩이 사람을 바라보는 방법, 모든 사물을 균형 있게 바라보는 사고를 키우는 데 도움이 되었다고 해요.

Q. 칼럼에서 다산 정약용 선생의 독서법을 소개했는데, 구체적인 내용이 궁금합니다.

_____ 저는 '다산의 3·3·3 공부법'이라고 이름 붙여 봤어요. 첫 번째, 다산의 '삼근계三勤戒' 이야기가 있습니다. 다산 정약용이 강진에 유배되었을 때, 처음으로 맞은 제자가 열다섯 살의 황상이었어요. 일주일 뒤 다산이 문학과 역사를 배우라고 하자 소년은 쭈뼛거리며 "저는 둔하고, 막혔고, 미련해서 안 됩니다"라고 했어요. 이에 다산이 말했습니다. "배우는 사람에게 병통이 3가지 있는데 네게는 그것이 없구나. 외우는 데 빠르면 소홀하고, 글짓기에 날래면 부실하고, 깨달음이 재빠르면 거칠다. 둔한데도 파고들면 구멍이 넓어지고, 막힌 것을 틔우면 소통이 커지고, 어리숙한 것을 연마하면 빛이 난다." 그러면서 또 이렇게 말했습니다. "파고드는 것은 어떻게 하느냐? 부지런하면勤 된다. 틔우는 것은 어떻게 하느냐? 부지런하면勤 된다. 연마는 어떻게 하느냐? 부지런하면勤 된다." 이것이 다산의 '삼근계'입니다. 황상은 이 가르침을 기둥 삼아 평생 학문에 매진했어요.

두 번째, 삼독법입니다. 다산은 책을 읽을 때도 뜻을 새겨 가며 깊이 읽는 정독精讀을 중시했어요. 꼼꼼하게 읽지 않으면 글의 의미와 맛을 제대로 음미하기 어렵기 때문입니다. 중요한 부분을 발췌해서 옮겨 쓰는 초서도 귀하게 생각했지요. 이를 항아리에 담아뒀다 하나씩 꺼내 읽었다고 해요. 책을 읽다가 떠오르는 생각이나 느낀 점, 깨달은 것들을 기록하는 일도 게을리 하지 않았어요. '정독하고, 초서하고, 메모하는' 3가지가 다산의 삼독법이 되었습니다.

세 번째, 과골삼천踝骨三穿이란 책상 앞에 오래 앉아 있느라 복사뼈踝骨에 구멍이 세 번이나 났다는 뜻입니다. 이는 명예로운 흉터였어요. 다산은 앉을 수 없자 선 채로 책을 읽었어요. 공자가 책 가죽끈이 세 번 끊어질 정도로 독서에 매진했다는 위편삼절韋編三絶의 고사보다 더했습니다.

다산이 평생 500여 권의 저서를 남길 수 있었던 비결이 여기에 있어요. 우리야 그 경지에 도달하기는 어렵겠지만, 책 읽고 글 쓰는 공부의 등불로 삼기에는 제격입니다. 책을 읽을 때마다 천천히 뜻을 새기고, 내용을 뽑아 옮기며, 생각을 메모하는 습관도 익힐 수 있어요. 부지런함이야 '삼근계'를 따르지 못하고 진득하기는 '과골삼천'에 이르지 못지만, 미욱함을 넘어서는 데는 큰 도움이 될 것입니다.

Q. 어떻게 하면 책의 내용을 오래 기억에 남길 수 있을까요?

_____ 원래 대충 읽으면 아무것도 남지 않게 되어 있어요. 어떻게 하면 오래 기억에 남길까 생각해 보세요. 단어를 몰라도, 문법이 난해해도 앞뒤 문맥을 통해 스스로 유추하려 해야 합니다. 의미를 모르는 문장이 있어도 일단 쭉쭉 읽

어 나가면서 뒤의 문장에서 힌트를 찾아보세요. 처음 읽을 때는 몰라도 다시 읽으면서 못 봤던 부분이 보이기도 하고, 뒤에서 거슬러 올라가면서 이해되는 대목도 있거든요. 인생을 풍요롭게 살아가는 방법은 음미하면서 읽는 것입니다. 시를 읽을 때는 감각을 더욱더 깨워야 해요. 책상에 앉아 있지만 말고 일어나서 산책도 해보고 버스를 타서 창 밖도 보고, 또 느리게 걸어 보세요. 책을 읽다 보면 아이디어가 모락모락 피어납니다.

고두현 시인의 만독을 응원한다. 요즘 같은 속도의 시대에는 더욱더 마음을 챙겨야 한다. 천천히 생각하고 느리게 읽는 방식은 비단 책 읽기에서만 필요한 것이 아니다. 이것은 마음 챙김의 방식이 되어야 한다. 책을 잡으면 우선 그 책의 저자와 하나의 마음이 되자. 눈 밝은 이가 되어 텍스트를 읽고 천천히 생각하고 느리게 걷자. 책 속의 목소리는 멈출 때 비로소 들려온다. 느리게 사는 방법이 풍요롭게 사는 지름길이다. 책이 내 안으로 들어올 때까지 책을 놓지 마라. 책을 손에서 놓지 않으면 좋은 생각이 모이기 시작하고 느긋한 풍경이 나타난다. 당신은 지금 인생의 책에서 무엇을 생각하고 어디쯤을 걷고 있는가?

아무리 유익한 책이라도 그 절반은 독자에 의해 만들어진다. ● 볼테르

제8강

탐독耽讀,
집중하여 읽는다

"독서는 일종의 탐험이어서 신대륙을 탐험하고
미개지를 개척하는 것과 같다." ─ 존 듀이

당신이 매번 독서의 고비를 넘지 못하는 이유

책 읽기는 탐험이다. 책을 가까이하지 못하는 사람들은 불편한 것을 참지 못하는 경우가 많다. 여행도 마찬가지다. 여행의 참맛을 모르는 사람들은 "여행이 밥 먹여 주냐"고 하며, 여행지에 가서도 편리함만을 추구한다.

처음 독서를 하다 보면 고비가 온다. 좋아서 선택한 책인데, 읽다 보면 불편함과 괴로움이 따른다. 육체적 불편함이 아니라 정신적 불편함이다. 모르는 분야에 관심이 생겨 책을 읽으려 들면 한참 동안 힘들고 괴롭다. "이 책을 왜 굳이 붙잡고 있지?"라는 회의감과 자괴감이 들지도 모른다. 처음 들어보는 단어도 그렇지만 내용이 잘 이해되지 않기 때문이다. 도통 무슨 소리를 하는지 알 수 없다. 제대로 정독해 보자고 마음먹었던 초심은 온데간데없고 절반도 못 읽고 책을 덮어버리는 경우가 태반이다. 이처럼 독서의 고비를 넘지 못하는 것은 독서의 삼미三昧 가운데 첫 번째 '흥미'만 느끼는 데 그쳤기 때문이다.

그 책을 통해서 내가 얻고자 했던 것이 무엇인가에 대한 성찰이 필요하다.

우리는 책 읽기를 할 때, 지금 하고 있는 행위의 의미를 자주 놓치곤 한다. 독서의 삼미 중에 두 번째인 '의미'를 간과하는 것이다. 흥미를 갖고 책장을 펼쳤다가 절반도 못 읽고 책을 덮어버리는 이유는 무엇인가? 그 독서의 의미를 찾지 못했기 때문이다. 그 책을 통해서 얻을 것이 있다면 끝까지 읽었을 것이다. 논문이나 책을 쓰는 데 배경 지식이 된다든지, 그 책을 읽고 독후감을 쓰면 독서 모임에 참석 자격이 생긴다든지 등 어떤 의미가 있었다면 끝까지 꾸역꾸역 읽어 갔을 것이다. 의미를 찾아야 책을 던져버리고 싶은 고비를 넘길 수 있다.

독서의 의미를 찾았으면 목표를 명확하게 설정하라. 간단하게 블로그에 서평이라도 써야겠다는 목표를 가지면 책을 끝까지 독파할 수 있다. 문학을 전공한 사람에게 컴퓨터 기술 책을 읽으라 하면 잘 못 읽는다. 하드웨어 용어와 소프트웨어 용어 등 관련 사전 지식이 없으면 읽기 어렵기 때문이다. 모르는 분야를 읽을 때는 좀 더 쉬운 책을 선택하되 명확한 목표를 세우고 읽기 시작해야한다.

탐독해 보지 않았다면 제대로 읽어 보지 않은 것이다

탐독耽讀이란 다른 일을 잊을 정도로 열중하여 책을 읽는 것이다. 탐독은 독서의 삼미 중 세 번째인 '재미'를 찾는 방법이다. 한 권의 책이라는 미지의 세계로 떠날 때 설렘을 느끼지 못한다면 그 책을 읽기 어렵다. 이제 새로운 세계를 경험한다고 가정하자. 탐독하는 데 당신에게 필요한 것은 무엇인가?

책을 읽으며 재미를 못 느꼈다면 아직 독서의 참맛을 못 본 것이다. 헨리 밀러는 말한다. "살아 있는 책이란 탐욕스럽게 모든 것을 삼켜버리지 않으면 안되는 정신에 의하여 몇 번이나 한없이 무찔러온 책을 말한다. 활활 타오르는 정신의 불꽃에 불이 댕겨질 때까지 아직 그 책은 우리에게 죽은 것과 같다." 살아있는 책은 활활 타오르는 정신의 불꽃에 불이 댕겨지게 만드는 불쏘시개이다. 좋은 책이 있더라도 내가 삼키지 않으면 아무 소용없다. 그래서 책은 정신적 식

탁에 놓인 음식이다. 책은 곧 밥이다.

책은 켜켜이 쌓여 있는 지식의 한 장을 읽은 후 다시 한 장을 덮는 탐구의 과정이다. 프랑스 철학자 알랭은 말한다. "좋은 책 한 권을 꾸준히 읽는 데서 우리는 행복의 샘을 발견할 수 있다. 몇 페이지 훑어보고 내던진다면 독서의 행복을 맛보지 못한다. 이것은 단지 독서뿐만 아니고 매사가 다 그렇다. 자기 자신 속에 행복의 샘을 파는 일은 어느 정도의 참을성과 끈기가 필요하다."

좋은 책을 꾸준히 읽으면 아는 것이 많아지니 두려움도 적어진다. 하지만 그것이 교만으로 연결되지 않도록 유의해야 한다. 한편, 책은 사람을 변화시키고 그 주변의 관계를 변화시켜 나가는 계기가 된다. 다른 사람과의 관계를 생각하고 이해하고 배려하다 보면 사람의 낯빛이 달라진다. 책을 통해 행복의 씨앗을 키울 터전을 만들 수 있다. 세계적인 부자들이 자녀 교육을 위해 책을 읽힌 이유도 여기에 있다. 아무리 돈이 많고 지식이 많더라도 책을 읽지 않으면 소중한 것을 잃어버리게 된다. 읽는 재미에 빠지면 행복이 자라나기 시작한다. 탐독은 불평불만에서 벗어나 내면의 행복을 기르는 힘의 원천이다.

내 인생의 책을 찾아라

탐독자 하면 떠오르는 대표적인 사람은 지식인이자 책 애호가 움베르토 에코이다. 에코의 서재는 거대한 도서관을 연상시키는데, 생전에 장서량만 5만 권이 넘었던 것으로 알려져 있다. 어린 시절 어머니가 운영하는 도서관에서 백과사전을 수없이 읽었다는 그는 '기억의 천재'라는 별칭으로 불리는 방대한 기억 술사, 기억력에서 둘째가라면 서러워할 천재 기호학자이자 철학자 그리고《장미의 이름》을 쓴 소설가이다. 그런 그에게도 '내 인생의 책'이 있었다. 바로 호르헤 루이스 보르헤스의 《픽션들》이었다. 에코는 말했다. "내 나이 스물넷에 보르헤스를 처음 읽었어요. 《픽션들》은 처음에 이탈리아에서 단 500부만 찍었지. 그 출판사의 대표를 알고 지냈었는데, 내게 단 한 권을 주더라고. 첫눈에 사랑에 빠졌지." 이렇게 보르헤스의 작품을 처음 만난 후 "언제나 내 사랑은 보르헤스였어요"라고 고백했다.

당신은 '내 인생의 책'을 말할 수 있는가? 나는 독습 모임에서 학습자들에게 물어본 적이 있다. 연령대도 직업도 제각각이었으나, 모두들 인생의 책을 한 권씩 가지고 있었다. 꾸준히 책을 읽어온 사람이라면 누구나 자기 인생의 책이 있는 것이다. 이제 당신 차례이다. 당신에게도 내 인생의 책이라고 할 만한 것이 있는가? 있다면 무엇인가? 다음 빈칸에 적어 보자.

	제목	저자	읽은 시기	선정 이유
내 인생의 책 ❶				
내 인생의 책 ❷				
내 인생의 책 ❸				
내 인생의 책 ❹				
내 인생의 책 ❺				
내 인생의 책 ❻				
내 인생의 책 ❼				
내 인생의 책 ❽				
내 인생의 책 ❾				
내 인생의 책 ❿				

탐독자들의 공통점은 인생의 가장 중요한 시기마다 가까이에 책이 있었다는 점이다. 보르헤스는 이렇게 말한다. "우리의 도구들은, 인간이 만들어 온 도구들은 단순히 손을 연장한 것일 뿐이니까요. 칼이 그렇고, 쟁기가 그렇죠. 망원경이나 현미경은 눈을 연장한 것이고요. 그러나 책의 경우 그보다 훨씬 많은

게 담겨 있어요. 책은 상상력의 연장이고 기억의 연장이에요." 책은 인간 기억의 연장이다. 책은 기억을 연장함으로써 우리의 지적 수명을 연장하는 효과를 가져 온다. 집중해서 읽을 때 시간을 잊게 만든다. 독서는 흥미뿐만 아니라 의미를 전하고 재미를 덤으로 준다. 그래서 흥미·의미·재미가 곧 독서의 삼미라는 것이다.

고수는 어떻게 탐독하는가?

일본 도쿄에는 '고양이 빌딩'이라고 하는 지상 3층·지하 2층짜리 건물이 있다. 이 건물에는 무려 20만 권 이상의 장서가 보관되어 있다. 이 빌딩의 주인은 일본 총리의 부패를 파헤쳐서, 이른바 펜 하나로 총리를 무너뜨린 것으로 유명한 다치바나 다카시다. 그는 1974년 《다나카 가쿠에이 연구 : 그 인맥과 금맥》에서 수상의 범법 행위를 폭로해 사회에 커다란 충격을 안겨 주었다. 이후 사회적 문제 외에 우주, 뇌를 포함한 과학 분야에까지 저술 영역을 넓혀 왔다.

다치바나 다카시는 논픽션과 역사 등 전방위로 많은 책과 칼럼을 써내는 다작가인 동시에 탐독가로 매우 유명하다. "나는 헌책방에서 책을 많이 구입한다. 헌책에는 앞서 읽었던 사람의 메모와 이름이 적혀 있는 경우가 많다. 흔적이 있다. 인간 전체로 보면 앞 세대의 지식을 다음 세대에게 전달하는 릴레이가 이뤄진다. 나는 그것을 책으로 실감하고 있다. 독서는 개인을 인간답게 만든다. 독서가 세대를 건너면 문명을 만든다. '생생유전生生流轉·만물이 그치지 않고 변화 유전함'이란 말이 있는데, 독서가 생명의 흐름을 만드는 것이다. 육체는 음식을 먹고 자라지만, 정신은 책을 먹고 산다. 이것들이 사회의 지적 부분을 이끈다." 그는 독서법의 달인이다. 탐사보도의 모델을 제시한 저널리스트이자 분야를 가리지 않는 방대한 저술활동을 펼쳐 '지知의 거인'으로 불리기도 한다. "나는 식욕이나 성욕보다 지식욕이 더 강하고, 안다는 것 자체의 즐거움이 더 몸살나게 한다"고 거침없이 내뱉는 독서광으로 그를 따르고 연구하는 팬클럽과 연구단체까지 생겨났다.

독서를 즐길 때 인생의 재미가 찾아온다

탐독을 할 때는 '궁즉통'을 기억하자. 궁즉통窮則通이란 '궁하면 통한다'는 뜻으로 《주역周易》에 나오는 말이다. 원래 '궁즉변, 변즉통, 통즉구窮則變, 變則通, 通卽久'를 줄인 말이다. 여기에서 궁窮 자는 일반적으로 알려진 '궁핍하다'는 뜻이 아니라 '극에 달하다'는 뜻이다.

첫 번째, 궁즉변窮則變은 궁극의 경지에 이르게 되면 변하는 단계다. 조선전기 성리학자 화담 서경덕 선생은 18세 때 《대학》을 읽다가 격물치지格物致知, 즉 '사물을 궁리窮理하고 사색하여 앎에 이른다'는 구절을 보고서 "공부하면서 먼저 사물을 궁리하고 사색하지 않는다면, 독서를 한다 하더라도 무슨 소용이 있겠는가?"하고 크게 탄식했다. 독서를 통해 사물의 이치를 깨닫는 방법을 부정하고, 먼저 궁리와 사색을 통해 사물의 이치를 직접 탐구한 후 독서를 통해 확인하는 방법으로 학문을 했다. 어떤 일이든 일정 경지에 이르기까지의 단계가 필요하다. 새로운 분야로 진입하는 경우, 입문서를 여러 권 읽고서야 기본 토대가 만들어진다. 물도 100도가 되어야 끓기 시작한다는 걸 기억하자.

두 번째는 변즉통變則通으로, 변화가 일어나 통하는 단계다. 서경덕 선생은 어머니의 요청으로 생원시에 응시하여 장원으로 급제하였으나 벼슬을 단념하고, 황진이의 유혹을 물리쳤다. 그리고 송대宋代의 주돈이周敦頤 ·소옹邵雍 ·장재

張載의 철학사상을 조화시켜 독자적인 기일원론氣—元論의 학설을 제창하였다. 중급자는 기본 토대에 자신의 경험과 묵직한 책이 곁들여져야 통한다. 질적 변화가 새로운 지평을 연다는 것이다.

세 번째, 통즉구通則久란 '막힘 없이 통하면 오래 지속될 수 있다'는 단계다. 서경덕은 부귀영화를 거부하고 안빈낙도의 삶을 선택했다. 이러한 서경덕의 학문과 사상은 이황과 이이 같은 학자들에 의해서 그 독창성이 높이 평가되었으며, 주기론主氣論의 선구자가 되었다. 열린 태도는 고이지 않는 물과 같아서 오래도록 지속될 수 있다. 한 분야의 전문가가 되었다면 자신의 경험과 노하우를 담은 책을 써서 후세에 남겨야 한다. 전문성은 절제와 겸손에서 비롯된다.

탐독을 하려면 '읽어야 할 책'이 아니라 '읽고 싶은 책'을 잡아야 한다. 책도 취사선택할 필요가 있다. 인생의 책을 운명적으로 만나면 누가 시키지 않아도 독서를 즐기게 된다. 즐기는 독서의 경험이 쌓이기 시작하면 이는 곧 자기 성장으로 이어진다. 분명한 것은 탁월한 리더들은 책을 즐겨 읽는다는 사실이다. 그렇지만 책을 읽는 탐독자들이 모두 훌륭한 리더가 되는 것은 아니다. 그 책에서 자신이 읽고 이해한 바를 다른 사람과 공유하는 것은 리더의 의무다.

그렇다고 소중한 시간을 다른 사람의 손에 맡기지 마라. 송나라 때 유명한 문장가 구양수歐陽修는 '삼상지학三上之學'을 말했다. 마상馬上은 말 위에서, 침상枕上은 잠자리에서, 측상廁上은 화장실에서 책 읽기 좋다고 하였다. 요즘 말로 풀어내면 대중교통에서, 잠자기 전에, 화장실에서 읽기 좋다는 것이다. 하나 더 추가하자면 카페에서도 책 읽기가 좋다. 내가 아는 지인은 장소별로 읽는 책이 다르다. 사무실용 책, 가방용 책, 화장실용 책, 침실용 책이 있을 정도다. 홀로 있을 때는 스마트폰을 끄고 자신만의 시간을 가지고 책을 읽어야 한다.

지나친 탐독에 빠져서 자신의 역할을 소홀히 한다면 그것은 잘못된 것이다. 지나치게 책만 보는 것도 문제가 될 수 있다. 독서의 힘이 아무리 강력하다고 하더라도 본업보다 중요할 수는 없다. 본업이란 자신의 역할과 직업을 말한다. 학생은 공부에 집중해야 하고 여가에 책을 읽어야 한다. 직장인은 회사의 일에 충실하면서 짬짬이 책을 읽어야 하고, 전업주부도 자신의 일을 하면서 책을 잡아야 하고, 경영자는 내 사업이 어떻게 하면 잘될 수 있을까 생각하고 책을 읽어야 한다. 자신의 본분에 맞는 책을 고르고 그 책을 통해서 자신의 본업을 잘할 수 있다면 그보다 더 좋은 독서는 없을 것이다.

좋은 책을 탐독하는 방법 10가지

첫째, 멘토에게 '내 인생의 책'을 물어보고 그 책을 읽어 본다.
둘째, 하고 싶은 일이 있다면 책을 먼저 사서 공부한다.
셋째, 만화책, 무협지, 소설 등 즐거운 책을 먼저 읽어 본다.
넷째, 원작 소설이 있는 영화를 먼저 보고, 나중에 원작 소설을 읽어 본다.
다섯째, 혼자 보기 어려우면 함께 읽는 독서 모임을 찾아서 읽어 본다.
여섯째, 직접 서점에 가서 눈으로 확인해서 꼭 읽고 싶은 단 한 권만 사서 읽어 본다.
일곱째, 책을 갖고 오면 간략한 구입기를 적어 본다.
여덟째, 읽은 책을 주변 사람에게 슬쩍 이야기한다.
아홉째, 책 속의 명언을 독서 노트에 옮겨 적는다.
열째, 즐겁게 책을 다 읽었으면 독후감을 써 본다.

내가 책을 읽을 때 눈으로만 읽는 것 같지만 가끔씩 나에게 의미가

있는 대목, 어쩌면 한 구절만이라도 우연히 발견하면

책은 나의 일부가 된다. ● 윌리엄 서머셋 모옴

우연히 만난 책에 밑줄을 그어야 하는 이유

유영만 한양대학교 교육공학과 교수

요즘은 지하철에서 책을 읽는 사람은커녕 손에 그저 책을 들고 있는 사람조차 찾기 어렵다. 모두가 스마트폰에 빠져 사는 세상, 이런 와중에 유영만 교수는 신작 《독서의 발견》이라는 책을 들고 우리 앞에 섰다. 지식을 잉태하는 사람, 교육공학자를 넘어서 '지식생태학자'로 널리 알려진 유영만 교수를 만났다. 지금까지 80여 권의 책을 저술하고 번역해 온 유영만 교수는 끊임없이 책을 읽어 왔다. 독서하고 사색하고 자신만의 언어로 글을 써온 유영만 교수의 저력은 어디에 나오는지 궁금증을 안고 인터뷰를 청했다.

유영만 교수

우연히 읽은 책이 내 마음에 꽂혔다

유영만 교수의 인터뷰는 서울 한양대학교 사범대학 언덕 위에 있는 연구실에서 이루어졌다. 책으로 둘러싸인 연구실에서 만났을 때, 그는 롤랑 바르트의 마지막 저서인 《카메라 루시다》를 읽고 있었다. 절판된 그 책에는 '스투디움'과

'푼크툼'이라는 두 가지 라틴어 단어가 나온다. 스투디움Studium은 예술작품에서 공통적으로 느낄 수 있는 특징, 정형화된 느낌을 지칭하는 말이다. 반면 푼크툼Punctum은 라틴어로 점點이라는 뜻으로, 화살처럼 찌르는 듯 특정 작품에서 얻어지는 개인적 취향으로 강렬하게 꽂히는 느낌을 지칭하는 용어이다. 사진을 예로 들자면 작품이 구성하는 시각상의 어느 영역에서 갑자기 감상자의 눈에 꽂히는 부분이 있다. 롤랑 바르트는 이것을 바로 '푼크툼'이라고 지칭했다. 감상자의 시선이 작품에 오래 머물게 되는 것은 바로 그 푼크툼 때문이다. 좋은 책들은 보편적인 인식의 스투디움을 깨뜨리며 인지 충격을 안겨주는 마치 상처 같은 푼크툼들을 품고 있다. '인두 같은 한 문장'을 품고 새로운 지식의 의미를 발견하고 알아가는 재미는 생각보다 크다.

유영만 교수가 인터뷰 말미에 꺼낸 이야기는 '책이라는 거울로 자신을 발견하는 사람은 행복하다는 것'이었다. 유영만 교수의 탐독을 따라가 보자.

Q. 책을 어떻게 읽어야 할까요?

_____ 사람이 무언가에 집중하고 몰입할 때 보면 눈이 반짝반짝합니다. 그 이유는 즐겁고 신이 나기 때문입니다. 아이들이 게임에 몰입하는 이유는 그것이 잘 몰입되도록 설계돼 있기 때문이에요. 그렇다면 직장인들이 책에 빠지지 않는 이유는 무엇일까요? 책을 읽어 봤자 건질 게 없다는 생각 때문입니다. 어른도 이런데, 특히 아이들을 위해서는 어떻게 하면 어릴 때 책의 재미에 빠질 수 있게 할지 더 많이 사회적 합의와 설계가 필요해요.

책과의 섬광과도 같은 만남은 우연히 시작되어야 합니다. 현대인이 책을 읽지 않는 이유는 책을 우연히 만나본 경험이 없기 때문이죠. 강요된 책 읽기는 반드시 독이 됩니다. 책을 운명처럼 자신의 삶 속에 들여오기 위해서는 자발성이 필요해요. "우리 인생의 진정한 감독은 우연이다"라는 영화 《리스본행 야간열차》의 대사처럼 말입니다. 우연히 만난 책이 어떤 고민에 대한 생각을 정리하는 데 도움이 되어 주고, 힘든 마음에 위로가 되어 줍니다. 책을 억지로 읽지 말고, 우연히 읽어야 진정한 인간관계의 맥을 짚을 수 있습니다. 그리고 시장을 남다르게 읽을 수 있는 혜안이 생깁니다.

Q. 교수님도 책을 우연히 만나는 그런 경험을 하셨나요?

_____ 젊을 때 우연히 만난 책이 가슴을 뛰게 만들었습니다. 공고를 졸업한 스무 살 때쯤, 발전소에서 근무하던 어느 날 한 권의 책을 발견했어요. 바로 고시 수기집이었습니다. 공고생이 사법고시에 합격한 체험기가 담긴 책을 읽은 후, 그 길로 고시 공부를 시작했어요. 그런데 생각했던 것보다 신나는 공부는 아니었어요. 고시 공부하던 책을 모두 불사르고 한양대 교육공학과에 입학했습니다. 그리고 미국으로 유학을 다녀온 후 모교에서 교수로 일하면서 가슴 뛰는 공부를 하고 있습니다.

Q. 탐독가의 책 고르는 방법이 궁금합니다.

_____ 책을 만나기 위해서는 '서점'이라는 공간에 자주 가야 해요. 책을 만지지 않고 인터넷으로만 구매하면 결코 좋은 책을 만나기 어렵습니다. 직접 가

서 눈으로 매력 있는 책을 하나하나 살펴봐야 해요. 이는 뇌과학에서도 증명되고 있습니다. 책을 읽을 때 생기는 자극은 후두엽으로 전해진 다음 전두엽에도 전달됩니다. 이에 비해 스마트폰, 게임, TV 드라마의 자극은 전두엽까지 전해지지 않아요.

짬이 날 때마다 책을 읽어야 책 읽는 습관이 생깁니다. 시간이 없어서 못 읽는다는 건 핑계죠. 책을 읽지 않는 사람은 질문이 없어진 상태예요. 호기심이 사라졌다면, 이미 삶이 소멸되고 있는 것입니다. 마음만 먹고 행동하지 않으면 세상의 변화가 시작되지 않아요. 행동하지 않고 생각만 하면 두통이 생깁니다.

진짜 책을 읽으려면 몸으로 읽는 체독體讀을 해야 합니다. 다소 거부감이 들 수 있지만, 저는 사람들에게 자신을 불편하게 만드는 문장에 밑줄을 그으라고 이야기해요. '내가 옳다'는 사실만 거듭 확인하면, 생각을 키울 양식을 마련할 수 없습니다. 책을 읽고 낙서하다 보면 책이 자신을 관통하는 순간을 만나게 됩니다. "성경이 아니라 삶에 밑줄을 그어야 한다"는 기형도 시인의 말처럼 오늘의 삶에도 밑줄을 그어 보는 연습이 필요해요. 단지 책에 나온 좋은 문장을 어떻게 써먹을까 생각하는 데 그치지 말고, 텍스트만이 아닌 콘텍스트를 읽어야 합니다. 책을 자주 만나야 책에 대한 근육이 생겨요. '내 생각'을 잉태하게 만드는 것이 좋은 독서입니다. 세상에 나쁜 책은 없어요. 단지 그것을 바라보는 사람이 나쁠 뿐이죠.

인터뷰가 끝날 때쯤 유영만 교수의 얼굴을 바라보니 측은지심이라는 단어가 떠올랐다. 어려움에 처한 사람을 애처롭게 여기는 마음이 결국 오늘의 유영만 교수를 만든 것이다. 유영만 교수의 탐독을 응원한다. 오랜 세월 만난 사람이라 해도, 나 자신이 아닌 이상 그 사람을 다 안다고 할 수 없다. 당신은 인생의 책을 우연히 만났는가? 우선 핑계 대지 말고, 책을 잡으면 탐독하라. 목적성을 내려놓고 우연히 책을 만나야 공부가 깊어진다. 책을 읽지 않으면 섬광 같은 문장을 만날 수 없는 것이다. '독서의 발견'은 결국 자신의 얼굴을 거울에 비추는 행위이다. 당신은 지금 인생의 책에서 어디에 밑줄을 긋고 있는가?

해독解讀,
풀이하여 읽는다

"책 읽기는 기호 해독 행위이고,
이때 뇌는 화들짝 깨어나 반응한다." — 앨런 제이콥스

풀이하여 읽을 때 인생이 풀리기 시작한다

머릿속으로 따지며 읽다 보면 자연스럽게 해독解讀이 된다. 해독이란 책을 읽어서 깨우치는 것이다. 독해력讀解力은 단어와 문장에 담긴 뜻을 이해하는 능력이며, 문해력文解力은 하나의 문맥을 이해하는 능력이다.

문해력은 독해력보다 큰 개념으로 쓰인다. 유네스코는 문해력literacy을 2가지로 구분하고 있다. 글을 읽고 쓰는 기초적인 능력을 말하는 '최소 문해력'과 사회적 맥락 안에서 글을 읽고 쓸 수 있는 능력인 '기능적 문해력'이다. 독해력이 높아지면 글자와 문장을 읽을 수 있지만, 문해력이 낮아지면 글의 문맥이나 맥락을 이해하지 못하는 '실질적 문맹'에 해당한다. 그래서 책을 읽을 때도 단순히 문장만 읽지 말고 행간의 의미를 읽어야 한다.

OECD가 2013년 처음 실행한 성인 문해력 평가 결과를 보면 산문 문해, 문서 문해, 수량 문해 등을 평가하는데, 산문 문해 영역에서 한국은 OECD 평균인 273점11위에 그쳤다. 대한민국 성인 나이를 세분해 '16~24세'로 범위를 한정할 경우 문해력 평균점은 이 세대 OECD 평균보다 20점 상승하는 데 비해다시 '55세 이상'으로 기준을 잡으면 평균점이 20점가량 낮게 나타난다. 결국학생 시절을 벗어나 사회인이 되면 문해력이 낮아진다고 볼 수 있다. 문해력 저하의 해결책은 꾸준한 독서뿐이다.

문해력 측정 영역

구분	내용
산문 문해 prose literacy	신문의 논설이나 기사, 시, 소설을 포함하는 텍스트 정보를 이해하고 사용하는 데 필요한 지식과 기술
문서 문해 document literacy	문서 문해는 급여 양식, 대중교통 시간표, 지도, 표, 그래프 등 다양한 형태의 문서에 포함된 정보를 찾고 사용하는 데 필요한 지식과 기술
수량 문해 quantitative literacy	금전 출납, 주문양식 완성, 대출이자 계산 등 인쇄된 자료에 포함된 숫자를 계산하거나 수학 공식을 적용하는 데 필요한 지식과 기술

"독서는 머리로 하는 것이 아니라 지금까지 축적된 독서량으로 하는 것이다." 《독서력》의 저자 사이토 다카시 교수의 말이다. 자신이 호기심을 느끼는 분야의 책을 자주 읽으면서 점차 새로운 지식을 수용하는 것이 좋다. 처음부터 너무 욕심을 부리지 말자. 여러 권을 읽는 것도 좋지만, 단 한 권을 읽더라도 해독에 초점을 맞추고 자기 생각이 담긴 독후감이나 서평 등으로 정리하는 것이 바람직하다.

읽기 능력이 좋아지면 듣기, 쓰기, 말하기 등 다른 영역의 능력도 자연스럽게 발달하기 마련이다. 텍스트를 읽고 핵심을 요약하는 훈련은 글쓰기 능력을 길러준다. 결국 독해력, 문해력, 독서력은 별개가 아니다. 독서력이 강화될수록 독해력, 문해력, 어휘력이 강화된다.

당신이 쓰는 언어가 바로 당신의 수준이다

독서의 가장 잘 알려진 장점은 바로 어휘력 향상이다. 비트겐슈타인은 "내 언어의 한계는 내 세계의 한계이다"라고 했다. 언어란 세계를 단지 그대로 그려내는 것이 아니라, 개별적인 사용 맥락 안에서만 의미를 갖는 일종의 그림이라는 것이다. 언어를 통해 표현할 수 없는 세계는 누구에게도 보여줄 수 없는 세계이다. 책을 읽다 보면 모르는 단어를 만나게 되고, 이를 극복하면서 자연히 어휘력이 향상된다. 어휘력이 좋아진다는 것은 무슨 뜻인가? 항상 쓰는 표현에서 더욱 다채로운 표현으로, 늘 하던 이야기에서 새로운 이야기로 당신의 세상이 넓어지는 것이다. 독습은 당신이 쓰는 언어를 다르게 만들어줄 것이다.

독서를 할 때는 해당 분야의 용어 사전 또는 개념어 사전을 가까이 두고 참고한다. 어원 활용 영한사전, 한자 정해 사전, 이어령 선생이 편저한 세계문장대백과사전 등 다양한 사전을 구비하는 것도 좋다. 네이버나 구글을 검색해도 안 나오는 정보가 사전에는 있다. 예를 들어 '읽다'를 의미하는 영어단어 read의 어원 raden은 '조언하다', '해석하다'의 뜻을 가지고 있다. 독讀은 '말言이 오래 계속됨을 나타낸 것으로 책을 읽음'을 뜻하는 글자이다. 해解는 '손으로 소牛의 뿔角을 뽑아내다'는 뜻이다. 그리하여 쪼개다, 깨우치다, 풀리다 등의 뜻을 갖게 되었다. 이를 종합하자면, 해독解讀이란 '뽑아내어 읽는 것'이다.

한편, 책을 읽다 보면 각 분야 고유의 전문용어를 만나게 된다. 그때 특별한 사전이 있다면 새롭게 자신만의 재정의redefinition를 할 수 있다. 사전을 통해서 정확한 정의를 파악하고, 이를 이해하지 못하면 심화학습이 어려워진다.

책을 읽을 때면 새롭게 알게 된 용어를 정리해서 자신만의 재정의 사전을 만들어라. 볼테르가 프랑스 계몽기에 백과사전을 만들었듯, 용어를 해독하는 것은 지식을 공유하는 방법이자 후세를 위한 전승 도구를 만드는 것이다. 세상은 급격하게 변하고 있다. 말은 사용하는 사람들과 상황에 따라 빠르게 변화한다. 사전적 정의가 아니라 나만의 조작적 정의operational definition를 내려야 한다. 책에서 읽은 정보를 가공하여 당신에게 필요한 지적 자산으로 만드는 방법을 익혀라. 스크랩만 하지 말고, 더 가치가 있는 일은 무언가를 만드는 것이다. 지적 자산은 쌓일수록 힘을 발휘할 것이다. 언어는 텍스트, 텍스트를 읽고 있는 자신의 내면, 타인, 그리고 세상과의 관계이다. 책을 읽는다는 것은 자신만의 사전을 채워가는 것이다.

읽기는 오직 읽으면서 배울 수 있다

읽기는 자신이 이해할 수 있는 언어, 즉 자신의 수준과 관심에 부합하는 책을 읽으면서 배우는 것이 가장 좋다. 《크라센의 읽기 혁명》을 쓴 캘리포니아대 스티브 크라센 교수는 '자발적 읽기'를 권유한다. 좋아하는 책을 마음대로 골라 읽으며, 즐거운 마음으로 하는 독서가 효과적이라는 것이다. 인풋input만큼 아웃풋output이 나온다. 특히 책 읽기는 좋은 독자, 훌륭한 문장력, 풍부한 어휘력, 고급 문법 능력, 철자를 정확하게 쓰는 능력을 갖추기 위한 유일한 방법이다. 독해력이 부족하면 책을 다 읽고도 책의 중심 내용이나 핵심 주제를 제대로 찾아내지 못한다. 우선 가벼운 책을 선택하자. 아이들이 책을 가까이하게 하려면 가벼운 읽을거리를 만드는 것이 가장 좋다. 편하게 볼 수 있는 읽을거리가 아이들과 책이 가까워지는 데 한몫을 단단히 할 것이다.

책 읽기를 코칭하다 보면 질문과 전혀 다른 답변을 하는 학습자를 가끔 만난다. 이럴 때는 독해를 제대로 했는지 의심해야 한다. 자그마한 오독은 별로 문제 되지 않을 것 같지만 현실은 냉정하다. 독해는 여러 문장에 대한 이해를 바탕으로 글의 전체적인 맥락과 주제까지 파악해야 비로소 완성된다. 따라서 많은 책을 읽는 것보다 한 권의 책을 읽더라도 책의 주요 내용을 온전히 이해하는 것이 중요하다.

독해력을 키우는 독서법

책 읽기를 할 때는 의미 관계를 따져 봐야 한다. 미국의 인지심리학자 존 로버트 앤더슨은 인간의 기억 속에 저장된 정보는 문장이 계속적으로 이어지는 것처럼 왼쪽으로 오른쪽으로, 선형적인 형태로 조직되는 것이 아니라고 말한다. 대신 모든 정보는 서로 잘 연결된 그물망 형태Network로 되어 있다는 것이다. 글의 내용을 선형Linear과 비선형Nonlinear의 입체적 표상으로 시각화하는 것도 한 방법이다. 예를 들어서 "비행기는 자동차보다 크다"는 문장을 읽을 때 독자의 머릿속에는 '비행기>자동차'가 시각화된다. 만일 '비행기<자동차', '비행기=자동차'라고 이해했다면 잘못된 해석이다. 책을 볼 때는 의미망을 생각하면서 읽어 보자.

단선적 사고로 접근하는 사람들은 큰 줄거리만 기억할 뿐 독해력이 낮다. 세부 내용에 대해서는 유심히 보지 않는다. 마치 요약 정리된 내용을 암기하는 형태로 책을 읽는다. 대부분 독자는 책을 읽고 어느 정도 주제를 짐작할 수 있다. 하지만 아무런 힌트도 주지 않고 몇 단계로 줄거리를 쓰거나 문단을 요약하라고 하면 엉뚱하게 쓰는 사람이 꽤 많다. 이들은 책을 '읽는' 것이 아니라 책을 '본다'고 해야 맞다. 마치 드라마를 보듯 중간에 한두 편만 훑고서 앞뒤 내용을 대강 짐작한다. 생각이 단순한 독자들은 자신이 이해하기 힘든 내용은 더 파고들지 않는다. 대체로 배경지식이 많은 사람일수록 선입견이 심하다. 책을 다 읽어 보지 않고 미리 판단한다. 이들은 시험 문제를 풀 때도 반전이 포함된 제시문을 제대로 독해하지 못하고 어이없는 실수를 종종 한다.

아이들이 독해력이 부족한 시기에는 책을 읽기 전, 앞으로 읽을 책이 어떤 내용에 관한 것인지 혹은 어떤 부분에 초점을 맞춰 읽어야 하는지를 알려줌으로써 이해를 도울 수 있다. 예를 들어 비행기에 관한 책을 읽는다면 "이 책은 비행기가 어떻게 날게 되는지 원리를 설명해 주는 책이네", "이 책을 읽고 미래에는 비행기가 어떻게 달라질지 생각해 볼까?"와 같이 말함으로써 책 읽기 주제를 정해 주는 것이다. 이렇게 하면 그 주제를 염두에 두고 읽게 된다. 아무런 도움 없이 책을 읽을 때보다 내용을 이해하기가 훨씬 쉽다.

혼자서 책을 읽을 때는 주제를 정해서 읽은 뒤에 같은 주제를 다룬 다른 책을 읽어 보는 것이 좋다. 주제에 집중하여 읽다 보면 스스로 책 읽기에 재미를 붙일 수 있다.

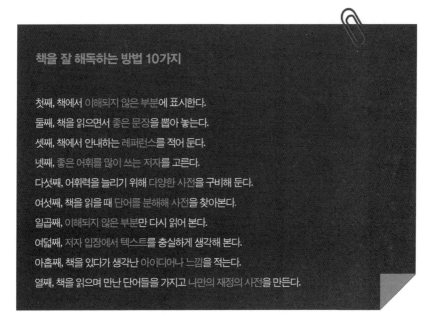

책을 잘 해독하는 방법 10가지

첫째, 책에서 이해되지 않은 부분에 표시한다.
둘째, 책을 읽으면서 좋은 문장을 뽑아 놓는다.
셋째, 책에서 안내하는 레퍼런스를 적어 둔다.
넷째, 좋은 어휘를 많이 쓰는 저자를 고른다.
다섯째, 어휘력을 늘리기 위해 다양한 사전을 구비해 둔다.
여섯째, 책을 읽을 때 단어를 분해해 사전을 찾아본다.
일곱째, 이해되지 않은 부분만 다시 읽어 본다.
여덟째, 저자 입장에서 텍스트를 충실하게 생각해 본다.
아홉째, 책을 있다가 생각난 아이디어나 느낌을 적는다.
열째, 책을 읽으며 만난 단어들을 가지고 나만의 재정의 사전을 만든다.

3년마다 주제를 바꾸어가며 공부하라

책에 대한 질문을 바꿀 필요가 있다. "당신은 책을 몇 권 읽었는가?"보다 "당신은 그 내용에서 무엇을 얻었는가?"가 중요하다. 이를 위해서는 우선 읽을 것을 정리해야 한다.

세계적인 경영학자 피터 드러커는 20대에 견습생 생활이 끝나갈 무렵 신문기자와 같은 비정규직 일자리를 찾을 수 있었다. 이는 그의 독서량 덕분이었을 것이다. 드러커는 견습생 생활을 마치고 신문기자 생활을 계속하면서 프랑크푸르트대학교 박사 과정에 입학했다. 이때부터 이른바 '피터 드러커 독서법'을 갖게 되었다. 특정 주제를 정해서 3년씩 공부하기 시작한 것이다. 그가 공부한 주제는 통계학, 중세 역사, 일본 미술, 경제학 등 다양했다. 이렇게 3년마다 새로운 연구 주제를 바꾸며 공부를 계속했다. "이 학습법은 나에게 상당한 지식을 쌓을 수 있도록 해주었을 뿐만 아니라, 나로 하여금 새로운 주제와 새로운 시각, 그리고 새로운 방법에 대해 개방적인 자세를 취할 수 있도록 해주었다."

이 독서법으로 그는 무려 39권의 책을 썼다. 그의 저술 목록에는 전문 분야인 경영학과 자기계발을 필두로 법학, 정치학, 경제학, 사회학 등 다양한 분야의 책은 물론이고, 수필과 소설 그리고 자서전도 포함되어 있다. 피터 드러커는 "일정 주기마다 자신이 달성한 성과를 점검하고 강점을 발견해 무엇을 배울 것인가를 찾는 피드백 분석을 하라"라고 말한다. 그는 자신의 삶을 통해 평생 학습하는 지식 노동자knowledge worker의 본보기를 보였다.

지식의 수명이 짧아지고 지식의 경계가 무너지는 상황에서는 더욱더 책을 손에 잡고 읽어야 한다. 3년 동안 집중해서 어떤 분야를 파악하겠다는 결심을 세우자. 이를 위해 관련된 자료와 독서 목록을 수집하자. 읽고 싶은 책을 고르고, 그중 단 한 권을 골라 집중적 읽기에 들어간다. 지식만이 아니라 진짜 실전을 경험하면서 철저한 정보 수집을 통해 산업을 이해하고 변화의 가능성을 꿰뚫어 보자.

이러한 책 읽기는 혼자 하는 것보다 여럿이 함께하는 것이 좋다. 텍스트를 오독하거나 핵심을 잘못 파악할 경우, 여럿이 함께 고민하면 쉽게 풀릴 수도 있다. 독습할 때 주의해야 할 것은 질문과 대답 과정이 없기 때문에 독선적인 해석을 통해 잘못된 지식을 습득할 위험성이 높다는 것이다. 이를 인지해야 한다. 직접 전문가를 찾아가 탐문하는 것도 좋다.

책을 읽지 않고 독해력을 키울 방법은 없다. 독서에서 시작된 여정은 경청하기, 말하기, 글쓰기로 끝난다. 문해력은 독서뿐만 아니라 모든 지적 활동의 근간이 된다. 책을 통해 어떤 지식을 접했다면, 나아가 제대로 이해하기 위해 노력해야 한다. 눈으로 텍스트를 읽고도 이해하지 못하는 사람을 도와주다 보면 자신의 이해를 높이는 데 도움이 된다. 교학상장敎學相長이 먼 이야기가 아니다. 가르치는 사람과 배우는 사람이 서로 성장하는 것이다.

독서할 때는 눈으로 보고 입으로 읽고 마음으로 해독하여야 한다.

●주자

독한 습관이 해독 작용을 한다

김성회 CEO리더십연구소장

글 읽기를 두려워하는 사람이 늘고 있다. 대한민국은 문맹률이 제로에 가까운 나라라고 하지만, 실질적인 문해력은 낮아지고 있다. 같은 책을 읽더라도 어떻게 풀이하느냐에 따라 책의 의미가 달라지는 법인데, 읽어도 의미를 해석하지 못하는 사람이 많아졌다.

　융합의 시대에 고전문학과 경영학을 함께 익힌 김성회 CEO 리더십 연구소 소장을 만났다. 김 소장은 경영학 박사이자 언론인 출신으로, 연세대학교에서 동양고전을 배웠고, 1천 명이 넘는 CEO들과의 깊이 있는 인터뷰를 진행했다. 덕분에 현장의 생생한 사례가 가득한 리더십 강의로 유명하다. 이처럼 풍부한 경험을 강연뿐 아니라 30만 권 이상 판매된 베스트셀러 《CEO의 습관》, 《리더의 언어병법》, 《용인술》, 《강한 리더》, 《리더를 위한 한자 인문학》, 《사장의 고독력》 등 저서로 풀어냈다. 김 소장이 마지막에 꺼낸 이야기는 '자원字源을 많이 아는 사람이 이야기꾼이 된다는 것'이었다. 김성회 소장의 해 독을 따라가 보자.

김성회 소장

Q. 책을 어떻게 고르는지요?

_____ 책을 고를 때는 참고문헌이 성실한 책을 선택해요. 참고문헌이 없는 책은 성실하지 않은 책입니다. 한편, 참고문헌은 감자줄기처럼 독자를 또 다른 책으로 안내해요. 믿을 만한 사람이 소개해 주는 책이야말로 가장 검증된 책이라 할 수 있는데, 그런 면에서 인상 깊게 읽은 책의 참고문헌도 주의 깊게 봅니다.

Q. 많은 책을 읽고 또 쓰셨는데 이처럼 책과 가까운 삶을 살게 된 계기가 있었나요?

_____ 독서는 지식을 쌓는 것뿐만 아니라 인격수양의 좋은 방법입니다. 어릴 때 책 읽기와 걷기, 이 두 가지는 큰 재주가 없어도 가능했어요. 여기에는 이기고 지는 것이 없어서 좋았습니다. 게다가 책 읽기는 장소와 시간을 따지지 않고 할 수 있었어요. 어릴 때 책 읽기를 워낙 좋아해서 《소공녀》, 《방랑의 고아 라스무스》 등 계몽사에서 나온 50권짜리 전집을 읽고 또 읽었어요. 초등학교 6학년 때는 《바람과 함께 사라지다》 등을 읽었죠. 누워서 책을 읽다 보면 팔이 저려서 스크린을 띄우고 버튼만 누르면 책장이 넘어가는 기계를 발명했으면 좋겠다고 생각했지요. 중학교 때 아는 언니가 '영어를 알면 똑똑하다는 말을 듣고, 한자를 알면 유식하다는 소리를 듣는다'고 했어요. 저는 똑똑하다는 것보다 유식하다는 말이 좋아서 한자를 더 공부했죠. 그러다 보니 연세대에 가서 고전문학을 전공하게 되었습니다.

Q. 책을 읽을 때 어떻게 어휘를 풀이하는 것이 좋을까요?

_____ 독서를 할 때는 개념 파악을 위해 자원字源을 알아보는 것이 중요해요. 한자를 해석할 때 흔히 '파자破字'한다고 하는데, 이것과 자원은 다릅니다. 파자는 글자를 현재 시점에서 분해한다면, 자원은 글자가 생긴 원리를 말해요. 예를 들어 화목할 화和를 파자하면 '벼 화禾'와 '입 구口'라 하여 현재 시점에서 분해합니다. 즉, '벼 곡식의 입'이라고 할 수 있어요. 반면 화목할 화의 자원은 '피리 약龠'과 '입 구口'가 합쳐진 데서 유래했습니다. '하모니를 이뤄 악기 연주를 하는 모습'이죠. 자원을 알면 다른 차원의 이해가 가능해집니다.

Q. 자원과 어원은 어떻게 다른지요?

_____ 자원과 어원語源도 완전히 달라요. 자원이 '글자의 근원적인 형태'라면, 어원은 '단어의 근원적인 형태'라고 볼 수 있습니다. 자원에는 글자가 만들어진 유래가 포함되어 있어요. 예를 들면 말씀 담談의 자원은 '말이라는 것은 따듯해야 한다'는 것으로, 모닥불 피워 놓고 이야기하는 모습에서 유래했습니다. 반면 만담漫談의 어원은 재치 있는 말솜씨로 언어유희를 구사하거나 세상을 풍자하는 등 청중을 웃기고 즐겁게 하는 것을 뜻해요. 스토리텔링을 할 때 상형문자를 이해하면 그림으로 사고하는 데 도움이 돼요.

Q. 어떻게 해야 책을 읽으며 그것을 소화할 수 있을까요?

_____ 가장 좋은 독서법은 자신의 소화력에 맞게 읽는 것입니다. 흔히 하는

말로 '적자생존적은 사람이 생존한다의 준말 원칙'이 중요해요. 블로그에 작성해 놓아 두고 '자기만 보기'로 해두어도 좋아요. 무조건 주워서 쓰는 것이 아니라 자신에게 느낌이 닿는 것을 씁니다. 그냥 읽기만 하면 별로 남는 게 없어요. 이것을 어떻게 활용할 것인지를 생각하면서 읽으면 좋아요. 저는 그때그때 생각나는 대로 포스트잇에 적어 둡니다. 정리할 때도 찾기 쉽도록 해두는 게 팁입니다.

운동을 할 때 그냥 하는 것보다 몇 킬로그램 감량, 이런 식으로 목표를 세우잖아요. 책을 읽고 정리할 때도 '이 글을 어떻게 쓸 수 있을까?'라는 연결 포인트를 생각하면 활용성이 높아져요. 저는 책에 낙서를 많이 합니다. 한 날은 딸에게 중고서적으로 팔고 남으면 가지라고 했더니 딸이 하는 말이 "엄마 책은 판매하기 힘들어요"라고 하더군요. 그 정도로 많이 쓰면서 읽는데, 책에 낙서를 많이 했다면 그만큼 소화가 잘된 책이라는 방증입니다.

Q. 책 읽기의 의미는 무엇이라고 생각하나요?

_____ 흔히 독서에 대해서 효용론效用論을 따지는 경우가 많아요. 독서 효용론은 '텍스트와 독자와의 관계를 중시하는 외재적 관점'입니다. 저는 독서의 효용론보다 독서의 쾌락론을 중요시해요. 책은 혼자 놀기에 가장 좋은 도구예요. 언제든지 손에 잡을 수 있습니다. 종이책과 전자책이 공존하며 책 읽기 환경은 더욱더 좋아졌어요. 책은 절대 배신하지 않습니다. 고른 책이 좋지 않더라도 비싸 봤자 만 얼마짜리 손해에 불과하죠. 리스크가 크지 않은 반면에 효용도는 매우 높습니다. 한마디로 책 읽기는 로우 리스크 하이 리턴Low risk, High return 입니다.

독서는 정서적으로는 마음을 달래주고 이성적으로 학습하게 해요. 저는 '학습형 인간'이에요. 저에게 '책은 즐거움의 원천이자 생산의 재료'입니다. 책 읽기는 끊임없이 간접적 체험을 선사해 주는 제 인생의 동반자죠.

Q. 책을 읽을 때 어떻게 해석하며 읽는지요?

_____ 첫째, 어떤 주제가 결정되면 그때부터 책들을 꿰뚫어 읽습니다. '분홍색 안경'을 끼면 온 세상이 분홍색으로 보이게 되어요. 예를 들어, '용인술'이라는 주제를 설정하고 그 관점으로 보면 성경이나 소설 등에서 보이지 않았던 것이 보입니다. 하나의 키워드로 보면 하나의 카테고리가 형성되죠. 자연스럽게 관심을 가지다 보면 새롭게 발견된 지점들이 융합되면서 새로운 것을 만들어 냅니다. 관심을 두고 보면 그 내용 밑으로 줄을 긋게 되죠. 그리고 그 부분에 관해 나의 관점에서 해석해 봅니다. 저는 서로 다른 이종분야들을 새롭게 연결해 보길 좋아합니다. 가지를 가지고 요리한다 치면, 중국식이냐 한국식이냐 아니면 양식이냐에 따라서 튀겨야겠다, 쩌야겠다, 볶아야겠다 등 다르게 접근하게 돼요. 책도 어떤 관점을 가지느냐에 따라 다르게 보입니다. 머리를 식힐 때 읽던 소설책에서 뜻밖에도 연구하는 분야와 관련된 지점을 찾을 수도 있습니다. 이때 자신만의 눈을 갖는 것이 중요해요.

둘째, 해독한 내용을 내 나름의 문장으로 적으면서 읽습니다. 가령 춘추전국시대와 관련하여 역사가들이 하는 정통성 있는 해설은 사골국처럼 깊은 맛을 냅니다. 이를 가볍게 이해하고 싶어 하는 사람들에게는 어떻게 설명하는 게 좋을까요? 그런 면에서 현대 조직에 빗대어 풀어내는 수프 같은 해설을 시도해 보는 거죠. 이렇게 나만의 풀이를 문장으로 적어 놓고, 나중에 활용할 수 있도록 그중 키워드를 뽑아 해시태크#로 걸어둡니다. 이렇게 눈높이를 달리해 가며 읽는 과정은 책 쓰기와도 연결되어요.

셋째, 어떤 저자가 어떤 생각을 해왔는지 정리해 가며 읽어야 해독이 됩니다. 예를 들어 '화'라는 주제에 관하여 책을 읽는다면 세네카는 화를 어떻게 이야기했고, 공자는 화를 어떻게 이야기했고, 《감성의 리더십》에서 다니엘 골먼은 화를 어떻게 이야기했는지를 알아야 합니다. 이건 책을 쓸 때도 마찬가지인데, 내가 쓰기 전에 남들이 어떻게 썼는지 알아야 합니다. 기존 다른 사람의 생각을 쭉 정리해 봐야 해요. 물론 그 사람들이 다 옳은 것만은 아닙니다. 그들이 어떤 같은 생각을 하고 다른 생각을 하는지 알면 '화'라는 주제에 관한 그들의 저술을 통합적인 맥락에서 해독할 수 있게 되고, 나아가 나 자신의 논지를 펼칠 수 있습니다. 그러니 꾸준히 독서하며 쓰는 것이 중요해요.

Q. 여러 권의 책을 쓰며, 자신만의 노하우가 있다면?

_____ 그동안 독자에게 사랑받을 수 있었던 이유를 나름대로 짚어보자면 무엇보다도 독자 입장에서 신뢰를 주기 때문입니다. 논어에 이런 말이 나옵니다. "군자는 신뢰를 얻은 뒤에 백성을 수고롭게 한다. 신뢰를 얻지 못하고 부리면 자신들을 괴롭힌다고 여긴다君子는 信而後에 勞其民이니 未信則以爲厲己也니라." 글을 쓸 때도 마찬가지입니다. 내가 아무리 좋은 논지를 갖고 있더라도 독자들로부터 신뢰를 얻지 못하면 소용이 없습니다. 예를 들어, '상사에게 잘하고 사원에게 잘해야 한다'라고 쓴다면 '먼저 상사의 치하에서 힘들지'라는 공감을 먼저

주고, 이어서 논지를 작성하는 것이 좋아요.

Q. 해독에 도전하는 독자들에게 추천하는 책이 있나요?

_____ 오래 살아남은 것들에는 다 이유가 있어요. 고전은 씹어도 씹어도 다른 맛을 줍니다. 저는 논어와 한비자를 추천해요. 고전만 한 해독제는 없습니다. 책을 읽는 것은 솔루션을 얻는 것과 같아요. 솔루션이 있더라도 에너지가 부족할 때가 있는데, 고전은 에너지를 줍니다. 똑같은 책을 읽어도 나이와 상황마다 다르죠. 그러나 고전이라고 해서 다 같은 책은 아닙니다. 전통문화연구회에서 발간한 《논어집주論語集注》 같은 책이 아무리 좋다고 해도 전문가가 아니면 읽기 어려울 수 있어요. 먼저 큰 서점에서 가서 직접 자신의 난이도에 따라서 선택하는 것을 추천해요. 휴머니스트에서 발간한 《논어 : 인생을 위한 고전》 같은 책은 양장본으로 읽기 편하게 편집되어 있어요. 번역본은 자신에게 맞는 것을 찾는 것이 중요해요. 책을 풀이하여 읽을 때 인생 또한 풀리기 시작합니다.

김성회 소장의 해독을 응원한다. 그는 책을 통해서 해결안을 찾으려면 어떻게 해야 하는지, 그 방법을 연구하는 해독 작업을 하고 있다. 책을 잡으면 끝까지 읽어라. 그리고 자기 식으로 해석해 보는 연습을 하라. 책을 읽고 풀이하지 않으면 소용없다. 당신은 지금 인생의 책에서 무엇을 어떻게 해독하고 있는가?

책은 독자에 따라 의식의 상태가 변화하는 풍경화이다. ● 어니스트 딤네

적독積讀,
쌓아 두며 읽는다

"내 이 세상 도처에 쉴 곳을 찾아보았으되,
마침내 찾아낸, 책이 있는 구석방보다 나은 곳은 없더라."
— 움베르트 에코

진정한 애서가들을 위한 독서법

예부터 진정 책을 좋아하는 사람은 '칠서七書'를 했다고 한다. 먼저 책을 읽는 독서讀書는 기본이다. 그다음은 읽고 싶은 책을 사서 읽는 매서買書다. 돈이 없거나 살 수 없으면 빌려서라도 읽는 것은 차서借書다. 살 수도 빌릴 수도 없으면 그 사람을 찾아가 기어이 보는 것은 방서訪書다. 보고 싶어서 베껴 오는 것은 초서抄書다. 원하는 책을 간직하는 것은 장서藏書다. 마지막으로 독서력을 바탕으로 책을 저술하는 저서著書의 단계로 간다.

호서好書가 먼저 되지 않으면 독서는 이루어지지 않는다. 책을 좋아하고, 책을 읽고, 책을 구입하고, 책을 빌려 읽고, 책을 찾아다니고, 책을 간직하고, 책을 저술하는 것이다. 이를 '팔서七書'라 한다.

> 호서好書 ▶ 독서讀書 ▶ 매서買書 ▶ 차서借書 ▶ 방서訪書 ▶ 장서藏書
> ▶ 초서抄書 ▶ 저서著書

책 좋아하는 사람이 걷는 길은 예나 지금이나 비슷하다. 책을 잘 읽는 사람이 글쓰기도 잘한다. 독서광으로 유명한 시인이면서 소설가인 장정일 교수의 표현에 따르면 이 세상의 책들은 '빌린 책', '산 책', '버린 책' 등으로 나뉜다. 평소 많은 책을 도서관에서 빌려 읽는다는 장정일 교수. 그는 빌린 책 중 소장하고 싶은 것을 골라내곤 한다. 그에게 빌려 읽기는 구매를 위한 검증 작업인 셈이다. 절차를 거치지 않은 책은 버리기도 하는데, 공중전화 박스 위에 올려두고 온다고 한다. 세계적 학자 움베르토 에코는 생전에 5만여 권의 장서를 서재에 보유했다. 그조차 "이 많은 책을 다 읽었느냐"고 묻는 손님들에게 "아직 읽지 않은 책이 더 많다"고 답했다.

적독積讀이란 책을 쌓아 놓고 읽는 것을 말한다. 적독은 아무나 할 수 있는 것은 아니다. 독서 대가들이 어느 경지에 이르면 쌓기 시작하는 수행법이다. 미국 문학가 제세 리 베네트는 매서를 강조하면서 이렇게 말했다. "무엇이거나 좋으니 책을 사라. 방에 쌓아 두면 독서의 분위기가 만들어진다. 겉치레 같지만 이 것부터가 중요하다." 소프트뱅크의 CEO 손정의는 지금까지 6천 여 권의 책을 읽었고, 테슬라의 CEO 일론 머스크는 1만 권이 넘는 책을 읽었다.

요즘은 이상하게 좋은 책이 절판되는 경우가 많아서 더욱 매서의 필요성을 느낀다. 예를 들면 마셜 맥루한의 《미디어의 이해》는 커뮤니케이션학의 바이블임에도 불구하고 절판된 지 10여 년이 넘어 구할 수 없었다. 다행히도 이 책은 커뮤니케이션북스 출판사가 번역자와 협의하여 용어와 표기를 현재에 맞게 고쳐 다시 출간했다. 그러나 이런 기회를 잡는 절판된 양서가 흔치는 않다. 중고 서적으로도 찾을 수 없는 경우가 대다수다. 국립중앙도서관, 국회도서관에 직접 가서 봐야 한다. 나는 헌책방 등에서 뜻밖에도 보물 같은 절판도서를 발견하면 우선 무조건 모서오곤 한다.

서재가 사람을 보여준다

공간은 그 안에 있는 사람을 지배한다. 모든 사람은 매 순간 공간 속에서 경험을 하고 있다. 책을 읽을 때 종이로 손가락을 넘기면서 읽는 것과 스마트폰으로 터치스크린을 스와이프하며 읽는 것은 분명 다르다. 마찬가지로 책상에 있는 책과 책장에 있는 책은 다르다. 쉽게 설명하자면, 책상의 책은 컴퓨터의 임시기억장치 RANDom Access Memory이고, 책장의 책은 주기억장치 ROMRead Only Memory이다. 내가 보고 듣고 읽고 쓰는 것이 결국 나를 만들어 낸다. 내 책상 위에 있는 책을 읽고, 책을 다 읽으면 책꽂이에 꽂아야 한다. 그렇다, 읽은 책은 결국 책장에 꽂힌다. 그렇게 한 권 한 권이 모여 서재는 그 사람의 지적 세계를 담은 공간이 된다. 독서 공간은 크게 인의예지의 4가지 유형으로 나눠 볼 수 있다.

사람을 중심으로 하는 인(仁)형 독서 공간

이곳의 책상과 책장은 사람People 위주이다. 책상 위에는 온갖 서류더미와 책들이 흩어져 있으며, 심지어 바닥까지 널브러져 있다. 이런 공간의 주인들은 서류를 그냥 눈에 보이는 곳에 두는 경향이 있다. 다른 사람들이 정리하라고 성화를 해야 한 마디 던진다. "왜들 그래, 내가 나름대로 정리한 것인데." 이들의 책장에는 이중으로 책이 꽂혀 있고, 책 위에는 작은 책들이 얹혀 있을 것이다. 게다가 이런저런 포스트잇 등이 여기저기 붙어 있다. 숨길 것이 없다는 듯 개방적이고 활발한 책장이다. 이들은 맺고 끊음이 약해서 잘 거절하지 못한다. 정서적인 노출이 잘 이루어지며 다른 사람을 통해서 인정받고 싶어 하는 경향을 있다. 인⊏형 독서 공간은 사람을 동정하는 마음, 측은지심을 드러낸다.

데이터를 중심으로 하는 의(義)형 독서 공간

이곳의 책상과 책장은 데이터Data를 기준으로 정리되어 있다. 책상 위는 쓸데없는 것이 전혀 없이 깔끔하다. 서류는 눈에 띄지 않게 잘 정리되어 있고 모든 것이 제자리에 놓여있다. 심지어 단순하다는 느낌이 들 정도다. 이런 공간의 주인들은 남들이 꾸미지 않았다고 하면 그때 한 마디를 던진다. "왜들 그래, 필통은 있잖아!" 책장의 책은 꼭 필요한 것이 아니면 중고서적에 판매한다. 차트, 그래프, 증명서 등 업무와 관련된 일체를 정돈해 두며, 어떤 결정을 내리기에 앞서 위험요소를 회피한다. 의사표현이 분명하지만 자그마한 실수도 싫어한다. 이들은 모든 물건을 손에 닿는 거리에 두고 필요할 때 언제든지 사용할 수 있도록 정리한다. 의義형 독서 공간은 옳지 못함을 부끄러워하고 착하지 못함을 미워하는 마음, 수오지심을 품고 있다.

조직화가 중심이 되는 예(禮)형 독서 공간

이곳의 책상과 책장은 조직화Organization 되어 있다. 책상 위에는 미결, 전결, 기결 등의 서류가 순서대로 잘 정리되어 있으며 책장과 벽엔 수수한 액자, 단체 사진, 평화로운 풍경의 사진과 달력이 붙어 있다. 이런 공간의 주인들은 남들이 치우라고 성화를 하면 그때에 한 마디를 던진다. "왜들 그래, 다 소중한 추억이 담긴 거라 안 돼!" 이들의 전시물은 대체로 이전의 행복했던 추억, 과거에 대한 향수, 회상을 자극하는 물건들이다. 자신보다 조직을 우선하는 조직헌신 역량이 있다. 책상 한편에는 봉사활동 인정서가 있을 것이다. 이들은 불확실성을 싫어하며 배우는 것을 좋아한다. 감정적인 노출이 일어나도 명확한 언어로 표현하지 않는다. 예禮형 독서공간은 겸허하게 양보하는 마음, 즉 사양지심을 품고 있다.

비전이 중심이 되는 지(智)형 독서 공간

이곳의 책상과 책장은 비전Vision에 기준하여 정리되어 있다. 책상 위에는 자신의 신분을 상징하는 상장, 트로피, 성과에 대한 증거물들이 늘어서 있다. 추진 중인 여러 계획들의 진척 상황을 보여주는 각종 계획표나 일정표들도 있을 것이다. 책상 주변에는 온통 '어떻게 할 것이다'류의 명언이 가득하다. 이런 공간의 주인들은 사람들이 상패를 치우라고 하면 그때 한 마디를 던진다. "왜들 그래, 창고에 더 많은데 몇 개만 갖다 놓은 거야!" 지智형 독서 공간은 옳고 그름을 가리는 마음, 시비지심을 드러낸다.

책장에 쌓인 책이 지적 능력을 높인다

적독을 하는 사람들이 좋아할 만한 과학적 연구가 나왔다. 책을 단지 집 안 가득 쌓아 놓는 것만으로도 자녀들의 지적 능력을 높일 수 있다는 것이다. 어린 시절 집에 책이 많이 있는 분위기에서 자란 성인들이 문해력, 수리력, 컴퓨터 활용능력이 뛰어난 것으로 나타났다.

호주국립대 사회학과, 미국 네바다대 응용통계학과와 국제통계센터 연구진은 31개국 성인 남녀 16만 명 대상으로 언어, 수학, 컴퓨터 조작능력을 조사했다. 조사에 참여한 요하나 시코라 호주국립대 사회학과 교수에 따르면 "정규 교육을 제대로 받지 못했더라도 책으로 둘러싸인 집에서 자란 10대 청소년들은 책이 별로 없는 환경에서 자란 대학 졸업생만큼이나 지적 수준이 높다는 것을 확인했다"고 한다. 반면 집에 책이 거의 없는 10대들의 경우에는 문해력과 수리력 면에서 평균 이하의 점수를 보였다. 연구진은 어린 시절 집에서 책을 접하면 꾸준한 독서 습관을 유지하는 데 도움이 되고, 이는 평생 인지 능력을 향상시키는 발판이 된다고 설명했다.

가정에 있는 장서의 규모는 80권 이상 350권 이하일 때 자녀의 교육 성취도가 가장 크게 향상되는 것으로 조사됐다. 다만 350권 이상의 장서는 교육적 효과가 미미하다고 한다. 결국 80~350권 정도의 책이 집에 있을 때 자녀의 교육

성취도가 높아진다고 가정할 수 있다.

대한민국 가정의 장서 규모는 4가구 중 3가구 정도77퍼센트가 65권 이하이다. 가정당 장서 규모는 31개 조사 대상국 중 25위였다. 500권 이상을 보유한 한국 가정의 비율은 3퍼센트에 불과했다. 날씨가 추운 노르웨이, 스웨덴, 에스토니아 사람들의 집에는 책이 많았다.

선진국에 가면 독서를 대하는 태도가 다르다. 공원 잔디밭 위에 펼쳐 놓은 담요에 드러누워 독서하는 사람들을 쉽게 볼 수 있다. 동네에서 벗어날 여유가 없으면 햇볕이 강한 테라스에 앉아 차나 맥주 한 잔을 마시며 편안히 책을 읽는 것으로 휴식을 대신한다. 태양이 나타나면 일광욕과 함께 책을 읽는 것은 흔한 리추얼ritual이다. 책은 물리적 속성을 갖고 있기 때문에, 책과의 정신적 관계를 어떻게 맺을 수 있는지 고민해야 한다. 그러한 지적 여정의 흔적이 바로 책장에 쌓인 책들이다.

손 닿는 곳에 항상 책을 둬라

책을 좋아하는 사람들은 곶감을 살살 빼먹듯 좋은 책을 쌓아 두고 아껴 읽는다. 그저 단순히 모아 두는 것이 아니라, 쌓아 둔 책을 하나하나 진정한 내 소유의 장서로 만들어 나간다. 다시 말해 책장을 넘기며 읽고 낙서하며 손때를 묻혀야 한다는 것이다. 물건에 내 것이라고 침을 바르듯, 책도 '이것은 내 콘텐츠'라고 찜해야 한다.

독서는 그 자체가 주체적인 행위로 여겨지기 쉽지만, 그저 소유하는 것과 읽어서 내 것으로 만드는 것은 완전히 다르다. 쇼펜하우어도 "책을 산다는 것은 좋은 일이다. 이를 동시에 읽을 수 있는 시간까지 살 수 있다면 말이다. 그러나 흔히 사람들이 다만 책을 산 것으로서 그 책의 내용을 알게 된 것으로 혼동한 다"라고 말했다. 그러니 책장에서 눈길을 끄는 책은 곧장 책상으로 옮겨 놓자. 내 주변 손 닿는 곳에 두자. 의식적이든 무의식적이든 어느 순간 책을 읽고 있는 나를 발견하게 될 것이다. 지식에도 유통기한이 있다. 일정한 시간이 지나면 쓸모없는 종이가 될 수도 있으므로, 먼저 읽어야 할 것을 구분하여 항상 손 닿는 데 두고 내 콘텐츠화 해 가는 습관이 필요하다.

적독을 잘하기 위해 기억해 둘 10가지

첫째, 책은 '빌린 책', '복사한 책', '산 책', '버린 책' 등으로 나눌 수 있다.
둘째, 적독은 빌려서 보는 것이 아니라 사는 것이 전제되어야 한다.
셋째, 나만의 공간에 책을 쌓아 두면 독서 분위기가 만들어진다.
넷째, 책상에 있는 책은 단기기억장치이고, 책장에 있는 책은 장기기억장치이다.
다섯째, 독서 공간은 크게 인의예지(仁義禮智) 유형으로 나눌 수 있다.
여섯째, 책을 읽다가 새로운 단어가 나오면 그 단어를 노트에 옮겨 놓는다.
일곱째, 듀이십진분류법보다 개인의 욕구에 맞는 자신만의 방법으로 체계 있게 분류한다.
여덟째, 지식도 유통기한이 있으므로 먼저 읽을 것을 구분해 항상 손 닿는 곳에 책을 두자.
아홉째, 책장에 꽂혀 있는 것 중 눈길을 끄는 책은 책상으로 옮겨 놓는다.
열째, 아이들은 부모의 책장을 보고 자란다.

아이에게 어떤 책장을 물려줄 것인가

아이들은 부모의 책장을 보고 자란다. 심리학자 카를 구스타프 융은 스위스에서 가난한 목사의 아들로 태어났다. 어린 시절에 그는 익살과 민담을 들려주던 가난한 농부들과 책들로 빼곡하게 들어찬 아버지의 서재를 오가며 자랐다. 집안 형편상 학문의 길을 가지는 못했지만, 그 대신 바젤 의과대학을 선택했다. 만일 아버지의 서재에 꽂혀 있던 책과 재미있는 이야기를 들려주던 농부들이 없었더라면 융은 집단무의식이란 개념을 발견하기 힘들었을 것이다.

《군주론》의 저자 마키아벨리는 피렌체에서 가난한 법률가의 아들로 태어났다. 어린 시절에 그는 아버지가 좋아하는 고전을 아버지의 서재에서 보면서 자랐다. 그의 아버지는 리비우스의 《로마사 논고》를 얻기 위해 아홉 달 동안 지명 색인 작업을 해 주고 임금 대신 책을 받을 정도로 독서광이었다. 마키아벨리는 세금 체납자의 아들이라는 불명예를 갖고 있었지만 피렌체의 고위직에까지 올랐다. 만일 그가 아버지의 서재에서 고전을 읽지 않았더라면 《군주론》이라는 책은 탄생할 수 없었을 것이다.

프랭클린 루스벨트 대통령은 어려서부터 소아마비를 앓아 다리를 절었고 시력도 좋지 않아 돋보기를 써야 했다. 그 또한 아버지 서재에 꽂힌 책을 보면서 자랐다. 3살 때 부모님은 그에게 그림책을 선물해 주었고, 11살 때 아버지는 소년 루즈벨트에게 "아들아, 너는 다리도 절고 시력도 나쁘고, 천식까지 앓고 있으니, 만일 그것이 너를 실패케 하려거든 그것을 극복하고, 하느님을 믿으며, 그의 도우심을 구하거라. 그리하면 너는 누구보다 더 크고 훌륭한 인물이 될 거야"라며 용기를 주었다. 또한 아들이 책을 많이 읽게끔 하고 싶어서 14살 때까지 학교에 보내지 않고 직접 가르쳤다. 만일 아버지의 서재에 꽂힌 책과 깊은 배려가 없었더라면, 미국에서 4번이나 대통령을 한 그 루즈벨트는 존재할 수 없었을 것이다.

영국 작가 화가 작곡자 헨리 피첨은 "책 욕심으로 책을 잔뜩 쌓아 놓고, 잘 구비된 서재를 가지고서도 머릿속은 아는 것 없이 텅 빈 사람들처럼 되지 말라. 많은 책을 가지고 싶어 하면서도 결코 그것을 이용하지 않는 것은 잠자는 동안 줄곧 자기 곁에 촛불을 켜 두길 원하는 어린아이와 같다"라고 말했다.

고수들의 서재에 가보면 그가 어떤 사람인지 알 수 있다. 그들은 책을 수집할 뿐만 아니라, 시간을 내서 책의 한 줄이라도 읽는다. 이토록 독서를 중요시하는 이유는 직접 경험할 수 없는 정보를 얻을 수 있기 때문이다. 또한 그들은 책을 읽는 모습을 보여주는 자녀교육법을 통해 2세들이 자연스럽게 독서와 친숙해지게끔 한다. 책은 단순한 물건이 아니라 의식의 파동을 일으키는 매개체다. 텍스트와 텍스트가 만나서 콘텍스트가 만들어지고, 나무와 나무가 만나서 숲을 이룬다. 단순한 사실에 불과한 사건이 연결되면서 개별적 것들이 모여서 의미를 부여하게 된다. 알리바바 창업자 마윈馬雲은 이렇게 말했다. "사람은 독서하지 않아도 성공할 수 있다. 하지만 성공한 사람이 독서하지 않는다면 반드시 망한다." 지금부터 당신이 읽어갈 책들이 훗날 자녀에게 물려줄 지적 유산이 될 것이다.

1퍼센트의 독서광들에게 배운다

워런 버핏, 빌 게이츠, 스티브 잡스, 마크 저커버그, 일론 머스크, 오프라 윈프리 등 세계적으로 성공한 사람들의 공통점은 무엇일까? 바로 자신만의 독서 습관, 독습을 가지고 있다는 것이다.

마이크로소프트를 창업한 빌 게이츠는 "오늘날 나를 있게 한 것은 우리 마을의 도서관이었다. 하버드대 졸업장보다 소중한 것은 독서 습관이었다"라고 말했을 정도의 독서광이다. 그는 어렸을 때부터 책 읽기를 무척 좋아해서 책을 마음껏 읽을 수 있는 여름 방학을 손꼽아 기다렸다. 동네 도서관에서는 늘 도서 대출한도를 꽉 채우는 바람에 빌린 책을 반납하고 나서야 새로 책을 빌릴 수 있었다고 한다. 지금도 빌 게이츠는 연간 50권 이상 책을 읽는 것으로 알려졌다. 실제로 그의 워싱턴 저택에는 1만 4천여 권의 장서가 있으며, 매년 여름과 겨울에 자신만의 독서 리스트를 개인 블로그인 게이츠 노트www.gatesnotes.com에 공개한다. 단순히 책 제목만 밝히는 것이 아니라 그 책을 왜 추천하는지, 상세한 서평도 함께 곁들인다. 그는 "아무리 늦은 시간이라도 하루를 마무리하기 위해 한 시간 정도는 꼭 책을 읽는다"라며, 독서는 "잠들기 위한 과정"이라고 설명한다. 빌 게이츠에게 독서는 "어떤 흥미로운 사람이나 멋진 장소보다도 호기심과 탐구심을 충족시켜 주는 최고의 방법"이다.

빌 게이츠뿐만 아니라 그의 라이벌이었던 스티브 잡스 또한 "세계에서 가장 좋아하는 것은 책과 초밥이었다"라고 말할 만큼 독서광이었다. 잡스는 이렇게 말했다. "인류가 현재까지 발견한 방법 가운데서만 찾는다면 당신은 결코 독서보다 더 좋은 방법을 찾을 수 없을 것이다. 독서와 혼자만의 시간을 가지고 새로운 일을 도모하라!" 그는 평소 독서를 좋아하고 토론을 즐겼으며 자신이 하는 일에 항상 인문학적 요소를 접목했다. "애플을 만든 결정적인 힘은 고전 독서 프로그램 덕분이었다. 리드 칼리지 시절 플라톤과 호메로스부터 카프카 등 고전 독서력을 키웠다." 스티브 잡스가 이끌던 시절, 애플이 창의적인 제품을 만든 비결은 항상 기술과 인문학의 교차점에 있고자 노력했기 때문이다.

페이스북 창립자이자 CEO인 마크 저커버그도 손꼽히는 독서 애호가다. 2주에 최소 한 권의 책을 읽는다. "다른 문화나 신념, 역사 및 테크놀로지에 대한 학습에 중점을 두고 격주로 한 권씩 책을 읽으려고 한다"라며 "대부분의 미디어보다 서적을 통해 해당 주제를 더욱 깊게 탐구할 수 있다"라고 언급했다.

전기차 업계를 선도하는 테슬라의 CEO 일론 머스크는 하루에 2권씩 책을 읽고 자랐다고 밝혔다. 그는 예전부터 하루에 열 시간 동안 공상과학소설을 계속 읽어 왔다. 경영자이자 엔지니어인 그에게 기계에 관한 방대한 지식을 어디서 얻느냐고 묻자, 그는 "책을 많이 읽는다"라고 간단하게 답변했다.

토크쇼 진행자로 유명한 오프라 윈프리는 가난하고 불행했던 어린 시절을 보냈다. 그녀는 주어진 환경을 극복하여 성공할 수 있었던 비결로 끊임없는 독서를 꼽았다. 어린 시절 아버지가 정한 규칙에 의해 일주일에 책 한 권씩을 읽으며 형성된 독서 습관은 그녀의 재산이 되었다. 독서를 통해 이룩한 지적 수준은 그녀를 더욱 강하게 만들었다.

미국 프로농구단 댈러스 매버릭스의 구단주인 마크 큐반은 매일 3시간 이상씩 책을 읽고, 클리블랜드 캐벌리어스를 소유한 대부호 댄 길버트도 하루에 1~2시간 정도 책을 읽는다. 거대 기업을 움직이는 만큼 하루가 눈코 뜰 새 없이 바쁜 이들이지만, 책 읽는 시간만큼은 반드시 비워둔다. 미국 경제 전문지 〈포브스〉가 '책을 읽어 내공을 쌓는 것'을 억만장자들의 공통된 성공습관으로 뽑은 것과도 일맥상통한다.

습관은 하루아침에 만들어지지 않는다. 책을 많이 읽는 것보다 더 중요한 것은 실천이다. 한 가지라도 확실하게 실천하는 것이 중요하다. 책을 잘 읽는 사람들의 특징은 사무실용 책은 책상에, 거실에는 거실용 책이, 침실에는 침실용 책이 있다는 것이다. 화장실에는 화장실용 책이 구비되어 있고, 대중교통용 책은 따로 갖고 다닌다. 이처럼 책을 가까이했기에 내공을 쌓을 수 있었던 것이다.

독서로 삶을 변화시키는 법

해당 분야의 구루guru가 기록한 생각의 흐름들은 깊이와 폭에서 일반 텍스트들과 큰 차이가 있다. 그래서 책을 읽을 때도 누구의 책을 읽느냐가 중요하다. 훌륭한 구루들의 책을 중심으로 깊이 있게 읽다 보면 저절로 좋은 책을 고를 수 있게 되고, 일정한 수준의 관점을 유지하면서 맥락을 살펴볼 수 있게 된다.

여기서 한 걸음 더 나아가, 책에서 얻은 지식과 통찰을 어떻게 내 삶으로 들여올 것인가에 대한 고민이 있어야 한다.

교육철학자 요한 하인리히 페스탈로치는 3H 모델을 주장했다. "교육의 목표는 머리head와 손hand과 가슴heart, 지식과 기술과 도덕의 3가지가 원만하게 조화된 전인형성全人形成에 있다." 책을 통해서 변화를 이뤄내길 원한다면, 단지 머리의 지식만으로는 부족하다. 그것이 실제 손의 기술로 실천될 때 경험이 쌓이게 된다. 그리고 경험한 이후에야 깨닫고 느끼는 도덕적인 부분이 생긴다. 전인적 교육으로 인간이 조화롭게 발달해야 하는 것이다.

변화의 단계는 생각Thinking → 움직임Moving → 느낌Feeling으로 이루어진다. 사물을 인식할 수 있는 지적 능력은 생각에서 나오고, 생산적 작업에 참여할 수 있는 기술적 능력은 움직임에서 나오고, 선하게 되려고 노력하는 도덕적 능력은 느낌에서 나온다. 이러한 지점들이 충족될 때 비로소 책을 통해 인생이 변화함을 실감할 것이다.

무엇이거나 좋으니 책을 사라. 사서 방에 쌓아 두면
독서의 분위기가 만들어진다.
외면적인 것이나 이것이 중요하다. ● 베네트

책을 쌓아 놓기만 해도 얻어지는 것들

강경태 한국CEO연구소장

강경태 소장은 한양대학교를 졸업하고 대기업, 벤처기업 등에서 관리자로 다양한 실무경험을 쌓았다. 한경닷컴, 〈월간CEO〉 등에서 경영 칼럼니스트로 활동하고 있으며, 경영 도서평론가이기도 하다. 2005년부터 현재까지 한국CEO연구소 대표를 맡고 있으며, 2006년에는 한경닷컴 '올해의 칼럼니스트 대상'을 수상했다. 국내외 창업자와 CEO 및 경영을 연구하는 데 매진하고 있다. 경영과 인문의 조화를 이루는 작업에 관심이 많으며, CEO가 되고자 하는 사람을 돕는 것을 사명으로 생각하고 있다. 또한 '나도 최고경영자가 될 수 있다' 커뮤니티를 개설하여 '성인의 자기계발을 돕는 NGO'라는 모토로 CEO와 저자, 각계 전문가 등 명사를 초청하여 강연 행사를 개최하고 있다. 생활인 마라토너로 시각장애인들을 도와주는 일도 한다. 저서로는 《리더십을 위한 책공저》, 역서로 《완벽한 CEOThe Complete CEO, 공역》가 있다. 그가 마지막에 꺼낸 이야기는 '적독은 책을 쌓아 놓고 표지부터 살살 아껴서 읽는 방법'이란 것이었다. 강경태 소장의 적독을 따라가 보자.

강경태 소장

Q. 책을 읽는다는 것의 의미는 무엇인지요?

_____ 책을 읽는다는 것은 궁극적으로 성공을 의미해요. 요즘은 성공이란 말의 가치가 폄하되는 추세이나 원래 한자의 의미로 보면 '목적하는 바를 이루는 것'입니다. 영어 석세스success의 어원은 라틴어 successus로 노력한 '다음에' 결과가 '생긴다'는 의미입니다. 책을 읽는다는 것은 목적한 바를 이루는 과정입니다.

비즈니스에서 책을 읽는 이유는 의사결정, 인간관계, 사업, 운영, 관리 등 여러 가지가 있을 수 있습니다. 그러면 어떻게 비즈니스에서 성공할 수 있을까요? 좋은 선택을 하기 위한 의사결정에 최적화된 지적 능력을 갖추면 됩니다. 이를 위해서는 의사결정의 근거가 되는 다양한 경험을 갖춰야 합니다.

제가 5,800m 킬리만자로 정상에 올랐을 때의 경험은 1만 권의 책을 읽는 것으로도 알 수 없어요. 물론 직접 경험이 좋지만 시간적 한계가 있죠. 간접 경험 중에는 책 읽기만 한 것이 없습니다.

저는 개인적으로 트렌드, 브랜드, 마케팅 등 목적 지향적 책보다는 저자가 직접 경험한 자서전이나 전기 등을 많이 읽는 편이에요. 한국CEO연구소에서는 유일한柳-韓 자서전, 이병철 자서전, 스티븐 잡스 등 국내 해외 창업자들의 책, 희귀본과 비매품 등도 수집해 보유하고 있습니다. 이른바 적독을 하고 있죠. 책은 우선 쌓아두는 것만으로 생각을 하게 만들어요. 요즘 젊은 사람을 만나 보면 '생각하지 않는 사람'이 늘어나고 있습니다. 워라밸Work and life balance의 줄임말 시대에 남들이 한다고 하니 맛집도 찾아가야 하고 페이스북, 인스타그램, 해외 여행 등도 자신이 주체적으로 결정하는 것이 아니라 따라서 하는 경향이 있어요. 결국 생각하지 않으면 생각하는 사람들에게 지배받게 되죠.

니콜라스 카는 《생각하지 않은 사람들》에서 "컴퓨터와 인터넷에 대한 무조건적인 믿음과 무분별한 사용이 얕고 가벼운 지식을 양산했다"고 주장합니다. 책을 읽는 것은 깊이 생각하는 행위지, 마음을 비우는 행위가 아니라는 거죠. 오히려 마음을 채우고 보충하는 행위였어요. 독자들은 글과 생각, 내부적인 흐름에 더 깊이 빠져들기 위해 주변에 산재한 자극에 관심을 주지 않았죠. 이는 '깊이 읽기'가 지닌 독특한 정신적 과정이었고, 그 결과 지금 우리 문화적 유산은 '불가사의하면서도 이례적인 일'을 가능케 한 것입니다. 책을 읽는다는 것은 주체적으로 생각하면서 살아가는 경쟁력을 갖게 합니다.

Q. 책을 읽는 것이 곧 경쟁력을 갖추는 길이라니, 구체적으로 어떤 경쟁력인지 궁금합니다.

_____ '책을 읽는 사람'과 '책을 읽지 않는 사람'은 생각의 크기가 다릅니다. 생각을 작게 하면 생각을 크게 하는 사람의 지배를 받게 됩니다. 가짜 뉴스가 창궐해도 '생각을 하는 사람'은 이게 진짜 맞을까 검색해 보고, 다른 사람에게 물어서라도 알아보지만, '생각을 하지 않는 사람'은 순진하게 믿어버리죠. 생각하지 않는 사람은 남의 생각에 속박되어 살아가게 됩니다. 반대로 생각하는 사람은 자신의 본질을 찾아갈 수 있고, 진짜 자신이 됩니다.

예를 들어 윤석철 교수는 영국의 계관시인인 테니슨의 시 '참나무'를 인용하면서 마침내 나뭇잎들이 다 떨어진 뒤 나력naked strength을 가진다고 예찬해요. 벌거벗은 상황에서도 내적인 힘을 가진다는 것입니다. 입고 있던 옷을 다 벗은 뒤에도 남아 있는 힘을 '나력'이라고 부르고 있어요. 권력을 휘두르던 정치가가 권력이라는 옷을 벗은 뒤, 즉 직책을 그만둔 뒤에도 국민의 존경을 받을 수 있다면 그 사람은 나력을 가진 셈이죠. 대학 교수가 정년퇴임을 한 뒤, 교수로서의 옷을 벗은 뒤에도 제자들로부터 계속 존경받을 수 있다면 그것도 나력이 될 것입니다. 나력은 본래적인 힘입니다. 생각하는 사람은 상황 때문에 만들어지는 힘이 아니라 원래 내재되어 있는 힘, 즉 나력을 가집니다.

Q. 그렇다면 어떤 책을 읽어야 할까요?

_____ 성공한 리더들이 남다른 사상을 갖게 된 것은 동양고전을 읽었기 때문입니다. 저도 20대에 도서관에서 노자, 장자 등 동양고전을 읽었어요. 그때 읽었던 것이 다른 일을 할 때 큰 밑바탕이 되고 있습니다. 제가 존경하는 사람이 두 분 있는데, 신영복 선생님과 스티브 잡스입니다. 신영복 선생님은 감옥에 갇히고 나서 본격적으로 고전을 읽었어요. 특히 독방에 앉아서는 모든 문제를 근본적인 지점에서 다시 생각하게 됩니다. 특수한 환경에서 처절한 생각의 힘이 발휘되죠.

스티브 잡스는 첫 직장 아타리에 입사한 바로 그 해 여름에 독일로 파견 갈 사람을 구했지만, 다른 직원은 가려고 하지 않았어요. 그러자 스티브 잡스는 아타리가 수출한 게임기를 손보라는 출장 명령을 수행할 테니 오히려 인도 여행을 다녀오겠다고 회사에 역제안했습니다. 결국 회사의 허락을 받고 인도 여행을 다녀오게 되었어요. 독일에 도착한 잡스는 자신의 임무를 완수하고 다시 인도로 떠나 7개월을 보냈어요. 그가 인도에서 아타리로 다시 돌아왔을 때 또 다른 히트작을 준비할 수 있었죠. 나중에 잡스는 오리건 주의 올원팜에서 생활했어요. 이 농장은 히피들이 공동체 생활을 이루던 곳으로, 그는 그곳에서 평생 정신적 스승이 된 승려 코분치노 오토가와를 만나 선불교에 입문했어요. 게다가 그 사과농장에서 일했던 경험이 나중에 '애플'이라는 이름을 회사에 붙이는 데 큰 역할을 했습니다.

저는 신영복 선생님의 저서들과 스티브 잡스 자서전, 헨리 포드 자서전, 월마트 창업주 샘 월튼 자서전 등 경험이 묻어나는 자서전을 추천하고 싶어요. 훌륭한 간접 경험을 통해 회사도 개인도 경쟁력을 키울 수 있어요.

Q. 어떻게 책을 어떻게 골라야 할까요?

_____ 책은 저자의 나이, 경험, 생각, 커리어 등을 다각도로 살펴보고 골라서 읽어야 해요. 경영자들의 책 또한 그 자신의 경험과 노하우가 많이 담겨 있어서 선호하는 편입니다. 또한 원전을 읽는 것이 좋아요. 저는 동양 고전 원전을 많이 보유하고 있어요. 반대로 메타 분석으로 만든 책들은 선호하지 않습니다. 기존에 나왔던 데이터나 정보를 메타적으로 쓴 책은 경험을 바탕으로 하지 않았기 때문에 현실에 적용하기 어려울 때가 많아요.

이제 파편적인 지식은 필요 없는 시대가 도래하고 있어요. 책을 통해서 지식을 알고, 나아가 책에서 벗어나 지혜를 쌓는 것이 중요합니다.

젊은 나이라면 견디기 힘들 정도로 하드워크 리딩Hard-work Reading을 하세요. 말랑말랑한 책에서는 인생의 깊이를 찾기 힘들어요. 예를 들어서 이 부장님이 와서 강 대리의 책상을 보았는데, 《필립 코틀러의 마켓 4.0》이나 윤석철 교수의 《삶의 정도》가 꽂혀 있다면 이 부장님이 다가오면서 "나도 그 책을 읽었는데! 자네, 역시 다르네"라고 할 것입니다. 어렵고 힘든 책은 젊을 때 읽지 않으면 나이 들어서는 읽기가 더 힘들어요. 쌓아두며 읽기가 그래서 중요합니다.

Q. 어떻게 책을 쌓아 놓고 읽어야 할까요?

_____ 저는 책을 빌려 읽지 말고 소장해야 한다고 생각해요. 차서借書보다 매서買書가 좋아요. 빌린 것은 결국 내 것이 될 수 없습니다. 매서는 컬렉션이니까 그 사람의 철학을 알 수 있죠. 매서를 해서 내 책장으로 옮겨 놓은 순간, 그 책이 꽂혀 있음으로 인해 나에게 계속 질문을 하게 됩니다. 책 제목만으로도 깨달음을 얻을 수 있어요. 책을 쌓아 두고 읽으면, 책장만 바라보기만 해도 이미 지식의 부자가 됩니다. 책장에 꽂아 두는 적독은 이렇게 나름대로 의미가 있어요.

그렇다고 도서관에서 쓰는 듀이십진분류법을 개인 책장에 적용하기는 무리입니다. 개인의 욕구가 각자 다르므로 자신만의 분류법을 체계 있게 분류하여 효율적으로 조직하고 축적하는 것이 중요합니다. 저는 크게 국내, 해외 2가지로 분류하고, 시기별로 고전고대, 중세, 근대, 현대 등으로 분류해 놓았어요.

인생에서 썰물과 밀물이 있듯이 독서에도 인풋과 아웃풋이 있어야 해요. 책상은 일주일에 한 번 정도 당장 필요한 것 위주로 배치하고, 책장에 있는 책은 한 달에 한 번 재배치하고, 일 년에 한 번 정도는 대정리를 해야 합니다. 저도 책에 욕심이 있지만, 책 500권을 대학생에게 기증했어요. 책을 무조건 쌓아 놓은 것이 아니라 책에 변화를 줌으로써 내 이슈들이 생동감 있게 변화할 수 있도록 하는 것입니다. 이렇게 책을 덜어내서 타인과 공유하는 것도 의미가 있습니다.

직접 아는 지식과 찾을 수 있는 지식, 몸으로 체득한 지식은 달라요. 단지 지식을 아는 것도 중요하지만 지식의 보고를 쌓아가는 것이 더 중요합니다. 적독은 단순히 책을 저장하는 것이 아니라 쌓아 두고 표지부터 살살 아껴서 읽는 방법입니다. 좋은 책을 쌓아만 두어도 품격이 올라갑니다.

강경태 소장의 적독을 응원한다. 책상의 책은 단기기억장치이고, 책장의 책은 장기기억장치이다. 책을 샀다면 책상으로 옮겨 놓는 과정이 필요하다. 그리고 읽었으면 책장에 꽂아두자. 책장에 꽂힌 책 제목만 봐도 지식 세계가 쌓이고 있다는 것을 눈으로 확인할 수 있다. 책이 한 권 한 권 쌓일 때 비로소 세상을 바라보는 안목을 갖게 된다. 책을 꽂아 놓지 않으면 무작정 흘러가는 삶을 살고 있는 것이다. 당신은 지금 인생의 책장에 어떤 책을 꽂고 있는가?

나의
독습 이야기
― 어떻게 독서 습관을 만들고 있는가

마지막으로 독습 모임
참가자들의 실제 후기를 실었다.
이들의 이야기가
독자 여러분들이 '나만의 독습'을
만들어 나가는 데 도움이
되기를 바란다.

읽은 것을 진정한 내 것으로 만드는 과정

백지은(회사원, 30대 중반)

인터넷에서 '독서법'을 검색해 본 적이 있는가? 1시간에 1권 퀀텀 독서법, 48분 기적의 독서법, 1천 권 독서법, 1만 권 독서법 등 읽는 속도와 양에 초점을 맞춘 많은 책들이 눈에 띈다. 독서 또한 효율을 추구하는 것이 트렌드라지만, 나는 느려도 내 안의 굳은 심지를 세우는 독서를 꿈꾼다. 빨리 읽지도, 많이 읽지도 않지만 독습 수업에서 배운 '생각을 깨워주는 10가지 독서법'에 맞춰 나를 점검하고 또 계획을 세우고 있다. 독습과 관련하여 기억에 남는 몇 가지 소회를 적어 보고자 한다.

문독

가장 힘들었던 것은 문독이었다. 주입식 교육에 익숙한 나는 어떤 질문을 하기보다는 주어진 그대로 받아들이는 게 편했었다. 비판적 사고 없이 항상 수용하는 자세로, 어찌 보면 기계적 책 읽기를 하던 그간의 습관에서 벗어나 독전 자문하고 독후 자답까지 하라고 하니 책 읽기가 쉽지 않게 느껴졌다. 하지만 책을 읽는다는 것은 그 글 속에서 뭔가를 깨닫기 위함인데 이런 과정이 없다면 진정한 내 것으로 만들기가 어려울 것이란 생각에 의식적으로 문독하기 위해 노력 중이다. 만독과 해독 또한 문독과 같은 맥락에서 스스로 생각하며 읽는 방식에 익숙해지려 한다.

선독과 적독

마음이 조급해지는 날이면 나는 책을 잔뜩 주문하곤 한다. 인터넷 서점에 게시된 베스트셀러의 제목과 목차, 후기를 대충 훑어본 후 주문하고는 채 읽지 못하고 쌓아두기를 반복했다. 물론 선독과 적독의 의미가 이와 같지 않다는 건 알고 있다. 책을 고를 땐 인터넷보다는 도서관에 가서 직접 살펴보고, 구입한 책은 언제든 읽을 수 있도록 적절히 배치하는 등 선독과 적독의 의미를 제대로 파악해서 독서하는 습관을 만들어가려 하고 있다.

만독과 숙독

만독과 숙독은 10가지 독습 중 그나마 가장 잘 실천하고 있는 습관이다. 책에 밑줄 긋기는 잘하고 있으니, 이제 나의 생각을 적절히 쓰는 훈련을 해보려 한다.

탐독

탐독은 나보다도 우리 집 첫째 꼬맹이가 더 잘하고 있다. 뭐가 재미있는지 밥 먹다가도 책, 침대에 누워서도 몰래 책을 본다. 아마도 그게 탐독의 과정일 텐데 나는 그동안 필요한 지식을 얻고 활용하기 위해서만 책을 읽지 않았나 한다. 조금 더 편한 마음으로 책에서 재미를 찾는 단계에도 들어가 보고 싶다.

10가지 독습에 대해 다시 한번 생각하면서 느낀 건 각각 개별적으로 존재하는 것이 아니라 하나로 연결되어 있다는 것이다. 최근에 첫째 아이가 성대결절로 음성치료를 받고 있는데, 발성훈련 등 치료 과정을 동영상으로 찍어 비교해 보니 훈련 전후의 차이가 확실히 보였다. 독서와 글쓰기도 마찬가지가 아닐까. 익숙하지 않더라도 훈련을 거듭함으로써 더 단련될 나를 기대해 본다. 독습 모임을 함께 해준 멤버들에게 감사한다. 내가 느꼈던 감동을 독자와 함께 나누고 싶은 마음이 간절하다. 제대로 책 읽기를 배우고 싶지만 어떻게 시작해야 할지 몰라 헤매고 있다면 이 책에서 제시한 10가지 독서 습관이 여러분을 새로운 세계로 안내할 것이다.

독습은 졸음을 깨우는 특별한 처방약이다

이언진(대학원생, 30대 초반)

독습 교육을 마치고 나름대로 독서를 재정의해 보았다. 독서는 작가의 지식, 감정, 역사 등 총체적 경험을 책을 통하여 간접적으로 경험하는 것이다. 그 과정에서 나의 내면에 와 닿아 느껴지는 부분이 내게는 깨달음, 즐거움이 된다. 그리고 이러한 일들을 삼시세끼 먹듯 자연스럽고 편안하게 매일 이루어내는 습관을 '독습'이라고 정의 내렸다.

나는 독습 중에서도 문독을 익혔다. 문독은 질문하면서 읽는 것으로 '기계적인 책 읽기'에서 벗어난 '능동적인 책 읽기'이다. 마치 책과 데이트를 하기 위해 친밀하게 팔짱을 끼는 것과 같다.

문독을 하며 가장 먼저 책에게 던진 질문은 '나는 왜 이 책을 읽고자 하는가?', '작가가 가장 중요하게 생각하는 부분은 무엇인가?' 2가지였다. 그리고 목차를 보면서 '이 주제는 어떤 이야기를 하고자 하는 걸까, 작가의 의도가 무엇일까?', '왜 이런 소재를 여기서 쓴 것일까?' 질문했다. 덕분에 기대감을 가지게 되어 내용에 집중할 수 있었다. 작가의 연혁 등을 미리 살피는 등 배경지식을 확인해 둔 것도 작가의 입장에서 생각할 수 있어 도움이 되었다.

문독은 책을 펼치면 졸음부터 찾아오는 나에게 특별한 처방약과 같은 방법이다. 신기하게도 졸지 않고 집중해서 읽을 수 있었다. 그러나 단점은 시간이 오래 걸리고 그렇다 보니 책 읽는 재미가 덜했다는 것이다. '빨리 질문의 답을 찾아보겠다'는 식의 급급한 마음 때문에 내 방식대로 답을 찾고자 한 것은 아닌가 싶다. 억지로 '해야만 한다'는 마음을 가지고 책을 보면 독습에 방해가 된다. 이렇게 문독만 열심히 하면 재미라는 부분을 잃어버려서 꾸준히 독서를 하기 어렵겠다는 생각을 했다. 어떤 사람과 반드시 무엇을 하겠다고 마음먹으면 오히려 오래 좋은 관계를 유지하기 힘들듯, 책도 그러한 것 같다. 친구처럼 책과 편안한 관계가 되려면 앞으로도 훈련을 많이 해야겠다.

독습 수업 후 실천 가능하지 못한 계획을 무수히 세웠다. 강의 직후에는 큰 활력 에너지를 가지고 한 달 동안 열심히 독서 활동을 해보리라 다짐했지만, 실은 계획한 대로 실천하지 못했다. 따라서 독서 습관을 만들기 위해서는 실천 가능한 계획을 먼저 일목요연하게 세우는 일이 우선이었다.

일단 '내 인생의 책'과 관련하여 수업 중 추천받은 책 목록을 정리해 보았다. 그 외에도 내가 현재 상담심리를 공부하면서 읽어야 할 책은 무수히 많다. 필요한 전공서적도 리스트화해서 눈에 잘 띄는 곳에 붙여 놓고 매달 체크하기로 했다. 또 밥 먹는 공간과 시간이 일정하게 정해져 있듯, 책 읽는 공간과 시간을 설정했다. 이 외에도 대중교통을 이용할 때도 틈틈이 책을 볼 것이며, 그 주에 읽어야 할 책 리스트를 매일 스케줄에 적어 놓고 확인할 생각이다.

책 읽는 스케줄					
	월	화	수	목	금	토
시간	10~12시	16~17시	12~14시	16~17시	10~12시	격주 이용
장소	○○대학교 내 1층 서관	집	○○성당 만남의 방	집	○○대학교 내 1층 서관	국회도서관
내용	독서 모임	혼자 읽기	성당 모임	혼자 읽기	독서 모임	가족과 함께
도서						
확인						

　설사 작심삼일이라 해도, 매일 성찰하고 수정하고 새로 계획해서 다시 시작하면 절대 늦지 않을 것이다. 실천의 힘도 말과 글에서 나오기 때문에 늘 나 자신을 격려하고 말로 선언하는 것이 필요하다. 그래서 위와 같은 나의 독서 습관 이야기를 블로그에 꾸준히 일기 쓰듯 작성하려 한다.

　문독은 독습을 만들어갈 때 가장 먼저 필요한 능동적인 자세로, 마치 소개팅에서 남녀가 처음 만나 설레는 마음으로 서로에 대해 알아가는 활동과 같다. 무거운 자세로 많은 질문을 던지기보다는 조금씩 알아가는 마음으로 질문을 던지고 답을 찾는 것이 필요하다. 흥미와 기대감을 가질 수 있는 범위 내에서 말이다.

이런 독습을 만들어가고 싶다

김민조(HRD컨설턴트, 50대 초반)

10년 전 코칭 교육을 계기로 알게 된 코치들과 스터디 모임을 갖게 되었다. 책 한 권씩 선정하고 PPT로 정리하여 발표하는 훈련을 했는데, '이렇게 읽은 흔적을 남기면 그것이 유용한 나만의 자료가 되겠다'는 생각을 했다. 그 뒤로 책을 읽으면 중요 내용을 옮겨 적거나 PPT로 정리하는 습관이 생겼다. 그 습관은 컨설턴트로, 또 프리랜서로 일하면서 습관으로 자리 잡았다.

나는 읽고 싶은 책을 책상에 쌓아 놓는다. 추천받은 책, 필요한 책, 읽고 싶은 책들을 평소에 메모해 두거나 사진을 찍어 놓았다가 한꺼번에 산다. 책을 읽을 때는 먼저 목차부터 훑어본다. 흥미를 끄는 제목이 있는지, 바로 적용할 내용이 있는지를 보고, 목차를 어떻게 구성했는지, 작가의 관점은 어느 방향인지를 생각한다. 목차를 보면 난이도와 맥락을 알 수 있다. 목차 중에 관심 있는 부분을 골라 먼저 읽는다. 흥미가 생기면 처음부터 정독한다. 주로 이동 중에 책을 읽거나 몸에 지니고 다니면서 틈새 시간을 활용해 읽기 때문에 순간 집중력을 높이기 위해서도 관심 있는 부분부터 읽는다. 스스로 동기 부여해 주지 않으면 몰입도가 떨어진다는 것을 나 자신이 알고 있기 때문이다. 좋은 문구나 구절이 있으면 밑줄이나 포스트잇으로 표시해 둔다. 손으로 글을 쓰면 자아성찰이 되는 동시에 내가 작가가 된 듯 그 내면의 세계를 접할 수 있고, 더 깊이 있게 들여다보게 된다. 컴퓨터로 옮기기보다는 직접 손으로 쓰면서, 활용할 구상이나 내 사례에 적용되었던 적이 있었나를 되짚어 본다. 좋은 문구가 있으면 노트에 따로 옮겨 적는다. 요약본처럼 옮겨 놓은 것은 아이디어가 고갈되었을 때나 연상 작용이 필요할 때 벤치마킹 용도로 많이 쓰인다. 요약본을 뒤적이다 보면 정리를 잘해 놓았다는 뿌듯함이 느껴진다.

독서 메모를 하다 업무와 연관된 아이디어가 떠오를 때는 '전략적으로 시간과 자원을 활용해야 하는 강사로서 무엇을 전달하고 싶은가?', '어떤 교육과정과 모듈에 적합힐 것인가?', '교육대상자는 누구인가?' 등을 생각하며 하고 싶은 말을 한 장짜리 표에 적어 본다. 이렇게 작성해 놓으면 더 오래 기억에 남는다. 이런 메모들을 때때로 수정 또는 첨삭하여 강의 자료에 활용하는 편이다.

적어둔 것은 이동할 때나 시간 날 때마다 짬짬이 여러 번 읽는다. 간편 다이어리 노트에 6개월 정도의 분량을 갖고 다니면서 틈새 시간에 읽고 또 읽어 본다. 독서 메모는 내가 알고 있는 것을 다른 사람에게 전달할 때도 유용하지만, 내 마음을 가다듬고 안정시키는 효과 또한 있다.

하나의 주제를 정해서 관련 책 리스트를 만들고 중요 부분을 손으로 옮겨 적는 작업은 하루 30분이라도 시간을 내서 하려 한다. 더욱 다양한 분야, 즉 시와 수필, 전문서적 등을 손으로 옮겨 적는 것도 시도해 볼 생각이다. 감성지능과 문장력을 더욱 키울 수 있지 않을까 싶다.

책 읽는 기쁨을 알아간다는 것

박미경(전문코치, 50대 초반)

인간이 살아가면서 의무적으로 해야 하는 일들을 제외하고, 스스로 선택해서 뭔가를 하는 이유는 무엇일까? 아마도 '심심해서'일 것이다. 심심해서 할 수 있는 많은 일들 중 내게는 '책 읽기'가 가장 재미있는 일이다. 지금의 나는 그 동안 내가 읽은 책을 통해 형성된 결과이다. 저마다 가지고 난 성격은 살아가면서 외부 세계를 경험하고 타인들과의 상호작용을 거쳐 변화되기 마련이다. 우리는 자신을 보호하기 위해 어떤 생각, 신념, 교훈 같은 것들을 받아들인다. 좋은 책을 읽고 체화하는 과정을 통해 '내 생각'을 넘어서 '더 좋은 생각'의 세계로 나아간다. 이러한 과정에서 자신이 무심결에 끌리는 주제, 화두, 가치를 따라가게 되고, 이런 방식으로 자신의 '결'을 만들어가는 것이다.

지금까지 읽은 책들과 그 속에서 만난 위대한 저자들을 통해 나는 한 인간으로서 나의 한계를 넘어서서 더 나은 인간으로 성장하고 성숙해 가고 있다. 그리고 죽는 날까지 더 좋은 책들과 저자들을 지속적으로 만나고 싶다. 나에게 한 가지 소박한 바람이 있다면 죽을 때까지 좋은 시력이 허락되어 책을 읽었으면 하는 것이다.

책을 언제 읽을 것인가 : 자투리 시간도 충분하다

나는 책을 읽기 위해 특별히 시간을 만들지는 않는다. 자투리 시간에 책을 읽는 편이다. 어릴 때부터 통학을 하면서 자연스럽게 만들어진 습관 때문에 차를 타면 습관적으로 책을 읽는다. 가끔은 집에서 조용히 책을 읽는 것보다 출퇴근길 지하철에서, 외근을 가는 차 안에서 책을 읽을 때 더 집중이 잘되기도 한다. 출근길에 가방을 챙길 때면 언제나 책 한 권은 챙겨 넣는다. 비교적 어렵거나 생각을 많이 해야 하는 책이 아니라면 1시간에 50~60페이지 정도 읽을 수 있다. 독습을 배우다 보면 나의 독서 속도와 양을 파악하라고 하는데, 이렇게 하면 의무감으로 어떤 책을 읽어야 할 때 소요 시간 예측이 가능하다는 것이 장점이다.

나는 이렇게 자투리 시간을 활용한 책 읽기를 통해 한 달에 2~3권을 읽는 편이다. 다독이나 속독보다는 읽을 만한 가치가 있는 좋은 책을 나 자신의 호흡에 맞춰 편안하게 읽는 것을 선호한다. 저자의 멋진 생각이나 위트를 읽으면 첫사랑에 빠진 듯이 가슴이 설레고 흥분된다!

어떤 책을 읽을 것인가 : 일이관지의 독서를 향하여!

책은 끌리는 책을 주로 사서 읽는 편이지만 앞으로는 내가 관심을 가지고 있는 주제를 따라 하는 집중적인 독서를 하고 싶다. 주제와 저자를 따라 읽으며 나의 관점으로 일이관지—以貫之하고, 거기에 나의 전문성을 덧붙여서 퍼실리테이션 워크숍이나 그룹 코칭 프로그램으로 '잉태'하고 싶다. 그리고 그 프로그램들을 통해 성장하고자 하는 준비된 나의 사람들을 긴 호흡으로 만나고 싶다.

또한, 느린 호흡으로 죽기 전에 꼭 읽어야 하는 고전들을 찾아 읽고 싶다. 그래서 유언장에 나의 삶을 성장시켜 주고, 의미 있게 만들어준, 반드시 읽어야 할 책 100권의 목록을 남기고 싶다.

참고문헌

고두현, 《시를 놓고 살았다 사랑을 놓고 살았다》, 쌤앤파커스, 2018.

김성회, 《리더를 위한 한자 인문학》, 북스톤, 2016.

김보경, 《낭독은 입문학이다》, 현자의마을, 2014.

김영수, 《현자들의 평생공부법》, 위즈덤하우스, 2011.

김주미, 《외모는 자존감이다》, 다산 4.0, 2016.

김현, 《행복한 책 읽기》, 문학과지성사, 1992.

신영복, 《강의 : 나의 동양고전 독법》, 돌베개, 2004.

박영준, 《혁신가의 질문》, 북일공칠, 2017.

유영만, 《독서의 발견》, 카모마일북스, 2018.

이동우, 《미래를 읽는 기술》, 비즈니스북스, 2018.

이어령, 《젊음의 탄생》, 마로니에북스, 2013.

정민, 《오직 독서뿐》, 김영사, 2013,

정민, 《일침》, 김영사, 2012.

정민, 《다산선생 지식경영법》, 김영사, 2006.

정민·박동욱, 《아버지의 편지》, 김영사, 2008,

정영미, 《슬로리딩, 생각을 키우는 힘》, EBS 기획, 경향미디어, 2015.

정진호, 《누구나 할 수 있는 정진호의 비주얼 씽킹》, 한빛미디어, 2015.

정진호, 《철들고 그림 그리다》, 한빛미디어, 2012.

장정일, 《빌린 책 산 책 버린 책》, 마티, 2010.

최인철, 《굿 라이프》, 21세기북스, 2018.

최효찬, 《세계 명문가의 독서교육》, 예담프렌드, 2015.

최진석, 《탁월한 사유의 시선》, 21세기북스, 2017.

게리 켈러, 《원씽》, 구세희 역, 비즈니스북스, 2013.

나카이 다카요시, 《잠자기 전에 5분》, 윤혜림 역, 전나무숲, 2008.

사이토 다카시, 《독서력》, 황선종 역, 웅진지식하우스, 2009.

리처드 니스벳, 《생각의 지도》, 최인철 역, 김영사, 2004.

리콜라스 카, 《생각을 하지 않는 사람들》, 최지향 역, 청림출판, 2015.

다치바나 다카시, 《나는 이런 책을 읽어 왔다》, 이언숙 역, 청어람미디어, 2001.

매듀 B. 크로포드, 《손으로 생각하기》, 윤영호 역, 2017.

모티어 J 애들러·찰스 반 도렌, 《생각을 넓혀주는 독서법》, 독고 앤 역, 멘토, 2000.

움베르토 에코, 《책으로 천년을 사는 방법》, 김운찬 역, 열린책들, 2009.

제임스 라이언, 《하버드 마지막 강의》, 노지양 역, 비즈니스북스, 2017.

클라이드 페슬러, 《할리데이비슨 브랜드 로드 킹》, 박재항 역, 한국CEO연구소, 2017.

클라이브 톰슨, 《생각은 죽지 않는다》, 이경남 역, 알키, 2015.

피터 드러커, 《프로페셔널의 조건》, 이재규 역, 청림출판, 2002.

알베르토 망구엘, 《독서의 역사》, 정명진 역, 세종서적, 2000.

후지하라 가즈히로, 《책을 읽는 사람만이 손에 넣는 것》, 고정아 역, 비즈니스북스, 2016.

호르헤 루이 보르헤스, 《보르헤스의 말》, 서창렬 역, 마음산책, 2015.

독서 용어 사전

간독看讀 표지, 제목과 목차 등을 간략하게 가시적으로 훑어 읽는 독서법

군독群讀 여러 사람이 무리를 지어 함께 읽는 독서법

과시독서誇示讀書 몇 권을 읽었는지 자랑하는 책 읽기를 말한다. 책 몇 구절을 인용하지만, 실제로 만나 이야기해 보면 내용을 모르는 경우도 허다하다.

교독交讀 학습자와 교습자가 한 구절씩 글을 번갈아 읽는 독서법

궁즉통窮則通 '궁하면 통한다'는 뜻으로 《주역周易》에 나오는 말이다. 원래 '궁즉변, 변즉통, 통즉구窮則變, 變則通, 通卽久'를 줄인 말이다. 여기에서 '궁窮' 자는 일반적으로 알려진 '궁핍하다'는 뜻이 아니라 '극에 달하다'는 뜻이다.

격물치지格物致知 사물을 궁리하고 사색하여 앎에 이른다는 원리

남독濫讀 순서나 체계, 내용에 관계없이 아무 글이나 마구 읽는 독서법. 체계적으로 지식을 쌓고 어떤 주제에 대해 깊이 있게 이해하기 위해서는 남독에서 벗어나야 한다.

낭독朗讀 글을 또랑또랑하게 큰소리 내어 읽는 독서법. 낭독은 음독보다 크게 소리 내어 읽는다. 한편, 낭송朗誦은 아예 노래를 부르는 것이다.

다독多讀 많이 읽는 독서법. 다독의 반대말은 소독少讀이다.

도능독徒能讀 글의 깊은 뜻은 알지 못하고 오직 읽기만 잘하는 독서법. 임기응변의 재능이 없음을 비유적으로 이르는 말이다.

독서삼도讀書三到 책을 읽을 때는 주위 환경에 휘둘리지 말고 정신을 집중하라는 말로, 삼도란 심도心到, 안도眼到, 구도口到를 가리킨다. 마음과 눈과 입을 함께 기울여 책을 읽으라는 것이다.

둔필승총鈍筆勝聰 다산 정약용은 '둔한 기록이 총명한 머리보다 낫다'고 했다.

발췌독拔萃讀 책이나 글에서 중요한 부분을 가려 뽑아서 읽는 독서법. 신문, 사전 등에서 필요한 기사나 항목을 찾아 읽는 경우가 많다.

방서訪書 책을 살 수도 빌릴 수도 없으면 그것을 가진 사람을 찾아가 기어이

보는 것을 말한다.

만독慢讀 마음心을 억지로 잡아 벌려서緩 느리게 읽는 것으로, 단 한 권의 책을 천천히 깊게 읽어 그 책을 온전히 내 것으로 만드는 독서법. 일본에서는 슬로리딩slow-reading으로 유명하다. 만독↔속독

매서買書 읽고 싶은 책은 돈을 모아 사서 읽는 것

문독問讀 질문이나 발문하면서 읽는 독서법. 질문質問이 잘 모르거나 의심스러운 부분을 상대방에게 알아보고자 묻는 것이라면, 발문發問은 학습자의 생각을 촉진시키기 위해서 스스로 생각하고 이야기하게 함으로써 깨달음을 얻게 하는 것이다.

문해력文解力 하나의 문맥을 이해하는 능력. 유네스코는 문해력literacy을 2가지로 구분한다. 글을 읽고 쓰는 기초적인 능력을 말하는 '최소 문해력'과 사회적 맥락 안에서 글을 읽고 쓸 수 있는 능력인 '기능적 문해력'이 그것이다. 독해력이 높아지면 글자와 문장을 읽을 수 있지만, 문해력이 낮아지면 글의 문맥이나 맥락을 이해하지 못하는 '실질적 문맹'에 해당한다. 그래서 책을 읽을 때는 단순히 문장만 읽지 말고 행간의 의미를 읽어야 한다.

독서력讀書力 독서는 머리로 하는 것이 아니다. 지금까지 읽은 독서량과 끊임없이 읽으며 쌓인 숙련도가 중요하다.

독해력讀解力 단어와 문장에 담긴 뜻을 이해하는 능력. 문해력이 독해력보다 큰 개념으로 쓰인다.

묵독默讀 보통 글을 소리 내지 않고 눈으로만 읽는 것을 말한다.

미독味讀 책의 내용을 충분히 음미하면서 읽는 독서법

삼상지학三上之學 송나라 때 유명한 문장가 구양수歐陽修는 마상말 위에서, 침상잠자리에서, 측상화장실에서 책 읽기 좋다고 하였다. 요즘식으로 말하자면 대중교통, 잠자기 전에, 화장실에서, 하나 더 추가하자면 카페에서도 책 읽기가 좋다.

삼근계三勤戒 다산 정약용이 강진에 유배되었을 때 첫 제자는 황상이었다. 다산이 황상에게 한 다음과 같은 말에서 유래한다. "파고드는 것은 어떻게 하느냐? 부지런하면勤 된다. 틔우는 것은 어떻게 하느냐? 부지런하면勤 된다. 연마는 어떻게 하느

냐? 부지런하면勤 된다." 이것이 다산의 삼근계이다. 황상은 이 가르침을 기둥 삼아 평생 학문에 매진했다.

상호텍스트성intertextuality 텍스트 상호 간의 유기적 관련성을 가리키는 용어. 독자는 어느 한 텍스트를 읽을 때 여태까지 읽은 모든 텍스트들에 대한 기억을 총동원한다는 데 이론적 근거를 두고 있다.

서삼독書三讀 신영복 선생은 책은 반드시 세 번 읽어야 한다고 했다. 먼저 텍스트를 읽고 다음으로 그 필자를 읽고 그리고 최종적으로는 그것을 읽고 있는 독자 자신을 읽어야 한다는 것이다.

선독選讀 책을 골라 읽는 독서법

소독素讀 소리 내어 읽기를 먼저 가르치고, 후에 뜻을 알도록 하는 독서법

속독速讀 빠른 속도로 전체적인 내용을 파악해서 읽는 독서법. 가벼운 글이나 정확하게 이해할 필요가 없는 글을 읽을 때 주로 사용하는 방법이지만, 깊이 있는 이해력을 떨어뜨릴 수 있다.

송독誦讀 소리를 내어 글을 읽어서 외우는 독서법. 옛날 서당에서 천자문을 소리 내어 읽는 독서법으로 암기에 효과적이라고 한다.

수독手讀 '손으로 책 읽기'를 의미한다. 덮어 놓고 읽지 말고 손으로 쓸 때 비로소 의미가 생긴다.

숙독熟讀 글의 뜻을 잘 생각하면서 익혀서 읽는 독서법

신토피칼 독서 Syntopical Reading 동일syn 주제topical에 대해 여러 책을 읽고 비교와 대조를 통해서 이해를 심화시키는 통합적 읽기 방법

암송暗誦 글을 보지 아니하고 입으로 외는 독서법

오독悟讀 하나하나 깨달아가며 읽는 독서법

완독完讀 글이나 책 따위를 끝까지 모두 읽는 독서법

연독連讀 같은 주제나 다른 주제라도 함께 연결해서 읽는 독서법

열독熱讀 책을 열심히 읽는 독서법

암송暗誦 글을 보지 아니하고 입으로 외는 것

우작경탄牛嚼鯨呑 '우작'은 소가 되새김질하듯 한 번 읽어 전체 얼개를 파악한 후, 다시 하나하나 차근차근 음미하며 읽는 정독이다. 처음엔 잘 몰라도 반복해 읽는 과정에서 의미가 선명해진다. '경탄'은 고래가 큰 입을 벌려 온갖 것을 통째로 삼키듯 고래가 닥치는 대로 먹이를 먹어치우듯 폭넓은 지식을 갈구하는 것이다. 우작과 경탄은 서로 보완의 관계에 있다.

음독音讀 소리 내어 읽되 작은 소리로 읽는 독서법. 음독↔묵독 낭독이 타인에게 들려주기 위해 읽는 것인 반면 음독은 혼자 읽는 것에 가깝다.

윤독輪讀 여러 사람이 같은 글이나 책을 돌려가며 읽는 독서법

일물일어一物一語 프랑스의 작가 플로베르가 주장한 것으로, '하나의 사물을 나타내는 적확한 단어는 단 하나뿐이다'는 뜻이다. 사물표시에 있어 정확한 표현의 중요성을 강조한 말이다.

저서著書 독서력을 바탕으로 책을 저술하는 것

전작주의全作主義 작가 위주로 전체로 읽겠다는 독서법

적독積讀 책을 사서 쌓아 두면서 표지부터 읽을 수 있는 환경을 만드는 미식가적 독서법

접독接讀 밑줄만 긋지 말고 책을 접어두고 생각이 여물 때까지 책과 접속connection 해서 읽는 독서법

장서藏書 원하는 책을 간직하는 독서법

재독再讀 이미 읽었던 것을 다시 읽는 독서법. 재독을 하게 되면 기억이나 암기에 도움이 된다. 재독 ≤ 숙독

정독精讀 책을 꼼꼼하게 새겨가며 근본적인 맥락을 찾아가면서 읽는 독서법

정독正讀 글의 참뜻을 바르게 파악하면서 읽는 것 정독↔오독(誤讀)

질서疾書 읽으면서 질문하고 생각하면서, 그것들을 기록을 하며 읽는 것

탐독耽讀 다른 일을 잊을 정도로 재미있게 읽는 독서법

통독通讀 책을 중간에 건너뛰지 않고 처음부터 끝까지 내리읽는 독서법. 정독과 통독의 차이점은 글을 꼼꼼하게 그 의미를 새기면서 읽었느냐에 따라 다르다. 책을

처음부터 끝까지 읽었다고 하더라도 훑어 읽었다면 정독이 아니라 통독이 된다.

편독偏讀 일정한 특정분야의 책만 읽는 독서법. 남독과 반대로 한 방면에만 치우쳐
서 책을 읽는 독서법을 말한다. 편식이 영양의 불균형을 초래해 건강에 좋지 않은
것처럼, 편독 또한 지식의 불균형을 낳는다는 문제점이 있다.

차서借書 돈이 없거나 살 수 없으면 빌려서라도 읽는 것

천필만독千筆萬讀 중요한 문장은 천 번을 쓰고 만 번을 읽어 완벽히 소화하는 독서법

초서抄書 특정 주제에 대해서 자료를 취합해 모으는 과정으로서 뽑아서 씀

합독合讀 다른 책과 연관하여 함께 읽는 독서법

험독驗讀 책을 얌전하게 보는 것이 아니라 험하게 낙서를 하면서 읽는 독서법

해독解讀 단어나 문장을 풀이하고 자세하게 해석해 읽는 독서법

호서好書 책을 좋아해 책을 읽는 독서법